CANG ZAI BI XIA DE AI
藏在笔下的爱

魏淑文　著

时代出版传媒股份有限公司
安徽文艺出版社

图书在版编目（ＣＩＰ）数据

藏在笔下的爱/魏淑文著. —合肥：安徽文艺出版社,2019.7
（2022.7重印）
ISBN 978-7-5396-6656-3

Ⅰ．①藏… Ⅱ．①魏… Ⅲ．①散文集－中国－当代
Ⅳ．①I267

中国版本图书馆CIP数据核字(2019)第073507号

出 版 人：姚　巍　　　　　　　责任编辑：周　丽
....
出版发行：安徽文艺出版社　　www.awpub.com
地　　址：合肥市翡翠路 1118 号　　邮政编码：230071
营 销 部：(0551)63533889
印　　制：山东百润本色印刷有限公司　　(0635)3962683
....
开本：710×1010　1/16　印张：16.5　字数：250 千字
版次：2019 年 7 月第 1 版
印次：2022 年 7 月第 2 次印刷
定价：59.80 元
....

流淌的情感 凝固的诗意

徐 涟

魏淑文老师的又一本散文集《藏在笔下的爱》就要出版了，她嘱我作序，我觉得义不容辞。我一直管她叫"魏局"，是因为我们相识时她在北京市海淀区文化委前身文化文物局任副局长。二十年来，我们从工作关系转为朋友关系，隔三岔五几个闺密就要聚一聚，每次聚会大家都抢着说话，工作、生活、孩子、写作、八卦……不遮不掩，快意畅然，却又总是意犹未尽，相约着下次再聊。我想，可能就是这份熟悉、这份了解、这份信任，让她挑中我来写这篇序吧。

文字的清新、简练、质朴、生动，是我对她散文的直观感受。没有虚饰，没有辞藻，却自有深沉的感染力。她并不是专业的写作者，真正开始花时间写作应该就是退休之后的事情，但起点不低，且坚持不辍，很快就有了大量的作品。其中越来越多的好的散文作品，不仅刊发在各大重要刊物上，也得到了读者的欢迎与肯定，常有公众号大量转发。我觉得有些意外，我知道她的生活忙碌，一双外孙需要她的照料，但又觉得在情理之中，从年轻时候在农村劳动开始，她在人生的每一个阶段，都尽力做到最好！在农村从生产队提拔到大队、公社当上基层干部，女儿两岁时她考上大学，出色完成学业，又一路做到了六一幼儿院的院长，把这个北京金字招牌的幼儿园管理得越来越好。随后，她调任海淀区文化文物局副局长，从基础设施建设到公共文化服务，从文物管理保护到各项活动开展，海淀区文化工作做得有声有色，成为报刊争相报道的对象。也正因为如此，我们成了无话不谈的好朋友。在她身上，总是充盈着满满的正能量，精力充沛，好像永远都有使不完的劲儿。这些年来，不声不响，她拿出了一篇又一篇文章，我们几个常常是先睹为快，一天天看着她的进步，也看着她在这片新的天地里自得其乐，渐入佳境。

重读此次文集中的文章，再一次被她真挚的情感所打动！她所写、所记、所感、所思，都是从生活中的小事甚至琐事而来，却总让人感受到真实与真诚。她从不为写而写，而是跟随自己的情感出发，情之所至，笔随之来。无论是写她在朝鲜遇到的志愿军老兵，还是写她在列车上偶遇的北京大格格；无论是写她照料母亲、看护外孙，还是写与她相濡以沫几十年的丈夫，全都流淌着深沉而自然的情感，毫不造作，自然而然。情动于中，发而为声，落在纸上，成为文章。这不仅仅是文字上的表达，更重要是以文字传达出来的情感。禅宗故事里，有"离指得月"的巧喻，顺着手指所示的方向，你可以望向挂在天际的月亮，可如果你只是盯着手指，你能看到的，就只是手指而已。文字与情感的表达同样如此。说到底，文字本身只不过是工具，是借由文字的表达，唱出心里的诗情。自古至今，何尝不是如此！"关关雎鸠，在河之洲。窈窕淑女，君子好逑。""昔我往矣，杨柳依依。今我来思，雨雪霏霏。"当先民们尝试着用文字去表达自己内心的情感时，文字是拙朴的，但给人的情感震撼是经历千年也难磨灭的；而当文字逐渐发展而达至炫技时，却往往失去了文章原本的魅力。在互联网时代，许多人玩转文字，却不见得能表达情感。甚至许多人能够玩转生活，却失去了感受的能力。也正因如此，在重读她文章的时候，透过文字，我看到了一个个她所熟悉的亲人和朋友，也看到了她那颗真挚易感的心。

掩卷而思，她的笑脸在我眼前晃动。柴米油盐，衣食住行，不过是常人的平淡生活，在日久年深中常常消磨了新鲜感，失去了趣味。而她以充满激情的热爱、敏锐的观察及理性的思考，将日常生活中平淡的日子变成一首首流畅的诗。十几岁时在农村稻田里工作，奋不顾身跳进结满薄冰的稻田里，她度过了一个个激情燃烧的青春岁月，即使落下了病根，上了年纪之后腰腿疼痛，也真心地绝不后悔（《低头便见水中天》）；在开往香港的火车上，与硬卧车厢里的乘客二十几个小时的相处，她通过细腻的观察，写活了一个老北京人的形象（《北京大格格》）。而她的心理专业知识，也让她能够深入对象内心深处，挖掘出别人难以察觉的心理活动，因而她笔下的人物，常有活生生的形象，其中一些佳篇，触碰到人性的深度。最难能可贵的是她与老伴几十年相濡以沫的感情与婚姻！《一杯牛奶》，再普通不过的"道具"，她写出了几十年同船共度的夫妻情深；《我的他》，是在生日之际妻子下厨做碗长寿面来表达对丈夫的感恩感动，却不由得让人动容！牛奶、面条，这些摆不到桌面上的生活细节，在她的笔下，却真实地传达出了爱情与婚姻的温暖与美好，也难怪她的粉丝、同道会纷纷写下诗词，来唱和这份美好。

当然，任何一部情感散文集，都不可能达到尽善尽美。重要的是，情感散文的格调与境界，决定着它的价值，决定了属于个人的情感值不值得与别人分享。在她的所有文字中，写的是日常生活，传达的是她对人对事的同情、理解、包容、豁达，还有对生活的乐观与丰富的趣味。这是属于她的生活态度与生活方式：和朋友相处，她会细心替你分析生活琐事中的是非曲直、喜怒哀乐；落到文字中，她会将一件件小事一个个人物慢慢道来，内中蕴含着她对生活的观点与观察，也自然而然抒发着她的情感。在这部散文集中，她坦诚地拿出自己的内心与别人分享，带着温暖，带着情感，带着智慧，也为她自己的生活再添精彩的华章。

（徐涟　中国文化报社副总编）

目录

卷一

围城记情

一杯牛奶

　　我坐在沙发上，望着与自己朝夕相处的老伴，像是欣赏一道奇特的风景。在夕阳的抚慰下，他悠闲地坐在窗前那把小藤椅上，戴着老花镜不厌其烦地阅读当天报纸上的所有消息。北京的、国家的，甚至世界的每一条新闻似乎都牵动着他的心，真是一个典型的北京老爷们。别看人家做不了什么事了，可关心国家大事那可是几十年如一日，对我们国家发生的重大变化如数家珍。

　　看到他头顶上稀稀疏疏的毛发，看到他沟壑纵横的满脸皱纹，还有一说话就露馅的豁牙露齿，这还是当年那个骑着骏马奔驰在内蒙古草原上英俊帅气的军人吗？这还是和我一起走进北京市自学考试考场的考生吗？

　　岁月如烟。

　　记得二十几岁的时候，我们那代人充满革命的理想，仗着年轻，浑身有使不完的劲儿，我也一样。工作、学习起来就像着了魔，不知疲倦，不知劳累，该吃饭时不吃饭，加班；该睡觉了不睡觉，读书；该休息了不休息，写东西，简直一刻不得闲，似乎在与时间赛跑。

　　久而久之，我的身体受到了惩罚，得了严重的胃病，一疼起来恨不得撞墙的心都有。米饭不能吃了，一吃，胃就疼痛难忍，只能吃馒头、面条等面食。我最喜欢吃的猪肉炖海带也不能吃了，吃了就疼得无法忍受。那段时间我可没少遭罪。当时多亏了五道口八十多岁的老中医刘雁生，刘大夫给我号脉后说："不要紧，吃我三剂药试试。"刘大夫真像传说中的神医，三剂药吃完，我的胃病奇迹般地好啦。从此，按照医嘱我不再吃任何凉的东西，什么冰棍、冰激凌都跟我无缘了。

我的爱人，那时还不叫老伴，每天早上都要盯着我把一杯煮开的热牛奶喝光，才放心离开去上班。我所供职的机关，要求干部每月都值一周夜班，下班后不能回家。每逢值夜班的日子，早上不到七点钟，我在办公室洗漱不久，就会看到他端着一杯热气腾腾的牛奶，来到我的面前命令似的说："趁热喝了。"

将近十年的时间，除去外地出差外，他不管风吹雨打，不管严寒酷暑，每天早上准时为我送牛奶，送了六七百次，至今想起那杯牛奶，还让我倍感温暖……

虽然，我已经过了知天命的年龄，可依然思维敏捷，四肢灵活，健步如飞，说不准与我几十年如一日，天天喝一杯牛奶有关。

随着岁月的流逝，活力四射的青年时代、年富力强的中年时代，先后离我们而去，我们在不知不觉中悄然变成了老年人。他老了，我也老了，这是谁也无法改变的事实。几十年过去了，令人欣慰的是我们一起经历了生活的坎坷，一起经历了社会的动荡，一起经历了个人的荣辱，一起抚育女儿，一起侍奉双亲。在平凡得不能再平凡的日子里，我们相濡以沫慢慢变老。

从 1974 年我们相识、相恋，至今已经四十多年。回顾过去携手走过的岁月，无怨无悔。闲暇时候，我望着他，他瞧着我。是啊，变了，变啦！我们的容颜已经改变。我早已从昔日的小魏，变成老魏。他也从过去的小刘变成老刘。唯独不变的是我们的爱情，依然保持着新鲜感。尤其值得庆幸的是我们还升格当上了姥姥、姥爷。每当一对双胞胎外孙欢蹦乱跳地扑向我们的怀抱时，我们心中总是盛满了无尽的欢乐。而我们能做的就是让家永远温馨，让家人感到温暖，让家的每一处角落都春意盎然。

　　每当听到他故意拉长音地叫"小——魏"的时候，我便拿腔拿调地回敬道："刘——"没等话音落地，我们俩便开心地笑了。

我的大姐

　　春节前，我和先生抵达香港后，便被外甥、外甥媳妇接到了大姐的家。当门铃摁响的瞬间，防盗门旋即打开，与此同时露出了大姐开心的笑脸。

　　我们一进房间，便看到了饭桌上早已摆满热气腾腾的美味佳肴。我们从行李箱中取出特意带来的馒头、烧饼、玉米碴、嫩黄瓜……大姐笑着说："都是我爱吃的。你们饿了吧，吃饭！坐下来，快吃！"

　　从第二天开始，大姐不顾年迈体弱，整天和我们在一起，几乎形影不离。早上，我们一起去饮茶，这可是香港特色！她会给我们点凤爪排骨饭、生滚什锦粥、酱皇蒸凤爪、蟹子烧麦皇。吃早茶的时候，她会悄悄地提醒我们，这儿不是咱家，说话声音小点儿。早茶后，我们一起去附近的公园散步，边走边用地道的北京话聊天，她乐呵呵地回忆着我们的童年趣事……

　　她瞥了一眼我，对在场的人说："老五小时候，天生一头黄发，还都是小卷毛。大伙都叫她'小苏联人'。"我对大姐说："大姐，我小时候，觉得你比我高好多。我到现在还记得，你常常拉着我的手，去你们学校的操场玩，去学校的图书馆借书。"她说："我比你大十二岁，你那会儿三四岁，我就十五六岁了，可不比你高好多。"

　　我抢着对大姐说："上个月有一天早上，因为有采访任务，我匆匆忙忙走出小区大门，朝公交站走去。这时，大门左侧一辆电动摩托车上，坐着的一位老先生开口说道：'你姓魏吧？'我当时停住脚步，仔细端详他：'您是……？'他咧开大嘴一笑，一堆皱纹出现在脑门上，干脆利索地说：'认不出我了？'他接着问：'你大姐好吗？''我大姐在香港，挺好的。''你有事快走吧！我陪着老伴做按摩来了。'他催促着。我走在路上，想起了童年的趣事。大姐，他就是'小皇上'啊，是你的同班同学，个子不高，当时的他，总爱梳着一个大背头，显得很帅，常与你们班同学一起上咱家找你玩。你们班的同学都非常喜欢我，见面总喜欢逗我，我与这些大哥哥大姐姐关系都很好，乐意让他们抱着。我唯独不喜欢这个'小皇上'。因为他每一次看见我，都高兴地抱起我，用胡子扎我，我用腿踹他，往下打出溜，他才把我放下来。"

大姐听到这儿哈哈大笑，笑得眼泪都流出来了，特别开心。

童年的往事一件件被捡拾出来。

记得那年夏天，我正忙着在村里的一棵老槐树下与小伙伴一起玩咕嘟，玩兴正高。咕嘟，也叫"吊死鬼"，其实就是槐树虫的别名。一到夏天，茂盛的槐树下，就会垂下一个个"吊死鬼"。槐树虫就像变魔法一样，突然具有春蚕吐丝的本领。一根根丝从树上垂下来，每根丝上都有一个"吊死鬼"在下面荡悠，条条"吊死鬼"，随风舞动，像是现在的动画片，那可是我们那些孩童眼中一道绮丽的风景。"吊死鬼"身上呈黄绿色，身体像海绵，软软的。我与小伙伴各捻下一个"吊死鬼"，忽上忽下地玩着，规则只有一个，看谁的"吊死鬼"先落地。"吊死鬼"先落地的是败者，后落地的就是胜者。正当我聚精会神玩兴正浓时，突然听到有人叫我的名字，让我马上回家。我一分神，手中的"吊死鬼"落地。小伙伴快活地叫着："我赢了！"失败的我，噘着嘴往家走，刚一迈进二门，听到里面热热闹闹的声音，便知是城里的大姐回来了，八仙桌上摆放着她给我们带来的江米条，我蹦蹦跳跳地推门进屋，叫了一声大姐之后，随手抓了几根江米条（我们叫中果条）放在嘴里嘎嘣嘎嘣地嚼着，脆脆甜甜的，越嚼越香。

时间过得真快，谈笑间几十年悄然滑过。

当我们快快活活聊天的时候，大姐总是用充满爱意的眼神看着我。她不说话的时候，无论做什么，眼睛也从不离开我……

而我同样关注她的一言一行、一举一动，生怕我们的到来，累坏了平日生活非常规律的大姐及姐夫。要知道关心大姐的不仅是我们的家人，还有她的同学。大姐师范预科六一（四）班的同学，近些年来，一直在等候大姐的归来，她们班的淑兰姐姐告诉我："只要你大姐回到北京，我立马通知在京的所有同学与她相见，我们大家非常想念她，已经五十年未见了！"因大姐夫身体的原因，大姐迟迟不能返京，而同窗情谊则深深地藏在她的心底。

细细说来，大姐是我们家的骄傲，她上中学时就是学校有名的学生会主席，因学习成绩优异获金质奖章，保送上了北京师范预科，还成为女篮队长。她的胆子蛮大，还学会了高空跳伞。之后，她和大姐夫一起凭着勤劳的双手，从北京来到香港打拼，成为家族的一段传奇。我们六个弟弟妹妹，从小对她只有仰视与崇拜。

记得改革开放初期，她每次回北京，都会带来一大包东西，里面装满了各种各样的T恤、衬衫，我们每人一件，当时非常新鲜，我们穿上后都觉得既有范，又时尚。她还给妈妈带来漂亮、合身的阿婆服，老妈脱下自己缝制的大襟上衣、缅裆裤，穿上这身港式新衣服，顿时吸引了妈妈周围老姐妹羡慕的眼光。后来，随着改革开放的进行，T恤也堂而皇之地登上了北京商店的柜台。大姐再回京，就给我们带一些咖啡、可可等，我们家家户户都有，每次都抱着大姐带来的礼物凯旋。

大姐虽然离我们很远，但是，家里的大事小情，我们都愿意向她汇报，凡遇大事与她商量是必须的，等她定夺。比如，爸爸、妈妈年龄大了，为了尽孝，我们等大姐回家，由她主持召开家庭会议，决定每月发工资后，兄弟姐妹都要准时给爸爸、妈妈送生活费，使他们的晚年生活有保障。

随着我们工资收入的不断提高,数额也不断调整,从最早的一家交 20 元,调整为 50、100、200 元等。大姐身处香港,不能每月来交,一年交一次,而她交的数额总是高于我们交的数额。在大姐的带领下,我们的大家庭形成良好的家风,从没有为经济利益发生过口舌是非,而是互相体谅。

我们出发的时候,北京早已是冰天雪地,寒冷刺骨,西北风刮个不停,人在外面即使穿上羽绒服,都不觉得暖和,空气还特别干燥。而香港由于是海洋气候,空气湿润,而有时候似乎湿润得过了头,湿度甚至有八九十度,楼梯周围的墙壁上,挂着一层晶莹剔透的水珠,地面上铺满了一层薄薄的水渍,闪着亮光。那天清晨,我走出大姐的家门,见到此情此景,立刻大惊小怪地叫道:"大姐,不好了!你们楼漏水了!"没等大姐回答,跟在我身后的大姐夫笑眯眯地说:"没事的!不是漏水,是湿度太大!一到这个季节,楼道就是这样水淋淋的,我们早已见怪不怪!"听到此话,我倒吸了一口凉气,再看一眼挂着拐棍的大姐。心想,怪不得大姐的腿总也不好呢,湿气太大呀!

每天早上,我们睁开蒙眬的双眼就会看到,不知何时起床的大姐,将我们昨晚冲凉后洗干净的内裤,在电暖气上不住地翻晾着,一条条花花绿绿的内裤,张扬着自己的个性,堂而皇之出现在人们的视线下,格外夺人眼球。大姐见到我,随口叫道:"老五,这是你的内裤,已经干了,拿走……""哎!"我连忙答应着,接过大姐辛苦烤干的内裤,心中盛满了一种说不出的感动。年迈的父母先后走了,如今轮到大姐悉心照料我们,真是长姐如母。

姐妹之间的团聚虽然是暂时的,但给我们带来的快乐是无法言喻的,那是一种特殊的感受,花多少钱也买不来的。

记得我上初中的时候,大姐回家与妈妈聊天。我恰巧走到北屋门口,听大姐问妈妈:"老五来例假没有啊?"妈妈说:"不知道,没有吧!"听到他们的问答,羞得我连忙转身朝外走去。因为这件事我不好意思与妈妈交谈，所以一直瞒着妈妈，其实来例假已经半年了，每月我去买妇女专用的长条卫生纸，都将卫生纸悄悄塞在腋窝底下拿回家，生怕被人家知道。没想到忙忙碌碌中的大姐时刻关心弟弟、妹妹的成长。此事已过几十年了，至今，大姐与妈妈的对话，我依然记忆犹新。后来，大姐还当了媒婆，介绍我与刘先生见面，促成了我们美满的姻缘。

在香港的每一天，我们都陪伴着大姐、大姐夫行走于家门口的繁华闹市，去熙熙攘攘的街（香港人读"该"）市，购买新鲜的蔬菜水果。我最喜欢吃的水果就是莲雾，总也吃不够。最喜欢的蔬菜就是枸杞鲜叶，做汤特别鲜。我们几乎隔三岔五，就要去开阔美丽的湿地公园游玩，欣赏大自然的美景，呼吸新鲜的空气。每当过马路时，大姐、大姐夫会招呼我们："跟上，小心！"凡遇到有台阶的地方，我都会搀扶一下大姐，生怕她摔倒。

在香港，我们散步的时候，常常会有一阵雨说来就来、说下就下的场面，令人猝不及防。好在香港的城市基础建设优于京城。我们沿途看到的所有过街天桥，都建有高高的遮雨棚，所有的商店都有伸展出来的遮雨棚，即使下雨也不会淋到等车的乘客以及来往的行人。香港呈现在我们面前的是干干净净的街道，几乎看不到痰迹，在人行道、自行车道上设置的路障，也是充满了人性的关怀。这些路障大多是用软塑料或橡胶制成，人即使撞在上面也不会撞伤。

有一天下午，我和大姐登上商厦的滚动电梯，低声说着悄悄话。这时，站在我们前面的一位妇女回过头来用普通话问："两位姐姐，是北京人吧？"

我们连连点头说："对啊！"

"您是哪儿的？"

"青岛。"

"在这里，我很少听到普通话，今儿听见你们姐俩说北京话，觉得特别亲切。"

"谢谢！谢谢！"我们姐俩连忙答话。

电梯上到了顶端，我们挥手与这位青岛人再见，彼此真像久别的亲人一样。

是啊，离开内地，来到香港，肯定会有诸多不适，从此也知道人在世间原有一腔乡愁，万般思恋……

每天，当我们去饭店吃早茶时，一进饭店，就会有老人不时起立或用手势，与大姐、大姐夫热情地打着招呼，大姐、大姐夫笑容满面与对方回应着。

那儿的饭店，顾客每天爆满，当我们七点半左右到达时总要费心去寻找座位，更多的时候是和别人合桌，共同就餐。我细心品尝皮蛋瘦肉粥、凤爪，味道的确地道。来这儿就餐的老人数量不少，据说很多人从早晨吃早茶一直吃到中午，边吃边和几位投脾气的朋友聊天，边吃边看几份报纸，好一派从容日月长。据姐夫说，香港人的晚年生活还是有保障的，凡年满六十五岁的老人，夫妻二人年收入不高的均可向政府提出水果补助金的申请。看病有公立医院，免费，只是需要预约，没有私立医院方便。凡年满六十五岁的老人去公园享受半价，坐巴士、地铁同样是半价。

半个世纪以来，香港人脚步匆遽，经历了五十年代的贫困，六十年代的动荡，七十年代的金融危机，八十年代的转型和信任危机，九十年代的香港回归。进入新世纪以来，又经历了港币贬值、"非典"肆虐、国际金融危机，以及"占中"等种种难关风波。但是，香港早已回到了母亲的怀抱，无论遇到什么样的艰难险阻，他们都坚信会转危为安，因为他们的背后有强大的祖国。今天的香港，仍旧是名副其实的国际贸易、航运、金融中心，依然充满勃勃生机……

有人说，香港是块福地，来这里的人都不想走。是谁把香港变成福地的？不是别人，是七百多万像蜜蜂一样勤劳的香港人。

有人算过，人生最大的范畴只有"百年三万日"，不少香港居民经过一生的漂泊、拼搏，终于赢得了稳定、安逸的晚年。据说，香港人长寿，排世界第一，人均寿命已经超越日本。

近年来，大姐随着年龄的增长总爱念叨："当我老了的时候，我是去北京和你们兄弟姐妹团聚度晚年，还是在香港度余年呢？"她一直举棋不定。这次，见到我们的时候，她非常肯定地说："看来，我不能叶落归根，只能魂归故里了。我思来想去，还是香港的生活更适合我。"我说："也好！大姐夫和孩子们都在这里，照顾起来也会方便得多。香港又是海洋气候，温暖湿润，适宜老年人生活。如果有事，现在交通也方便，我们会马上赶来。"

是啊！大姐既不愿意叶落他乡，又不愿意离开早已融入她灵魂的香港。

我的他

今天上午，他吃过早点，注射过胰岛素，转头告诉我，该去医院取药了，时间不能延迟，因为医生开的药中，有两种药，即氯沙坦钾片及依姆多，只能吃 28 天，一个月大多是 30 天、31 天，总有一种唯恐接不上的感觉。

他前脚一走，我赶紧实施自己预谋的计划，因为今天是 8 月 6 日，是他的生日，我要亲自下厨，为他做长寿面以及西红柿卤。我先去早市，买来嫩黄瓜、西红柿、圆白菜，还有百合花；再去超市买点鲜肉、米粉肉及啤酒。

当一切准备就绪的时候，我突然有一种欲望，想写写他。他，就是几十年来与我风雨同舟、相依为命的丈夫。

我与他的认识纯属机缘巧合。

他有个表嫂在石景山区当小学老师，我的大姐也在石景山区当小学老师。那年，中学扩招，老师短缺，教育局从小学教师中提拔一批能力强的骨干，经过短期培训，直接进中学当教师，满足社会急需。一个表嫂，一个大姐，在此相遇，而且她们脾气相投，很快就成了朋友，一来二去，两个人开始为我们做媒。我俩的情况也很特殊，他在内蒙古插队两年后，于当地入伍参军，当了四年骑兵。我考学、招工无望，在生产队踏踏实实干农活，一干就是六七年，当时虽然被提拔到大队，当了基层干部，但身份仍然是农民。我对农民的生活了如指掌，而且对那些半居半农户充满同情，因为这些家庭没有男劳力，连生产队分粮食都要求人帮忙。

当大姐告诉我这个消息，并约好周日与他见面的时候，我毫无兴趣，碍于面子，只好去会会他。

那天，我们是在大姐家见的面，一见面，我就怎么丑怎么说，原话记不得了，大意是："你可要想好了，我是个农民，每月没有工资收入，每年到春节才有一次分红，因为分值低，钱少得可怜。"他说什么，我记不清了，大概是当农民没有关系，他每瞅我一眼，便红了脸，低下头，透着一股单纯与实在。他很快出去与表嫂交换了意见，大姐转告我，说他对我非常满意。我不置可否。临走的时候，他小声对我说："下周六咱们去颐和园约会，集合地点在售票处。"

约会时间快到了，我突然想不起他长什么样，因为当时稀里糊涂的没细看。我果断地决定，早到半个小时，站在售票处高高的台阶上，我不认识他，他应该认识我，谁朝我走来，就是谁。想想看，这是一件多么不靠谱的事！

在约定的时间内，有一个解放军同志真的快速向我走来，我扑哧一声，笑了，是他！

我们徜徉在颐和园的长廊，他说："人太多，咱们去昆明湖划船吧。"我说："我可不会划船。"他调皮地笑了笑，说："我会划。"当我颤颤悠悠地登上那条小船时，他及时伸出了手，我的手被他紧紧握住，一刹那，我的内心一阵狂跳。

后来，我知道他喜欢摄影，用自己微薄的津贴购置了一台海鸥牌203型相机。他还是一名文学青年，爱好阅读中外名著，收藏不少图书。在全连诗歌比赛中，他曾经获得一等奖。在相处过程中，我们彼此都感受到对方的所思所想，就像两个孩子想要建造一座属于我们自己的城堡。

结婚的时候，我们是真正的无产阶级，无房无床。我在村里租了一间房，大约有10平方米，又借了家境较好人家的一张双人床，只等我们结婚发的床票下来，就赶快将床还给人家。

我们简陋的小窝就这样搭成了。

我们的女儿诞生在北京第四医院，凌晨四点多钟降临人世。他因工作忙，头天晚上没有赶到。夜里没有人陪我，生完孩子后我就昏睡过去。第二天上午八九点钟，我起床上洗手间，医院的走廊上贴着几张大字报，我仰着头想看看上面写什么，突然，我发现一个熟悉的男人正在东张西望，仔细看，原来是他。他从房山急匆匆赶来，当听说生的是女孩时，竟两眼放光。我在婆婆家坐完月子，他开着一辆三轮摩托车，把我们娘俩送回自己的家。一路上，三轮摩托车发出巨大的轰响，嘣！嘣嘣！我真怕把出生刚刚一个月的孩子给嘣坏了。经过将近两个小时的车程，我们回到了自己在农村搭的小窝。小窝虽小，只有一间房，可一应俱全，卧室、客厅及厨房都挤在一起。虽然物质极度匮乏，可小窝不缺幸福与温馨。况且，房东王岭一家人对我们也特别好。当时，农民的产假少得可怜，只有 40 天。每天早上，我抱着女儿从村西走到村中间，将孩子送到娘家，然后去上班。他从部队返京后，工作安排在房山，每周只能回来一次。虽然每周仅此一次，却给我们娘俩带来无尽的关怀与温暖。孩子的尿布，只要他在，就抢着洗，他一点都不嫌弃，把每一块尿布洗得干干净净，晾晒在院子里面的晾衣绳上。

当女儿不到两岁的时候，我异想天开要报考大学，他二话不说，全力支持，随之不久，为了照顾家，他调到附近的中学工作。

从此，他开始正式成为我们家的后勤部长。我大学毕业，脱颖而出，成为国家干部，工作日益繁忙。而他总是像老黄牛一样踏踏实实地工作，从不与人争长道短，是单位公认的模范。对家，他任劳任怨。饭桌上好吃的菜，他总是让我和孩子多吃，说我们太瘦。他每天蹬着自行车送孩子去几里外的幼儿园，冬天北风呼啸，他怕孩子冷，让孩子反坐，用自己的大衣紧紧裹好孩子，怕她着凉。

　　这时，有人跟他开玩笑说："你媳妇是大学生了，又当上国家干部，小心有一天把你给蹬了。"他憨憨地说："是你的，跑不了。媳妇有能耐，我高兴还来不及呢。"瞧，这就是我男人的胸怀与气度。几十年来，我从不担心家中后院起火，因为家中有他。自从担任基层领导工作后，我很难顾家，有时晚上加班到九十点钟才能进门。家都是靠他支撑。几十年来，我好像没有买过酱油、醋、盐、被罩、床单，这些都是他负责打理。年复一年，日复一日，一晃就是几十年啊！姐姐们常对我说，你的军功章上有他的一半。这时的我，只会傻笑。

　　人们常说，人生一世，祸福相依。这话不假。那天深夜，身体一向强壮的他，胸憋难忍，呕吐腹泻，甚至无法正常呼吸。我扶着他下楼打车去了医院，挂急诊，初步确诊：急性心梗。医生立即实施抢救，他被推进 ICU，与我隔绝整整三天。我坐在外面的椅子上焦急地等待，不敢离开半步，生怕见不到我的他。最终，医生对他进行了溶栓及冠造的治疗，发现他的左冠血管几乎堵死，紧接着放了两个支架。他出院回家的时候，人完全脱相，变成一副霜打的模样，虚弱的他，靠我扶着，艰难地回到了家。

　　谁能想到，我家的顶梁柱说塌就塌了，我开始顶起这个家。从此，我开始挂念他，给他买了氧气瓶，生怕他突然病发……

　　然而，该来的还是来了。七年后，他再次出现心梗症状，吸氧、服硝酸甘油无效，重新住院，医生发现他的左旋血管堵塞百分之九十，再次放置支架。出院后，他对我讲："这次又没少花钱，家中存的钱差不多让我花光，现在我的胸膛里装着一个奥拓。"我望着他嗔怪地说："管它花了多少钱，能活着就好。"他说："我要是死了，你可不要没完没了地哭，自己该怎么过，还要怎么过。"我冲他呸呸了几声，他眼眶湿润了。

　　爱到极致，溢于言表。

退休后，为了他，也为了我们的晚年生活，我听养生讲座，看各种医书。开头，他不信我游说的东西。后来，他觉得我说的或许有几分道理，就按我说的去做，比如跪走、调息。他开始严格遵照医嘱，服药打针，血糖终于得到有效控制。我从医书上得知，心俞、肝俞、肺俞等，均分布在人体的后背，每晚睡觉前，我给他做一次按摩，已坚持数年。现在，他的病情相对稳定，身体比过去结实多了，生活质量也有了很大提高。他又重新承担起后勤部长的全部职责，为我们一家六口做出可口的饭菜。此外，他支持我实现新的梦想，我也放下心理负担，开始接作协分配的采访任务，走南闯北，东跑西颠，一篇篇富有感染力的报告文学随之诞生。空闲时间，我会阅读自己喜欢的书，写我酷爱的散文，还向写意国画发起冲击，这不，还尝试建起了自己的微信平台……

想到这里，我不禁莞尔一笑，人生真像坐过山车，有上下，有喜忧，苦尽甘来。

时候不早了，我赶紧离开电脑，走进厨房，洗菜、做菜码、做卤，一阵忙活。时针指向十二点半，我拨通了他的电话，"喂，你到哪儿了？""我下公交车了，正往家走。"

桌上，芳香四溢的百合花插进花瓶，给房间带来一派生机。

炉子上的水烧开了，面条下锅了，屋里屋外热气腾腾。

我终于将他盼回来了，我们相对而坐，相视一笑，举起装满啤酒的杯子，干杯！我说了一句："祝你生日快乐！"他说："谢谢！辛苦你了！"夫妻一场，缘分不浅，一切尽在不言中。

生日礼物

　　从外面开会回来，我没有径直回家，却朝元大都花卉商场走去。虽然已经是下午六时了，可太阳依然高高悬挂在西边的天空上，刺眼的光辉不客气地向路上的行人脸上和身上洒去，管你欢迎不欢迎。

　　此时是 8 月 6 日的傍晚，我满腹心事说不出是喜悦还是烦恼。今天晚上要买花，要买玫瑰花的愿望十分强烈。走在人行横道上，望着疾驶而过的汽车，瞧着快速穿行的自行车，看着从眼前匆匆走过的人们，我想，从他们的外表看不出什么，不知他们工作生活得怎么样？他们的亲人是否安康？

　　唉！古人所云：都有，别有病；都没有，别没有钱。这真是亘古不变的真理啊！

　　大伟，我的至爱，你今天怎样？胸憋了吗？喘不上气了吗？吸氧没有？按时吃药没有？想到这里，我的眼睛湿润了。和大伟相识几十年了，几十年来我们患难与共，共同经历了人生的风风雨雨，创造了对别人微不足道，对我们而言的的确确是人生的奇迹。正当我们的人生即将走向辉煌的时候，你却在那年的 3 月 28 日躺在医院的手术床上，如果不是我将你送到医院，医生没有半点延误，立即实施溶栓、冠造、介入等紧急抢救手术，身患左前壁大面积心肌梗死的你，就会离开了我，离开了这个世界。你在 ICU 抢救了三天三夜，我在医院的座椅上不吃不喝一直守候，不知道困，不知道累，也不知道饿，人仿佛进入亢奋状态，坚守着我最后的营垒，盼着你从那危险的地方早点出来……

想起这些，我就心痛。人原来这么脆弱？人的生命原来这么不堪一击？原本认为生命将永远伴随自己的神话随之破灭了。

从此，我满腹忧虑。我非常担心你中午犯懒不吃饭，久而久之身体每况愈下；我非常害怕你一人在家突然休克，来不及喷药实施自我抢救；我非常忧愁，不知哪一天，我迈进家门，千呼万唤你再也不答应。忧愁爬上了我的心头，眼角皱纹急速增加，细嫩的手背不知何时竟钻出一个个老年斑，虽然岁数不大，我的心突然变老了，我的快乐被你的病带走了。

一走进花卉市场，我立即被门前的三个摊主包围了。原来最贵的红玫瑰也很便宜，一枝红玫瑰一元、一元五角即可，这真让我喜出望外。进门之前，我想买一束玫瑰花，怎么也得花上一二百元。正对门口的那位漂亮小姐几乎不让我与另外两个摊主接触，指着筐里的一大堆红玫瑰对我说："一枝一元。"我点了点头说要十枝。突然，又发现靠里边的一个筐里放的红玫瑰的花朵更大，就说："我要那个筐里的红玫瑰。"漂亮小姐说："那可是一元五角一枝的。不过你已买了十枝，再给你拿两枝吧！"我说："三枝。"漂亮小姐说："三枝就三枝。"我拿出十元钱递给她，漂亮小姐说："不对，还缺三元。""那三朵不是送的？"我不解地问。"不是，只是便宜点儿，按一元一枝卖的。"漂亮小姐答道。

尽管如此，依然没有影响我快乐的心情。我举着一束红玫瑰还是兴高采烈地走出了花卉市场。

我举着那束红玫瑰，就像举着燃烧的火把，美丽的玫瑰花，代表着世间男女之间纯洁的爱情。是啊！我对他深深的爱，已在不知不觉中转化成亲情。

当我重新走在人行横道上的时候，我似乎成了人们注意的中心，人们的眼光越过所有障碍，首先集中在红玫瑰上，然后把不解、羡慕的目光投向了我，我被人们上下打量着，心里有点不自在、又有点得意。由于我手举着红玫瑰，太阳的光一点也不刺眼，柔和地照在我的身上，把我的白色长裙染成粉色。

我设想着见了大伟，该说些什么？要知道，在这之前，我从来没有买花送给他，更何况是红玫瑰了。他是一个挺讲实际的人，不大浪漫，尤其反对乱花钱。

我心想：当他开门的时候，我把花藏在身后，趁他转身的时候，我一把将他搂住，顺势将红玫瑰送到他的胸前说一声："亲爱的，生日快乐！"想到这里，我顿时觉得心情十分舒畅，快乐的我又走起了踢踏步。当我走进芙蓉小区的时候，想起刚才买花时算不清账与小姐争辩时的情景，自己开心地笑了。我自言自语地说：花了十三元钱买了十三朵花。真便宜。又一想，什么？十三元？十三朵红玫瑰？怎么都跟十三干上了。十三，这是个令人回避的数字啊！我顿时紧张起来，我怎么买了十三朵红玫瑰送大伟？本来他的心眼就不大，这不是成心给他添堵吗？眼看着离我家居住的 6 号楼越来越近了，怎么办？必须处理掉这十三朵花中的任意一朵，减少为十二朵。

这时，一个老大爷走来，我迎上前去想送给他一朵花，转念一想：不行，别把老大爷吓着。花没有送出去。再向前走，一个放学的小姑娘过来了，我想机不可失赶快走上去，就在即将送花之际，我突然觉得会吓到这位小姑娘。红玫瑰还是没有送出去，我心里急得发慌，就在这时，一个衣冠楚楚的中年男人走来了，我心中大喜就是他了，连忙冲上去，挡住了他的路。可就在一瞬间我又改变了主意，我无缘无故送人家红玫瑰，人家万一对我有意了怎么办，又同住在一个小区，不妥！不妥！当我闪身让人家通过时，这个人瞪大了眼睛看了我一眼，小声嘀咕一句："神经病！"我再向前望去，已到了我住的 6 号楼。

怎么办？我磨磨蹭蹭地边掏单元门钥匙边想主意。有了，我把早已拿出的那朵红玫瑰的花瓣一片一片撕下来，均匀地把它放在 1 层至 5 层的所有走廊窗台上，漂亮的红玫瑰花瓣静静地躺在那里，散发着诱人的芳香。我想今天晚上，红玫瑰会给2单元的居民带来欣喜，让2单元的所有邻居共同分享大伟生日的快乐！让红玫瑰的喜气洋溢在我们家的里里外外，冲走罩在我们家的阴霾，重新把热情还给我，把健康还给他，把幸福与快乐带给我们家！

晚上，我和大伟下楼去散步，他突然惊喜地发现："哎！怎么每层走廊的窗台上，都有红玫瑰花瓣啊？！"我笑着说："是我放的，是我把掉在地上的花瓣捡起来，放在这里，让街坊邻居共同分享你的快乐。"

散步时，他一改往常躲躲闪闪的做法，主动拉过我的手对我说："下辈子还嫁给我吧！"

生死瞬间

俗话说，父母在，我们尚有来处；父母不在，等待我们的将只有归处。当父母健在的时候，有多少儿女知道这种日子的珍贵？有多少儿女懂得与父母聊聊他们的过往？儿女们包括我甚至天真地以为，这种与父母相伴的日子会很长，很长……

谁能料到生命无常？

我家兄弟姐妹七人，不算亲戚朋友，光自家人就有三十五口。逢年过节，吃饭时至少摆三桌，我们当中无论是高工、技工，还是当局长、厂长的都抹去了往日的斯文，大呼小叫，各找各的位置。无论妈妈做什么饭菜，我们都觉得很香，大家觉得外面的饭馆做得再好，也比不上家里的饭菜香。

那年除夕晚上，由于婆婆去了河北吴桥老家，我们一家三口回到了娘家。吃晚饭的时候，我们把妈妈围坐在正中。这时，只听妈妈叫了一声："玉琴（我的小弟妹），先把头锅饺子给你爸爸供上，他爱吃这口。"一句话，惹得我鼻子发酸，眼泪差点儿掉出来，我望着慈祥的妈妈一句话也说不出来。唉，尽管我们一群儿女给她带来不少的天伦之乐，但是谁也不能替代爸爸在她心中的位置，不能驱散爸爸走后留给她的苦闷与孤独。

晚上，我和弟弟去后院看电视，春节联欢晚会的节目好戏连台，当陈红唱的《常回家看看》一出现，我像丢了魂一样。那朴实无华的歌词，动人心魄的旋律，深深地打动了我的心。随着情节的深入，歌曲的飞扬，我的眼泪潸然而落，像要冲刷掉五年来埋藏在我心中深深的忏悔……

五年前的 6 月 4 日清晨六点，刚刚值完夜班的我，正在办公室里收拾房间，突然听到一阵急促的敲门声，一开门，是女儿小小，她着急地说："姥爷病危，让您赶快回去！"我脑袋嗡的一声，二话没说，径直从单位跑到公共汽车站，慌慌张张拦了一辆出租车急驶而去。一个小时后，我冲进家门。这时，只见父亲躺在床上，兄弟姐妹们都围在旁边。四姐见我赶来了，哽咽着呼唤爸爸："淑文来了，爸爸，您睁开眼睛看看啊！"我扑过去着急地叫着："爸爸，爸爸，我来了！您的小女儿来了，您看看我呀！"爸爸用尽平生力气睁开了眼睛一动不动地看着我，与我四目相对。此时此刻，两颗晶莹的泪珠顺他的脸颊簌簌滚落，随之他闭上了双眼，脑袋歪向了一边……我们哭成了一团叫着："爸爸，爸爸，您不能走啊！"

其实，爸爸患肺癌已经三年了。当时，一经确诊已是晚期。医生预言，爸爸只有三个月的存活期。我们姐弟紧急商议，决定为他采取保守疗法。三年来，我们兄弟姐妹想尽一切办法给他治病，让他吃好、喝好，减少他的痛苦，延长他的生命。他终于闯过了一年又一年，为我们带来无限的安慰与希望。然而一个月前，爸爸上厕所时意外摔倒了，经医院诊断爸爸身上的癌细胞扩散，从此失去了自理能力。这时，四姐把在京的兄弟姐妹全部组织起来，实行 24 小时轮流值班制度，由于我在基层做领导工作，又恰逢全市检查，决定把我排除在外，不给我排班。当时令我好生感动。可今天，爸爸撒手人寰，我深为自己忙于工作没有伺候爸爸尽孝而悲痛欲绝，后悔不已。古往今来，忠孝不能两全。我发自心底呼喊着："爸爸，您千万别走啊！您快醒醒啊，再睁眼看看我，看看您的小女儿，我不让您走啊！还想让您享几天福啊！"可任凭我怎样呼唤，他老人家再也不答应了。此时的我真想随爸爸一块儿走，让他在那个世界里不要凄凉,不要孤独。

当父亲的遗体被抬出时,我跪在了地上,我懂得了什么叫作生离死别,失去父亲给我带来的是多么巨大的悲伤!我叫着:"爸爸,爸爸!"这声音撕心裂肺、悲怆凄凉,它和兄弟姐妹及孙儿的哭声混在一起,足以感动神灵,让苍天落泪。

我随众人来到了殡仪馆。当父亲的遗体即将推入火化间的一刹那,我突然意识到,爸爸真的离开我了,想到从此再也见不到亲爱的爸爸时,我再也抑制不住自己的感情,扑向了爸爸。众人将我用力拉住,我拼命地哭喊着:"放开我,我要我的爸爸!"

当父亲的骨灰盒被弟弟捧回来时,我明白了,此生再也见不到父亲了……我跪在父亲的灵堂前,欲哭无泪,痛悼慈父。只有在这时,我才明白,凡做儿女的一辈子都无法报答父母的养育之恩。

"姐,给。"弟弟把一沓餐巾纸递到了我的手上。我问:"妈呢?""可能在前院。"弟弟答道。"咱们陪她说会儿话,聊会儿天吧。"我说。"行!"弟弟赞成地说。

当天夜里,我睡在妈妈的身边。妈妈不时用她那双粗糙的手轻轻地抚摸我的额头,我尽情地享受人间的至情至爱,仿佛又回到了童年时代。这时,我心里萌生了一个念头,别再忏悔了,快把对父亲的思念之情全部转给妈妈吧。机会还有,时间还来得及,让妈妈在有生之年,无时无刻都能感受到儿女的孝顺,一股强烈的报答父母养育之恩的感情如岩浆一样迸发出来。

从此,每逢节假日,只要不加班,我一定抽时间和爱人、孩子一块儿去看望妈妈,给她买来各种好吃的东西,给她添置漂亮的衣服。有时,还把她接到我家住上几天。每当我们夫妇俩和妈妈挤在一张床上就寝的时候,妈妈开心地躺在床上与我们聊天,聊她的老家孟祖,聊着,聊着就睡着了。妈妈年龄大了,洗下身很不方便,我便主动承担了这个任务。每次,我将开水倒在脸盆里,再对上凉水,用手试试水温,接着用非常

轻柔的动作，给妈妈从前到后仔细擦洗，再用毛巾擦干。妈妈不好意思
地说："这是怎么好啊！"而我总是悄声细语地说："这有什么。"每
到这时，我的心情出奇地好。

生命的绝唱

　　那年的 10 月 15 日傍晚，我接到四姐打来的电话。她着急地说："妈妈病危，正在抢救，你快点儿回来。"我顿时魂不守舍，心里七上八下，慌慌张张往家赶，一步也不敢耽搁，生怕见不到我那八十九岁的老妈。

　　子珍、宝春请来的大夫正在全力进行抢救，此时此刻，我觉得老妈的生命是那样的脆弱，就像一叶小舟在狂风恶浪中颠簸，稍有不慎就会被无情的风浪吞没。我在心中叫着："妈妈！妈妈！您可要挺住。"

　　这时，大夫转过身来，静静地对我们说："虽然病人暂时抢救过来了，但是由于是心衰、肺衰，加上是高龄老人，你们还是做好后事准备吧，老人家也就剩三天左右的时间。"我和姐姐弟弟们还有弟妹国兰、玉琴等都低头不语，一种发自心底的悲痛袭击了我们。等我们抬起头来的时候，每个人的眼睛都是红红的。四姐问我："打电话让大姐回来吗？""打。"我毫不犹豫地说。大姐在长途电话里哽咽地说："爸爸去世的时候，我就没有看上一眼，这没有尽了的孝，竟折磨了我整整十年，这次，我一定回来，一定赶回来，看看妈妈，看见活着的妈妈……"

　　是啊，父，天也。母，地也。地无天不生万物，人无母不生其身。父母生儿者，历经万苦，父母育儿者，又经千难。父母一把屎一把尿把我们七个姐妹兄弟拉扯大，真的不容易，尤其是妈妈，她总是鼓励我们读书，她说："只有读书，人才明白事理，才有出息。"为了供养我们七个人读书，父母吃尽了人间的苦。我们像小鸟一样长大了，除了向阳弟弟看家，其余的全飞走了。这应了一句俗话，好儿女志在四方。可是，只有我们知道，做儿女的，无论漂泊到世界的每一个角落，那血缘的红线独独不可能被时空变幻的风雨扯断。故乡的一丝清风，一片落叶，一朵野花，都影响着我们的生命和情感，何况妈妈的安危呢？

深夜十二点，大姐带着长子胜利从香港赶回来了。

我们姐妹兄弟七人和在京的女婿、媳妇都围在妈妈的身边，站在外围的还有十几个孙女、外孙子、外孙女，一起焦急地望着她老人家。此刻，这群人把一切都抛在了脑后，想着躺在床上的老人，想着她老人家对我们每个人的好处与恩典，心里都像炸开了锅一样。人生的至善与至悲在她的生命里浓缩，世间的荣耀与耻辱在她的岁月里聚焦。每个人都在心中念叨着："您快醒过来吧！"

"奶奶！您别吓着我，快睁开眼睛吧！"

"姥姥！您快好起来吧！"

就连平时从不落泪的向东弟弟也用手背，把流出来的泪水擦去。

　　刻木牵丝作老翁，

　　鸡皮鹤发与真同。

　　须臾异罢寂无事，

　　还似人生一梦中。

李白所作的这首诗不断地在我脑海里出现。

晚上我们都住在老房子里。

在这深秋的夜晚，山村间漫来的清新空气如饱满的汁液溢满小院，我拼命地呼吸着，久违了！家乡的气味！在外漂泊得太久了，真想回来，靠在家乡这棵大树下，自己的心灵才会不再游离不定，一颗敏感的心灵，才不会沉浮于无边的孤独。

躺在老妈的身边，望着她那堆满年轮的面孔，听着她从喉咙、从胸腔深处发出独特的呼噜声——吭哧，吭哧，吭哧，像是一辆载重旧车的车轱辘艰难地朝前碾动，发出沉重的哀鸣；一会儿，又从浑浊的呼噜声转为细尖的哦哦的叫声，像是从耄耋之年重变回牙牙学语的儿童。那哦哦的叫声令人怦然心动，仿佛在提醒我们当中的每一个人都是从那神秘的世界走来，重温着刚刚来到人世间的惊奇与欢欣；过一会儿，呼呼呼的声音响起，困难的、沉重的呼吸在她的心底深处涌动着，她用尽全力拼命地呼吸着，冲破浊流的袭击，顽强地发出呼呼的声音，虽然那声音听起来有点瘆人，有点悲哀，有点凄惨，但是却显示了强烈的求生欲望，是那样的张扬……

我躺在床上，听着老妈的呼噜声，觉得就像听到了生命的绝唱。

人的一生变幻无穷，奥秘丛生。人生真的就像一首歌，从稚嫩的儿歌唱到活力四射的青春之歌，唱到徐娘半老收获颇丰的中年之歌，继而终于唱起了说不出究竟是幸福还是沧桑，凄婉的即将告别人生的谁也不情愿谁也无法逃避的老年之歌。

我从老妈不断变化的呼噜声中，似乎听到了她八十九年来蹒跚的脚步，她是怎样抚育了我们兄弟姐妹七人？怎样帮助我们又抚育了十二个孙子孙女？那三寸长的小金莲是怎样承载了她那艰辛而快乐的一生……

从老妈那令人心碎的呼噜声中，我就像看到了自己的明天。我在一步步实现自己人生理想的同时，不也在向死亡迈进，不正是重复着老妈昨天的脚步？

三天的限期到了，妈妈依然活着，妈妈不但活着，还坐了起来，清醒地叫着我们姐妹兄弟每一个人的名字，不过，大名记不得了，小名全记得。什么大凤、大祥、如意……叫得我们那个甜，我们答应得那个脆。大家觉得像是又回到了童年。

没有想到，真没有想到，生命的尽头，也可以再有春天，再有希望，再有信心。我想，妈妈对生活、生命真挚的热爱，感动了上苍，才创造出生命的奇迹。还有我们对妈妈的热爱，对妈妈的眷恋……

　　2003 年 12 月 15 日晚上十一时，当妈妈再次盼来，包括远在外地的大姐携幺儿志宁赶来在内的所有儿女，围绕在身边的时候，她悄然去世……

　　一个把我们抚养长大平凡而又伟大的母亲走了，一个慈祥的奶奶、姥姥走了，一个深爱其侄儿侄女、外甥外甥女的大妈舅妈三姑三姨走了，她带着独特的人生经历走了，她带着一片爱心走向了铺满鲜花的天堂……

　　哀乐响起，哭声一片，亲爱的妈妈，虽然您已是八十九岁的高寿，而我们，包括所有的孩子仍然难以承受失去您的心痛，舍不得您的离去……

　　您没有给我们留下任何的财产，却留给了我们一首《生命的绝唱》。

　　妈妈，亲爱的妈妈！

最后的温柔

3月16日的中午，疲惫不堪的我趴在办公桌上蒙眬睡去，周围出现了从未有过的宁静。突然，一道雪白的光束将我惊醒。婆婆蹒跚地向我走来。"淑文，我要去了！"我大声地叫："妈妈，您别走！"婆婆慈祥地看着我，目光是那么的温和。我伸手去抓她，可倏忽间却什么也没抓着。我一下子被惊醒了，浑身吓出了一身冷汗。

婆婆2月20日因突发心梗，被120送到人民医院抢救，至今已经快一个月了。因我白天上班，只能每天晚上负责照顾婆婆。二十多年来，我们婆媳间没有红过脸、吵过嘴，婆婆和我似母女一样友好相处。她为我亲手缝制的一条黄色花裙子，谁见了都说好看，她为我的女儿缝制的棉衣棉裤，就连做衣服高手——我的娘家妈妈，都对婆婆的针线活赞不绝口。至于炒菜做饭，她更是一把好手。我自叹不如，只好承担端菜、盛饭、沏水等小工活儿。每当全家人围坐在一起，吃着香喷喷的饭菜，真是其乐无穷。

自打公公去世后，婆婆的身体每况愈下。

婆婆住院后，为了照顾她老人家，我们兄妹三家做了明确分工，日夜轮班。

下班后，我回到家里扒拉几口晚饭，就心慌意乱地朝医院奔去。一脚迈进病房，看见婆婆依然躺在病床上，我松了一口气。此时，她浑身上下插满了管子，人已经连续三天进入了昏迷状态。晚上，我静静地守候在婆婆的病床前。

婆婆自从住院以来，我一直负责夜班守护。婆婆情况忽好忽坏，医生几次下病危通知，吓得我的心脏像破鼓一样忽上忽下地跳动，总不能归回原位。我知道，今晚又是一个不眠之夜，又是一个目睹生死的夜晚，百般愁肠寸心乱，千般心酸，万般无奈。

凌晨，我发现婆婆出现异常，眼睛紧闭，呼吸急促，艰难地大口喘着粗气，心脏监视器也胡乱地滑动曲线……守在床边的我，从椅子上一下子蹦起来去叫医生，值班医生及护士立即赶来采取多种手段抢救，当心脏监视仪不再波动，拦腰出现了一条持续不变的横线；当医生翻开婆婆的眼皮，看见她的瞳孔放大；当婆婆的呼吸停止……医生告诉我们：婆婆已经死亡。我和一起值班的玉华妹妹心中一阵慌乱，悲伤的眼泪瞬时淌落。

这时，病房走进来两位护士，她们迅速拔掉婆婆身上插的静脉输液、输氧、导尿等各种管子，撤走床边所有的医疗器械和辅助设施。并将婆婆的身体放置仰卧姿势，将枕头置于头下。

玉华走出病房打电话去通知亲人，我静静地留在病房，守着婆婆。

这时，一位戴着口罩的护士托着一个白色的盘子悄然走进病房，托盘里面井然有序地放置一小堆棉花球、弯止血钳、纱布、胶布等，及一杯透明的水。她将托盘放置在床头柜上，立刻用一双灵巧的手拿起止血钳夹起了一块纱布，沾了沾杯子里的清水，轻轻地给婆婆清洁脸部，一点儿一点儿地擦，擦得既细心又温柔，还时不时地将婆婆散落在额头上的几根头发，用纤细的手指拢在耳朵后面。瞬间，呈现在我们面前的婆婆虽然闭上了双眼，可容颜是那样的美丽、端庄、安详。

接着，她又用止血钳夹起棉球，一个个地放进婆婆的耳朵、鼻孔、口腔……动作轻巧，娴熟。然后，她轻轻地对我们说："请帮忙把老人家的裤子脱下来好吗？"我们连忙照此办理。此时，我担心时间一长，婆婆身体会发生变化，便悄声问道："护士，给老人穿寿衣会晚吗？"她抬起头望了我一眼说："你们放心！不会的，不碍事的，一会儿就好。"她的眼睛亮亮的，她的眉毛弯弯的，她的声音柔柔的、轻轻的，就像蜻蜓拂过水面。说实话，死亡对病人来讲是痛苦的结束，而对亲属来说是悲哀的延续。而她所做的一切，似乎也在抚慰我们，把我们内心的痛苦一点点儿地转移……

此时，连玉华都早已止住了眼泪，停止了哽咽，目不转睛地看着她的每一个动作。病房里鸦雀无声。在我们的辅助下，她细心地将一个又一个的棉球放进婆婆下身的开口，细致入微、不急不缓，动作越发轻柔，生怕碰疼了我的婆婆，她是用敏感、细腻的心与灵巧、温柔的双手为婆婆做着去天国的准备。她的所有动作充满了虔诚与神圣。她真的像上帝派来的白衣天使，送给婆婆人世间最后的温柔。让婆婆安详无憾地离开，这对走的人和我们将来要走的人都是一种莫大的安慰。我想，死亡真像有人说的那样，可能是一扇门，逝去并不是终结，而是另一段行程的开始。我和玉华都没有再哭，不愿发出一点儿声响，生怕惊动了熟睡的婆婆，打破这名天使护士创造的庄重、宁静、祥和的氛围，打扰历经人生沧桑、度过百年春秋婆婆新的征程。

生死之外，有爱存在。

婆婆享受着最后的温柔走了，犹如雨夜里熄灭的烛光，她的灵魂已悠然飘往另一个世界。她给我们留下了无尽的思念，也给我们留下了对死亡的思索，以及对生命的思考。

老吾老以及人之老，幼吾幼以及人之幼。这位人民医院的白衣天使，从婆婆离开这个世界之后的每一分钟里，她自始至终饱含着对婆婆的温暖，不是亲人胜似亲人。我们在一片寂静中体会到了无声的关爱与尊重。对于婆婆来说，有什么比这个更重要呢？有时，爱也许就是这么简简单单，平平常常，但是你能感觉得到，她温暖了你的心。

送别二姐

2018年9月26日，注定成为我后半生永远铭记的日子。

上午十点多钟，我接到了四姐打来的电话，她焦急地说："淑文，二姐不好，人快不行了，现正在家中等待急救车抢救呢。一会儿急救车把她拉到哪个医院，等我电话，到时再通知你。"我说："有没有搞错？前天咱们还和二姐在一起吃饭呢。""没错，等我电话！"

放下四姐的电话，我的心一下子沉了下去，一股悲伤的情绪从心底涌出。我急匆匆收拾随身要带的东西，内心默默祈祷：二姐，我的二姐啊，你千万、千万要挺住，我马上赶过去。

此时，面对因感冒发烧，刚从学校接回来的两个外孙，我用开水下锅，快速地给他们做了鸡蛋西红柿热汤面，让他们俩赶紧吃了。然后，对他们说："二姨姥姥马上送医院抢救，我要赶过去，你们两个人听话，就在家里面待着，把门关好，有人敲门的时候，你们要问清是谁，然后再开门。你们姥爷上医院去看病了，回来得晚，你们一定要管好自己。"孩子睁着清澈明亮的眼睛问我："姥姥，二姨姥姥是您的亲姐姐？"我说："对，二姨姥姥是我的亲二姐，就像宝宝是贝贝的亲哥哥一样。"这时，四姐的电话打来了，说二姐被送进了309医院。接到电话以后，我对两个孩子又叮嘱了几句，便拎起包心急火燎地走了。当出租车风驰电掣般地将我拉到一座大楼前，说医院到了的时候。昏头昏脑的我冲进门去，匆忙打听哪儿是抢救室，门口的保安告诉我，这里是宾馆，医院还在前面一站。沮丧的我心急如焚跑出去，而那辆出租车已跑得无影无踪，我连忙穿过对面的马路，想继续打车，可一辆辆出租车发疯似的前行，没有一个车肯停下载我。可怜的我只好朝前跑去，跑啊，跑啊，心中只有一个念头，快点，快点跑到，汗水很快湿透了衣服，头上的汗珠一颗颗滚落，我知道，自己在与时间赛跑，在与生命较量……

　　医院终于到了，我气喘吁吁地朝抢救室奔去，抢救室对面有一排椅子，坐着自己熟悉的几位亲人，四姐朝我点点头，用电话不断地说着什么，我坐在他们中间，急忙问："二姐怎么样了？"他们告诉我，二姐突发急性心梗，抢救无效，走了！一句话把我完全打蒙了，脊梁骨冒出一股寒气，浑身颤抖了一下。我看着他们的眼睛一字一句地说："你们在说什么？刚抢救多长时间，就抢救无效？"说完这句话，我的眼泪堵不住了，冲向眼镜片，又顺脸颊肆意流淌。此时，我深知这是一个不能不承认的残酷现实。二姐的大女婿金轩递给我餐巾纸，一张张餐巾纸很快湿透……

　　他们告诉我，医生让家属从抢救室出来，撤掉了所有抢救器械，正在做善后处理。二姐的小女儿已去购买寿服。并通知二姐远在海南的大女儿与二女儿，她们已经买到了返京的机票。我望着眼前抢救室的那一道大门，冰冷地横在面前，这是一道生死之门啊！十六年前，我的爱人曾在里面抢救了三天三夜，终于被医生抢救过来。而今天，我的二姐刚刚送进去不到一个多小时，就宣布抢救无效，二姐患急性心梗，倒是干脆利落地走了，而令亲人无法接受，无法面对。

　　我们家有姐妹兄弟七人，五个女孩，两个男孩，最大的七十八岁，最小的五十九岁，相差十九岁。姐弟之间，相互关心，彼此关爱。听说前几天，二姐将临近而居的三姐、四姐及弟弟向阳家，逐一探访。她给三姐家送去特别大的一把香蕉，三姐每天吃两根，才刚刚吃完；她给四姐家送去一袋黑米，四姐夫接过来特别感动；她还给向阳家送去……

　　前天，即9月24日，是中秋节，我与爱人及四姐还和二姐一家人在饭店里一起过的节，平时少言寡语的二姐谈笑风生，当时一拍胸脯对我说："瞧，我的身体什么毛病都没有。"我望着她笑了，轻轻拿起她的手，猛然间觉得手指尖冰凉，随口说了一句，你的手指尖有点凉，我把它们全部揪热。之后，我一个指头一个指头地揪着，揪完一只手的手指，再揪另外一只手的手指，后来她的手指都被我全部揪热乎了，大概是气血通畅了。她慈眉善目地望着我，我朝她嫣然一笑。

过了一会儿，抢救室的那道大门被缓缓打开，我跑到二姐身旁，哽咽着说："二姐，我来看你了！二姐！"我看着她那张熟悉得不能再熟悉的脸，美丽而苍白，平静而安详。我再摸摸被子外面露出的一双脚，冰凉刺骨，那种寒气瞬间传给我，我下意识地把被子拽一拽，把二姐的脚盖好，别让她着凉。

望着眼前的二姐，我使劲捂着嘴，哽咽着，眼泪涌出，无法堵住。我捂住嘴，唯恐哭声惊动抢救室其他的病人，更不想惊扰我那沉浸在安睡之中的二姐。我们和护士一起，将新买的寿衣为二姐一一穿好。

按照二姐家人的意愿，在家中设了灵堂，花圈围绕四周，盛开的鲜花簇拥着美丽安详的二姐。从26日下午至27日，悼念二姐的亲人、朋友一批批来了，他们向二姐鞠躬默哀。四姐指挥着后事有序进行，我与弟弟、弟妹还有两个表妹，配合二姐的女儿女婿们接待着每一批来宾，向他们表达感谢之情。而每一批来宾的悼念，对我都是一次心灵的煎熬，我陪着，陪着，眼泪流淌，嗓子肿痛，声音沙哑，心好似被全部掏空了一样。

9月28日清晨，载着二姐的灵车朝火化场驶去，当众人与二姐遗体告别之后，眼睁睁地看着二姐被推进4号炉中，悲恸欲绝的哭声弥漫在整个空间，二姐的三个女儿哭成一团，大女儿爱国瘫软在我的怀里，叫一声："老姨，我没妈了！"我把她紧紧搂在怀中，我的眼泪淌落在她的脸上、身上，巨大的悲伤重创了我们！

　　此时此刻，我忽然想起自己八岁那年，身上穿的第一件黑呢子外衣，就是二姐与爸爸秋天一起上山，辛辛苦苦打青草卖钱给我买的，它曾经带给我多少欣喜！

　　如今，物是人非，我的二姐走了……

　　远在几千公里之外的大姐不仅派来大儿媳白羽、小儿子京京乘飞机来京，代表他们全家表达对二姐的悼念之情，还特意转来她写的一首悼亡诗。

悼大妹

大妹美丽似朵花，

人见人爱把她夸。

中学毕业就工作，

算盘打得噼里啪。

军人妻子不容易，

既要工作又带娃。

精心育出三朵花，

如今花儿已长大。

花儿朵朵向阳开，

全仗大妹精心裁。

留下花儿在人间，

大妹飞身入仙班。

我等万般皆不舍，

无奈人生晃如梦，

转眼阴阳两相隔，

呜呼！我的大妹呀，

来世姐妹重相见！

捉迷藏

一年来，我几乎把所有的精力都投入精心照顾两个双胞胎外孙子中，无暇顾及自己。今天早上，从镜子中看见我变了，真的变老了。那原本比较润泽俊美的容貌一去不复返了，岁月的年轮无情地刻在了脸上，想赶都赶不走了。而宝宝和贝贝两个可爱的外孙子，的确像埋在地里精良的种子，只要拱出地面，就什么力量都不可阻挡，他们突飞猛进地成长着，一天一个样，一周一次惊喜。

您瞧，宝宝不光长出六颗牙，还会扶物体站立，推着小椅子、学步车四处走。不仅如此，他学会了翻书看，会用手准确地指自己的和别人的鼻子，他会叫"爸爸、妈妈、哥哥、姥姥"，还会学小鸭"嘎嘎"叫……

贝贝的牙，已经长出八颗，您说厉害不厉害！贝贝会叫"爸爸、妈妈、姥爷"，会翻书看，学小鸭子"嘎嘎"叫。他还有两手，一是问他几岁了，他会伸出一根手指头，告诉你，他一岁啦；另外，他自己要是放个屁，或是别人放了屁，他立马嘿嘿笑，笑得干了错事的大人怪不好意思的。

今天，我们一行四人高高兴兴地来到室外，呼吸着新鲜的空气，沐浴着冬末的暖阳，欣赏着美丽的鸟雀，在树枝间展翅飞翔。值得一提的是：我们又开始了捉迷藏游戏。

冬天出来到小区公园散步，应该说是乏味的。映入眼帘的仅仅是被风摇动的颤巍巍的电线，光秃秃的树木，枯黄萎缩的草丛……

如果，每天抱着孩子在这样颓败的景致下走来走去，很难引起孩子热爱大自然的兴趣。我们在散步的过程中自然地生出了一个好主意——利用松树捉迷藏。

简而言之，我们发现小区公园里除了矮矮的冬青树丛外，唯有松树是绿的，不畏寒冷，郁郁葱葱。

我们专找长势强劲、高大、粗壮的松树，作为隐藏的地方。玩的规则是：一方抱着孩子乘对方不注意，先藏到松树后面；另一方突然发现对方没了踪影，就开始寻找。通常负责寻找的一方，都是大声叫着对方孩子的名字，以期发现对方的蛛丝马迹。而对方会悄悄地对怀中的孩子说："千万别出声。"一旦藏的一方被对方发现，双方会抱着孩子撞在一起，然后大叫一声："呆！"大人孩子顿时哈哈大笑，我们往往乐此不疲。

今天，小焦抱着贝贝在我们前面走，他们嘴里叨叨个不停。见此机会难得，我抱着宝宝说了一句："别出声。"就立刻藏在了一丛冬青树后。

不大工夫，就听小焦说："贝贝，糟糕！姥姥和宝宝不见了。"他们搜查所有能藏身的松树，就是不见我们的踪影。时间一分一秒地溜过去了，他们根本没有想到我们会藏在矮矮的冬青树丛里。

我抱着宝宝偷着乐了好半天了，再也憋不住了，便和宝宝一起大声叫唤着："贝贝！我们在这里！"

他们寻着声音，居高临下找到了我们，大家哈哈笑个不停，笑声充斥了整个小区公园……

咀嚼秋天

北京的秋天美丽而短暂，眨眼的工夫，就让人感到冬日的苍凉。我和小焦分别抱着出生七八个月的一对双胞胎外孙，漫步在小区的甬道上，目睹着日渐光秃秃的树木，由绿变黄的野草，还有满地飘落的枯叶。此情此景，令人感叹，人生一世，草木一秋。

我们穿过一条条弯弯曲曲的甬道，来到了小区公园，让孩子们观察秋天的落叶。小区公园面积不大，可种植的树木花草都算上，可能有百十多种。其中的树木，有杨树、柳树、松树、柏树、枫树、白果树等。花草有马兰花、月季花、菊花，还有各种各样叫得上名以及叫不上名的野花及野草。

我最先俯下身子，指着地上的小草和落叶，对双胞胎外孙说："宝宝、贝贝，你们看，原来地上的小草是绿的，现在怎么变黄了？树上的树叶原来是绿的，现在也变黄了。孩子们，夏天过去了，秋天来了。"然后我站起来，指着旁边的松树、柏树继续对孩子说，"不过，你们看，这儿的松树和柏树的叶子依然是绿色的，即使到了寒冷的冬天也不会改变。"孩子们看着我，似懂非懂，一脸茫然。

接着，我们信步走在园中的林间小道上，猛然看到前面一片枫树林。原来的枫树与别的树并没有多大区别，都是绿色的，可现在截然不同，其他树的树叶都日渐枯黄直至落入泥土。而枫树叶则不同，不知什么时候，全都变成了金黄色，精精神神、漂漂亮亮地长在树上，煞是好看！

活生生的一幅秋景油画。

我们先从远处让孩子看金黄的枫树叶，枫树上的片片叶子古灵精怪的，像是知道有两个聪明的小宝贝正在看它们，它们在阳光的照耀下，左挪右闪，霎时片片叶子金光闪闪，跳着婀娜的舞，欢呼雀跃。随着一阵秋风吹来，眼瞅着几片叶子在缕缕阳光的抚摸下，从树上轻轻飘落……

当我们走进枫树林，让两个孩子细细地观察那五彩缤纷的枫树叶，比较一下究竟有何不同？有何相同？宝宝和贝贝用小手抚摸着那一片片美丽的叶子，就像抚摸心爱的玩具，就像欣赏心中的瑰宝。

我们连忙蹲下身去，把孩子放到地下，孩子仔细观察落在地上厚厚的一层黄叶，并拣起一片黄叶，在手里翻来覆去地把玩着，感受不同季节带来的变化。这时，一阵凉风吹来，树上的黄叶在阳光的照耀中纷纷扬扬地飘落下来，在落下来的一瞬间，还闪着金色的光芒……

我连忙叫着："孩子们，快看！金色的叶子落下来了！"宝宝和贝贝立即睁大眼睛看着那不断飘落的树叶，我们的眼睛都被这美丽的景致吸引住了。谁承想，宝宝和贝贝这两个小家伙乘我们大人稍一分神，随即飞快地将各自手中的那片黄叶塞进了嘴中……

我赶紧说："孩子，快把树叶吐出来！"两个小家伙毫不理睬，分别转过身去。宝宝和贝贝的小嘴不住地咀嚼着，咀嚼着漂亮的树叶，咀嚼着北京美丽的秋天。

我一时无语。

从小区公园回家的路上，我们走在写有"请靠西边行走"的那条甬道上，秋天的阳光照在我们身上暖洋洋的，同时也把亮闪闪的金光打在了爬满西侧高墙的爬山虎叶子上。那些黄叶、红叶，还有少量的绿叶就像姹紫嫣红的花儿一样悬空长在藤上，藤蔓或耷拉垂下，或紧紧相缠，颜色有深有浅，随微风荡漾。我兴奋地给宝宝、贝贝各摘了一片红叶，并告诉他们说："孩子们，这是红叶，这是秋天的红叶！尽管它们是我们小区墙头上的红叶，可像闻名遐迩的香山红叶一样美，一样清香。"
两个小家伙拿着红叶仅仅欣赏片刻，便以迅雷不及掩耳之势再次将红叶
塞进嘴里，继续有滋有味地品尝红叶的独特味道。

看到这一幕，我笑了。

我用手指捏着孩子的两腮轻轻地说："孩子，吐出来吧！这种叶子
不能吃的！"

两个孩子不情愿地将嘴中的树叶吐出来了，失望地瞧着我，一脸的
无奈。

是啊！记得有位哲人说过：儿童是用嘴认识世界的。

卷二　桑梓记趣

重返故里

靠在床上，往事悠悠……

断断续续对故乡的回忆，使得我如醉如痴，以往那琐碎的、平淡的、枯燥的一切，似乎都笼罩上一层朦胧的柔雾，令我缠绵悱恻、思绪绵绵，一往情深地品味着属于我，可似乎并不完全属于我的往昔。

羁鸟恋旧林，池鱼思故渊。

当我退休后，成了一个自由人的时候，对家乡山川、亲人故友的思念日甚，重返故里便成了我的企盼。

翻捡过去的记忆碎片，一张十二个人的合影照片，吸引了我的眼球。照片里的我，一双眼睛又大又亮，充满对未来的渴望，两条长长的辫子似乎张扬着自己曾经拥有的青春岁月。那是白家疃大队团总支全体委员1976年的合影，至今已经过去三十四年了。当时的我们年轻气盛，精力充沛，干了很多很多可歌可泣的事。比如，为了搞好农业生产，我们在严冬早晨五点半集合全村的共青团员，端着或拎着家中的尿盆、尿桶，走向村里的小麦试验田，将新鲜的尿洒向冬眠的麦苗，乐此不疲，不可思议的是我们竟坚持整整一个冬天。为了与封建买卖婚姻决裂，我们组织女共青团员开展结婚坚决不要彩礼的活动，还到周围的乡村做现身说法的宣传，一时震惊四野。弹指一挥间，当年和我一起并肩战斗的那些总支委员至今是否健在？是否安康？晚年生活如何？一个聚会联络工作紧锣密鼓地开始了，那是发自我（团总支书记）心底的呼唤。

再次集合的那天终于来了，数了数，到场九个人，缺席三人。问原因，有一个人因孙子刚刚出生未能来，还有两个人已经早早地驾鹤西归了，这太出乎我的意料，我心中陡然涌出了一股酸楚的情感，什么叫岁月流淌？什么叫转眼即是百年？曾和我一起在小山村叱咤风云、挥斥方遒的少年郎，他们俊美的身影还留在我的脑海里，他们清脆的声音还回响在我的耳畔，可他们在人世间却消失得无影无踪，早已长眠在这块留下他们青春汗水的土地，静静地等待着与我们在天堂的重见。参加聚会的九个人还好，除一人因伤病拄上拐棍一瘸一拐外，其他八人健康。只是让人感到岁月的无情，原来帅气的小伙子、漂亮的姑娘全部被白发、皱纹改变了原有的模样。餐桌上，我们互相祝福着、安慰着，聊着过去与现在，只是没有人再谈将来。望着眼前这些熟悉的却又变化如此之大的故友，我细想之下，百味杂陈，只能莫名地发声长长的感叹，感叹人生的温馨和苍凉，感叹岁月的匆迫和绵长。

接着，我回到了白家疃，来到了让我魂牵梦绕的地方。她不仅青山似黛，泉甘木茂，植被丰沛，寂静和谐。而且还拥有悠久的历史。康熙皇帝十三子怡贤亲王的祠堂，至今完好地保存在村西。贤王祠对面还有一座高 3 米，面阔 3 间，进深 2 间的古戏台。据说，《红楼梦》的作者曹雪芹，人生最后的五年也是在白家疃度过的，他每天往返走过的小石桥静静地躺在了一边，也许只有小石桥还能记起当年曹雪芹踱步深思的身影。

白家疃有名的三里长街依旧是原来的样子，只不过比过去干净整洁了许多。走进连接村中街幽深的胡同，两边高高耸立的围墙竟没有留下风雨冲刷的痕迹，依然威风、挺拔，透着不屈的傲骨。胡同尽头即是新中国成立后建立的合作社（商店），也有六十多年的历史了。年轻人都叫商店，上了年纪的人张口叫的都是合作社，几乎全村的老人都持有合作社的股份。合作社坐北朝南，高高的台阶上，不管什么季节，什么年代，这里总坐着一拨又一拨的老人，悠闲地晒着太阳。我的妈妈过去也曾经和她的老姐妹们坐在这里，东拉西扯，说不完的心里话。可如今物是人非，妈妈早已作古，她的姐妹们也不见了，代之而起的是又一拨人了。我习惯性地看了一眼坐在台阶上的人，清一色全换成男人了，其中熟悉的有邻居家的李大哥，东头的三叔、四叔等等，还有一个人背对着我不知是谁？我大声地叫着："大哥！三叔、四叔！"他们用力睁大眼睛、忙不迭地边答应着边望着我这不速之客。随后，我转身离去。这时，我听到背后一个声音问："是不是魏淑文？""是啊！"有人答道。我连忙转身看见了一个熟悉的身影——曹大叔，我们三队原来特能干的生产队长。我张嘴叫着："大叔！"

"哎！还真是你，见到我就躲着走，连个招呼都不打啊！"大叔还是原来当队长的样子命令味十足，可在他浓浓的乡音和带有责备的眼光里，流露出来的是一种让人熨帖的关爱。

"瞧您说的，跟谁不打招呼都行，唯独不能不跟您打招呼啊！"

曹大叔扑哧一声笑了："这丫头还像从前一样，就是会说招人待见的话儿。"接着，他向坐在这里晒太阳的人说，"小菊子（我的小名）可能干了，一般男的都不如她，割麦子、插秧样样行。"受到队长的夸奖，已过知天命年龄的我竟开心地笑着说："您都记得呢？我们那会儿还有谁能干？""还有小月头、小华子、连英……"他如数家珍。过去的岁月在他的诉说中活灵活现了，一望无际随风摇荡的千亩麦田，哗哗流淌着冰冷刺骨河水的千亩稻田，一伙小青年争先恐后进行的一场场割麦子、插秧比赛。他不断地眨着快要眯成一条缝的双眼，只是那两道浓浓的眉毛依然忠实记录着他曾经年轻有为的时代。

路在脚下，情在人间。

穿过热闹的街道，我径直一人朝村南走去。

我走在故乡弯弯曲曲的小道上，思绪飘忽不定。寂静之中，我分明听到了生命的钟声，那是一种过去的峥嵘岁月从高处落下的声音，我静静地聆听着这种来自神秘地方的声音。看到从我眼前蹒跚掠过似曾相识的苍老身影，那些可曾是我青少年时的伙伴。还有曾经给过我启迪、帮助的上辈人多数已成故人。自己的心中除有点悚然外还徒生出酸溜溜的情感。不知是为他人，还是为自己。时间和生命这个话题活生生地摆在了我的面前，的确是"黄昏故人稀"。

我离开故乡已经三十多年了，可故乡的山山水水就像从来没有离开过我一样，总出现在我的梦中。原以为故人也会像这儿的山山水水一样，总是生机盎然，不会皱纹纵横，不会两鬓染霜，更不会失掉生命，成为故乡南山上的一捧黄土。可是一切徒然。

我费尽力气，终于登上了三炷香山。站在故乡海拔最高的三炷香上极目远眺，一切尽收眼底。

我似乎望见了无忧无虑的童年生活，每天放学后和小伙伴一起结伴到田野里挖野菜，那些我熟悉的苦苦菜、曲麻菜、苋菜、马齿苋，被我们手中飞舞的九连子从泥土中挖出来，放进我们的菜篮。蓝天、白云，青山、绿地，鲜灵灵的野菜，五颜六色的野花，活泼可爱的儿童，如同水墨画一样宁静和悠然。

突然，父亲的影子在我的视线中显现，脸依旧红润，一双不大的眼睛仍然富有神采，让人顿生怜惜之心的莫过于他驼背的身影。父亲是被在城里做生意的祖父派回来守家的，我的姐姐们都生在城里，而我是家中第一个生在农村的孩子，换句话说，我是土生土长的白家瞳人，对这里的一山一水都怀有特殊的感情。父亲从小读私塾，一肚子"四书五经"，《大学》《论语》背得滚瓜烂熟，算盘打得滴溜溜转。可对庄稼活儿一窍不通。过重的劳作压弯了他的脊背，过多的儿女使他失去自己的追求和理想。他的农活儿的确不行，他错过了学农活的最佳年龄。可每当他侃侃而谈，说起自己的见识学问时，会引发农民一阵阵不解的笑声，我想拥有一肚子学问却被别人耻笑的父亲，一生都不会舒坦。唯一让他欣慰的是七个儿女的学习成绩都不错，可能是他优秀的遗传基因发挥了作用。除了喜欢喝花茶、吃烙饼、炖猪下水外，儿女们爱学习，为他增光长脸，这是他人生最惬意的事情，由此推断父亲也没有虚度人生。

　　从山上下来，我走在故乡曲曲弯弯的小道上，细细琢磨，爸爸、妈妈相继都走了，甚至连同辈人也走了不少，真是人生无常。谁知道我留在世上的时间还有多少？我是否还有将来？我想：美丽的山村养育了我，甘甜的山泉滋润了我，我虽然到了天命之年，不应该混吃等死，还应该养精蓄锐，学点什么，做点什么。为家庭，为社会，更为生我养我的故乡。是啊，不管我在世上留存多少时间，尊重自己，尊重生命，都是至关重要的。

　　故乡的小道匍匐在故园深处，默默涂抹四季的风情，记录着我匆匆走过的时光。我走过，春天的绿韵与播种；我走过，夏天的灼热与成长；我走过，秋天的金黄与成熟；我走过，冬天的飘逸与静寂。我走过，牙牙学语、蹒跚走路的童年；我走过，风华正茂、活力四射的青年。她还会像记录我的童年、青年一样，忠实记录我的将来、我的耄耋之年吗？

　　走在故乡曲曲弯弯的小道上，想想过去很有意思，无论生活多么艰苦，我印象中没有度日如年的感觉，也许记忆的筛子里只留下了美好的时光，以及伴随这些时光的愉悦。是啊，怎能忘记村落里飘浮着炊烟的气味，四周回荡着狗吠鸟鸣的声音。"回家啦！吃饭啦！"母亲的亲切呼唤依然在夕阳的深处回响……

低头便见水中天

　　如今就餐时，每当我看见碗里盛满用东北等地的稻米做出来的白米饭，心中总会感慨万千。白米饭依旧是白米饭，而此非彼。它不再是米粒圆润，光润透明，蒸出来的饭光滑洁白、软硬适度，略带黏性，吃起来细腻、清香，口感特别好的京西稻做出的米饭。"京西稻米香，炊味天知响"几乎快成了生命中的记忆。

　　在北京，种植水稻的历史十分悠久，甚至可以追溯到"幽州"时期。而真正形成驰名中外的京西稻还是在清代。早年，康熙皇帝南巡时，便把南方的水稻带到京城来种植，但因北方地寒，未能结实。后来，康熙皇帝亲自培植出"御稻"。并借鉴南方稻田以山泉灌之，泉水寒凉，用此则禾苗茂盛，亦得早熟的做法。在玉泉山试种，用玉泉山泉水浇灌，果然成功，这就是京西稻种植的开始。

　　据说，新中国成立前的京西稻，主要分布在海淀山前地区，沿玉泉山水系周边种植。如六郎庄、巴沟等地。山后温泉种植仅 90 亩。新中国成立后，随着水利设施建设的推进，海淀区水稻发展迅速。1963年水稻种植由山前扩大到山后，到 1970 年全区发展到 7.2 万亩，亩产398.5 公斤。后来又发展到近 10 万亩，亩产 490 公斤。记得那时家家户户的餐桌上少不了香喷喷的白米饭，即便就咸菜吃，也能吃两碗。

　　近些年来，京西稻随着城市建设的发展几乎销声匿迹，寻常百姓再也吃不到那么好吃的白米饭了，谁也没有想到，过去每天出现在餐桌上的白米饭离我们渐行渐远了。

我的青春是和京西稻的插秧、薅地、收割、装车运稻、打稻子、扛麻袋捆绑在一起的，没有了京西稻，我的青春岁月几乎没有了载体，京西稻带给我多少难忘的回忆，甚至伴随了我的成长，在繁重的劳动中，我逐渐悟出一些做人的道理。说起京西稻，就像打开了我青春岁月的一道闸门；说起京西稻，我的心会是酸的；说起京西稻，我的心会是甜的；说起京西稻，我的心五味杂陈，如此娓娓道来，您说，心系京西稻的情感又怎能随着时间的流逝而被淹没呢？

种过水稻的人都知道，插秧之前稻田要平整土地。怎样平整土地呢？先用牛等牲口犁地，犁地后，人便用铁锹铲下高处地方的土，扔到低洼处，找平。然后往稻田里放水，让翻松的土地浸足水后，人就要跳进初春冰冷的水中，用四齿、平耙等农具把地一点点儿铲开，继续找平，把高处的泥土往低处扔，把牲口没有犁到的生地，都要用四齿捯一遍。平好的稻地池子个个平整、细腻，上面浮着一层细细的泥土，如面粉似的，就像是一个一个等待秧苗入寝的温床。

记得那是1969年初春的清晨，乍暖还寒，刚刚走出校门没几天的我，兴高采烈地扛着四齿，与伙伴们一起来到了白家疃村三队稻田。这时，看见队里的男劳力纷纷脱掉鞋袜，光着脚走在了稻田埂上，不免有些诧异。我望望伙伴们，她们也在望着我，同样的不知所措。原来，老弱病残的人都在大田组，稻田组的劳力过去都是清一色的男青年，今天破天荒地来了我们七八个女中学毕业生，不过也有例外，即四五十岁的妇女队长张淑清。我对她第一印象是开朗、坦荡，眉眼间流露着仁慈和孩童般的纯真，有点儿像电影中的李双双似的。她冲我们嚷了一句："愣着干什么？脱鞋呀！"我们连忙弯下腰脱下了鞋袜，光着脚丫走在田埂上，凉飕飕的，心里挺不是滋味，刚才路上的兴奋早已没了踪影。我拿着四齿小心翼翼地走在田埂上，生怕掉进结了一层薄冰的稻地池子里，一股寒风吹来，不由得浑身打了个寒战。那些走在我们前面的男劳力个个精神抖擞，大步流星地穿行在稻田埂上，一展雄风。与我们缩脖端肩的样子形成了强烈的对比。当我们站在需要平整的稻地前面，看到了一层薄冰结满了整个稻田池子，恐惧的心情已经充斥了我们的心间。心想，光脚下去不冻死才怪，即使不冻死也得冻出关节炎、妇科病来。我与伙伴们面面相觑，呆立在稻田埂上，任凭风儿将我们的头发吹散，就像是被人安在那里许久的稻草人一样。我敢说，没有一个人想下去，都想找机会溜号。这时，随后赶来的张淑清见状，扑通一声跳进了池子，说了一句："发昏当不了死，下来呀！"边说边举起四齿干起活儿来。容不得我们犹豫，榜样就在眼前。同样是女人，人家不怕，我们也不能怕。潜藏在我们身上的豪气被激发出来，一个个就像英雄一样扑腾腾全部跳了进去。事实上我们这么一跳，就彻底告别了学生时代，开始了脸朝黄土背朝天、广阔天地大有作为的生活。

后来，我知道了张淑清是队里一名老共产党员，什么是共产党员？说别人离我都很远，而张淑清就在我的身边，我认定共产党员就是像张淑清这样以身作则、带头吃苦受累的人。几年后，我郑重地向党组织提出入党申请，并在自己的入党申请书上，清楚地记载了张淑清跳进冰冷的稻田池子时，带给我心灵的震撼。

平好稻田后，就要开始插秧了。插秧可是个技术活，不简单。在农村，谁的秧插得又快又好，准得到众人的夸奖，受到大家的尊重。我们三队的男劳力可是个顶个的棒。队长让我们这些新手先观摩一下男劳力是怎么插秧的，负责挑苗的小财头、哩个儿楞（绰号）等早已将铲好的稻苗扔进池子里，小朱子、小根头、宝利等一下稻田就摆开了架势，只见他们腰一弯，左手托起一块长方形的稻苗，右手灵活地分开一小撮苗后，迅速将苗插到地里，稻苗要插实，不能让稻苗浮起来。每一排插六行，双脚分开摆在二和四的空隙里，脚绝对不能放错位置，从某种意义上说，秧插得直不直，就靠它导航。不看不知道，一看吓一跳。那些男青年腰肢灵活，手脚配合默契，插秧速度飞快。他们的秧插得笔直，真是横看一条线，竖看也是一条线，那些被他们插入泥中的秧苗，立马昂首挺胸，鲜灵灵地望着我们，好像在说，你们行吗？来啊，试试啊。

看着男劳力充满美感地插秧，同样流淌着青春热血的我们跃跃欲试，纷纷跳进早已为我们准备好的稻田池子。

插秧真是个富有激情的农活，是一个不由自主地你追我赶的劳动。倘若你的动作一慢，左右的同伴就插到了你的前头，把你一个人留在中间，被包了饺子，那不仅仅是丢面子的事情，而且他们留给你的地方已经确定，留的地方宽，你就要插得疏些。留的地方窄，你就要插得密一些，难度更大，速度会减慢。正因为如此，插秧时，需要整个团队铆足了劲才行。

刚开始插秧的前三天，我们的手脚不听使唤，为了赶速度，连腰都不敢直一下。插完一个池子，迈过稻埂，就进入下一个池子。开始秧插得歪歪扭扭，后来越插越直，越插越棒。再后来，我们竟敢和早已获得插秧能手的男青年一较高下。我曾赞美过自己的小腰，太灵活，太给劲了，从来不知腰疼，插秧时很少"架鹰"，"架鹰"就是把托苗的左胳膊放置大腿上，使人略显轻松些。插秧人都知道，只要一"架鹰"，稻秧保证插歪，比写得还准。

当我们和男劳力并肩插秧的时候，彼此都感受到了男女搭配，干活不累这一俚语暗藏的玄机，男劳力由于我们的存在，活儿更好，话儿更多。我们由于有男劳力的存在，更活泼可爱。当水蛭（土名蚂蟥），悄悄爬上我们的小腿吸血的时候，我们会大惊失色拼命叫嚷："蚂蟥！"然后用手去揪，一揪，它就使劲往肉里钻，越揪吸得越紧。见到我们慌张的摸样，总会有男劳力或大声提醒"拍它"，或用手直接去拍，蚂蟥随声而落。除了蚂蟥外，还有一种叫将米虫的家伙，白色的，咬人特别疼。我们被它咬疼后'哎呦'的叫声，在寂静的田野里不时响起，此起彼伏，就像一首不知名字的歌曲似的。而那些男劳力总是在交换着眼神，露出滑稽的笑脸。

清晨，我们五点半就上工了，家里人也赶紧起床为我们做饭。七点半饭挑子就来了。吃早饭的时候，是我们年轻人坐在一起交流的最好时段。白米饭家家都有，我们的眼睛盯的通常是谁家带的菜最好？如果是肉炒蒜苗，鸡蛋炒韭菜，那么大家都要尝尝鲜。你一口，我一口，不分大小，不分男女，更没有后来知识多了滋生的这么不卫生，那么不干净的想法。当时的我们太单纯了，我们所在的环境快乐而温暖，更没有什么尔虞我诈。我们席地而坐，吃罢了早饭就会天南海北胡侃一会儿。记得唐代布袋和尚的《插秧歌》就是那时候学会的。"手把青秧插满田，低头便见水中天。心底清净方为稻（道），退后原来是向前。"那时年纪尚小，不能完全了解诗中的含义。只是觉得"低头便见水中天"说得可不是吗？一低下脑袋，不就看见水中天了。最感兴趣的莫过"退后原来是向前"一句，是啊，干别的活儿，都是往前干，干得越快越在前面。而插秧恰恰相反，是退后，插得越快退得越快。当我们闲得无聊的时候，常常大声嚷着：退后原来是向前，然后互相调皮地看一眼，咯咯地乐起来，好不惬意。

随着年龄的增长，知识的增多，对这首《插秧歌》加深了理解。"手把青秧插满田"，说的是我们插秧的时候，随着手中秧苗的挥舞会将稻田很快插满。"低头便见水中天"，低头插秧会看到倒映在水中的天空。"心底清静方为道"，当我们身心不再被外界的物质欲望引诱，才能与大道契合。"退步原来是向前"，我们插秧是边插边退的，正因为我们退后，才能把秧插好。所以，插秧时的退步，正是为了前进。退中求进。

这首诗告诉我们一个哲理，不光是登高能望远，从近处也能看到远处。不能说退步就是落后，某种意义上的退步也可以当作进步。我们不能看高不看低，求远不求近。我们要低下头来，真正认识自己，认识社会，认识世界。古人说，以退为进。是啊，回首自己的前半生，每当遇到难以逾越的困难时，每当需要自己退一步时，自己大多情况下该退就退了。在名利面前，让一让；在是是非非面前忍一忍，其结果必然是海阔天空。反之，效果不佳。这首诗看似浅白平易，却富含哲理，饱蕴禅机，且生动活泼，饶有情趣。让我们既体会到了插秧时节农民辛勤劳作的苦与累，也让人感悟到了"退后与向前"这人生哲学中包含的"透"与"彻"。

　　尽管年轻时连续多年的插秧劳动，给我的晚年生活带来了麻烦，即比较严重的腰腿病困扰。双腿由于长期在冰冷的稻田里平地、插秧，得了关节炎，犯病时原本走路如飞的我，连爬山、上楼都很困难。过去骄傲的腰再也骄傲不起来了，照片子腰椎节节有骨刺，最后两节还是腰椎间盘突出，如果挺直腰板走路，腰疼得就像针扎一样。尽管如此，我仍然一点儿也不恨插秧，反而从内心深处感谢插秧，因为它带给我太多的欢乐，太多的青春回忆。我发自内心地感谢插秧，它让我从一个中学生，成长为一个插秧能手，它让我从艰苦的劳动中，开始树立自己的人生理想。它让我在'低头便见水中天'中，体会到人生的真谛。

　　说来好笑，在不经意的时候，关于插秧的记忆元素，总会夸张地聚集在我的脑海中，好像时间并没有流动，白家疃如山水画似的美景，与乡亲们插秧时节的快乐，甚至春风拂面，燕子低喃，阵阵蛙鸣都会涌来。它融入了我几十年来对亲人、父老乡亲的依恋，他们中的很多人相继离开了这个世界，但温暖的爱不仅渗透在我的灵魂，还在无形中充满了等待……

为它养老送终

　　嘟嘟，是一只漂亮的吉娃娃。它长着一对水汪汪的大眼睛，一身淡黄洁净的绒毛。弹指一挥间，嘟嘟来到我家已经十四年了，它每天和我们朝夕相处，早已成为家庭中的一员。

　　我在很小的时候，曾经被一只恶狗吓破了胆，虽然事情过去了几十年，也不能从恐怖的阴影中走出来。自然而然便成了一个特别怕狗，见狗就躲闪，极其讨厌狗的人。

　　嘟嘟是在没有任何人通知我的情况下，被女儿偷偷买来，神不知鬼不觉地来到我家了。背景是我的老公突发心梗，送到医院抢救，出院后病休在家。女儿为了孝顺老爸，便悄悄买了一只小狗回来，给他爸做伴。当我见到嘟嘟的第一眼，立刻惊恐万分，大声叫着："谁家的狗？拿走！快拿走！"当得知送走无望的时候，郁闷、沮丧、气愤、恐惧各种情绪纷至沓来。

　　抬头不见低头见，同在一个屋檐底下生活，我和嘟嘟成了无以言表的对手。别人都逗它、哄它，与它嬉笑打闹。而我从不理睬它，处处躲着它，它在客厅，我去卧室，它去厕所，我去厨房。

　　家中突然多一只小狗，触碰了我内心的底线，把一个温文尔雅的文人，瞬间变成怨妇，我不时地发泄着对女儿未经批准，擅自把狗领回家的愤怒。嘟嘟智商不低，明显地感到我的不快，也处处躲着我。它来到我家的第一个月里，我都没有正眼看过它一次或者叫它一声，就权当它是空气。

令人没有想到的是，嘟嘟却用点点滴滴的行为，一点儿一点儿地走近我……

在我不理睬嘟嘟的日子里，它总是睁着清澈明亮的大眼睛，目不转睛地偷偷看着我。后来，嘟嘟想法儿巴结讨好我。比如，我晚上下班一进门，它立刻给我叼来拖鞋，一直叼到沙发前，等我坐在沙发上，从它嘴里拿过拖鞋换上。嘟嘟见我不再讨厌它，就开始凑近我，用身体挨着我的脚，蹭着我的小腿。慢慢地我竟被它感化了，不由自主地开始叫着它的名字了。每当我喊嘟嘟的时候，它立刻像离弦的箭似的跑到我的跟前，将它的小尾巴立起来不住地摇啊摇，向我献媚，我好生感动。这么乖巧伶俐的小东西，就是这样逐渐地走进我的生活。我尝试着和老公一起遛它，尝试着摸它的头，到后来，甚至敢给它洗澡了……

晚上，睡觉的时候，它就躺在我的床下。床上老公的呼噜声与地下嘟嘟的呼噜声此起彼伏，在夜深人静之时，就像是一首浪漫的田园诗篇。

每当我从外地出差回来，堵在门口欢迎我的准是嘟嘟，它围着我撒欢、摇尾巴、舔我的手，嘴里哼唧着，竭尽全力地哄我高兴……

就在那一刹那，我突然觉得这不就是上天赐给我的小精灵吗？

嘟嘟，不会说话，不会笑，不会哭。而它自从来到我的家，却用其肢体语言生动地诠释，什么叫天真、淘气、友善，给我们全家带来了无穷无尽的欢乐。

记得有一次，我买回家十几只小螃蟹，没想到一进门塑料袋破了，小螃蟹眨眼之间跑得不见了踪影。怎么办呢？没想到嘟嘟顶了大用。嘟嘟的听觉和嗅觉都是一流的，它只要发现一只，就站在那个位置汪汪叫个不停，我和老公立即弯下腰伸进手去，准能抓到一只。就这样，它将藏在犄角旮旯的小螃蟹，一只只全都找出来了。嘟嘟真有两下子，我们全家人为它鼓掌，它不好意思地摇着小尾巴走进了狗窝。

由于有了嘟嘟，我终于发现与狗有关语词的准确出处。比如，嘟嘟总愿意躺在客厅、厨房、卧室门口的中间部位，你要过去，只能从嘟嘟的身上迈过去。"好狗不挡道"一词跃然而出。带它出去遛弯的时候，它会由于主人在场，对一些平时看不上眼的狗"汪汪"地叫个不停，好像有多厉害似的，其实你一旦解开狗链，它立即躲着人家走。这不是"狗仗人势"吗？还有对"狗腿子"一词的理解，嘟嘟总爱跟在你的后面，一撒欢就舔一下你的腿肚子，就像你的跟屁虫，那不是狗腿子是什么？另外，还有什么"狗脸"等等词汇，翻译起来都非常生动有趣。

晚饭后，当我坐在沙发上的时候，嘟嘟就会摇耍起那美丽的短尾巴，围着我摇啊摇，摇得我不得不俯身抱起它的头，想要亲亲这可爱的小东西，而它每次却像没有长大的男孩子一样，总是羞涩地摆脱我的怀抱，在两尺以外的距离继续向我摇着尾巴。生活中，我无论高兴还是生气，它都一如既往地依恋着我，趴在我的脚边，瞪着一双大大的眼睛温存地看着我，看得我的心好暖、好暖……

那年，单位组织去贵州，不少人都要尝尝当地的特色'花乡狗肉'。当一锅热气腾腾香喷喷的狗肉端上来的时候，同事们兴高采烈地吃了起来，一口肉，一口酒，而我却不断作呕，难咽一口。我觉得，锅里炖的就是嘟嘟的兄弟姐妹……这么多愁善感，在我的一生中还是第一回。当我拎着行李回到家的时候，我不断地漱口、刷牙，就像一个干了错事的孩子一样，生怕被嘟嘟闻出味来。

是可爱的嘟嘟，让我充分领略人与动物之间那种只能意会而不可言传的特殊情感。

七年前，嘟嘟突然尿血了，当我带它出去遛弯的时候，它一抬腿撒尿，一股鲜红的血尿喷出，连草地都染红了，吓得我心惊肉跳……我和老公赶紧带它去宠物医院看病，照完片子后医生诊断：嘟嘟患有结石，需要手术。想到这么小的动物，就要做手术，挨上一刀，我们于心不忍。

就将嘟嘟抱了回来，开始给嘟嘟喂服"三金片"进行保守治疗，很快嘟嘟尿血有了明显好转。可是，过了不久，它虽然不再尿血了，可尿尿不像过去那样痛快酣畅，总是滴答滴答，抬起来的腿，半天也不能撂下……

观察一段时间后，我们决定还是听医生的话，立即给它做手术，长痛不如短痛，以解除它的痛苦。

在去医院之前，老公细心地给嘟嘟洗澡，洗得干干净净。我们抱着它上路了，一路上我像一个唠唠叨叨的老太婆："嘟嘟，别怕！有我呢。给你做完手术咱就回家。好吗？乖！听话！"

宠物医院的医生给嘟嘟做完手术前的各项检查后，毫无表情地告诉我们：嘟嘟七岁了，已经是一只老狗了，心脏也不太好，你们要做好它下不了手术台的准备。接着，医生转身将嘟嘟抱进手术室。那一瞬间，我的眼泪竟流淌下来，为一个脆弱的生命悲哀，唯恐我的小精灵撒手离开这个五彩缤纷的世界……

时间一分一秒地溜过去，手术都进行一个半钟头了，嘟嘟还没有出来，急得我在手术室门口走来走去。老公说："你歇会儿好不好？你晃悠得我的心都乱了。"

当手术室的大门打开的时候，我赶紧迎上去，只见可怜的嘟嘟挂着输液瓶被一名医生抱了出来。

嘟嘟静静地躺在医院硬邦邦的小床上，睁着一双大大的眼睛无助地望着我。我摸着嘟嘟的头说："嘟嘟，手术成功了！别怕！咱们就要回家了。"

嘟嘟就像听明白似的慢慢往我身上靠去。我紧紧地搂着它，生怕它真的会离开我。

时间不知不觉过得飞快，嘟嘟今年已经十五岁了，不再年轻，它已经是一只老狗了，相当于人类九十岁的样子。我们管它叫老嘟。它的眼睛不再清澈明亮，而是浑浊不清，它的视觉、听力都减退了，过去它是一狗管八家，谁家来了陌生人它都要叫个不停，引起主人的警惕，现在，你必须大声呼唤它，它才能听见。从它的身上你会感到岁月的无情。唯一庆幸的是它的嗅觉还很好，只要厨房飘出香味，它就会第一个堵到厨房门口……

嘟嘟原来聪明伶俐、活泼可爱，上楼梯时总是蹦蹦跳跳的，就像孩子一样飞奔在主人前面。可现在上楼梯时，它再也不像从前那样了，总是慢慢腾腾的，好像快走不动了。当它爬上四楼，走到我家门口的时候，还呼呼地喘着粗气。

如今，小区里比嘟嘟大的或比它小的狗相继离世，那些狗狗都是它曾经的玩伴。尤其是住在二楼小它一岁的北北，也在年初病逝了，它们原来形影不离，彼此开心地打闹玩耍。北北走后，嘟嘟更加沉闷了。

如今，我们家里的大人小孩都担心可爱的嘟嘟，哪一天也会撒手人寰……

如果那样，我们该怎么办？我们毕竟与它朝夕相处十五载。

想到这些，我和老公格外关心嘟嘟，就像照顾家中的一个垂暮的老人，它的牙齿陆续脱落了，它最爱吃的骨头吃不了，我们就将骨头上的肉切下来，剁碎给它吃。老公遛狗时，只要见到稍高点的台阶，立刻将它抱起来，再把它小心地放到地上。如今，嘟嘟会像年迈的老人一样控制不好大小便了，有时会便在家中的地上，味道刺鼻，我们不说不恼，而是弯下腰去默默地收拾干净。有时，还拍拍它的脑袋说一句："唉，老了！不赖你，没事。"出去遛狗的时候，我们每次都要随身带着卫生纸、塑料袋等，将嘟嘟遗洒在外面的粪便收拾干净，放置垃圾箱中。女儿女婿一家人见到嘟嘟，总是摸摸它的头细心呵护。是啊，嘟嘟是我们家庭中的一个成员，是一位曾经带给我们欢乐的无言朋友，从某种意义上来说，人类与动物也是平等的，我们要好好待嘟嘟，为它养老送终，这兴许是我们最后能为它做的事了……

人间不了情

那年的 6 月 23 日，专门看护我家宝宝和贝贝的小焦阿姨，在我们全家人的企盼中终于回来了……

她在老父亲的病床前尽孝二十多天，终无回天之力。她的老父亲在儿女每天擦身喂水的细心照料中，特别平静地走了，一脸的安详。

小焦对我们说："我爸爸在临走前说：'你别管我了！快去上班吧！不然那两个双胞胎孩子怎么办？'我告诉他：'没事，有孩子的姥姥姥爷，爷爷奶奶呢！'"小焦的一席话说得我们心里热乎乎的，为老人的临终善言善行而感动。

记得小焦刚刚休息一周后的一天晚上，我们带着孩子及礼物去她家看望病重的老人。她从父亲的病榻前急匆匆赶来，见到孩子非常高兴，洗过手就抱起贝贝，接着又抱起了宝宝，抱着他们看鱼缸中活泼可爱的金鱼，看花盆中芳香宜人的鲜花，她暂且忘记了老父亲病痛让做儿女的心灵备受的熬煎，那瘦削的脸上始终挂着幸福的笑容，对宝宝和贝贝，她简直是看不够，抱不够，亲不够，爱不够。

不是亲人胜似亲人。

她请假休息大约二十天的时候，便托王阿姨带话说："她夜里梦见贝贝了！她非常想念宝宝和贝贝！"我把小焦阿姨说的话，完整地告诉了宝宝和贝贝，他们两个像听懂了似的点点头。

6 月 23 日早上七点半，随着敲门声的响起，小焦来了。奶奶抱着贝贝正在楼下玩,贝贝见小焦阿姨来了,立刻大叫:"姨!姨!"然后就是咯咯咯的一连串笑声。宝宝正在换衣服,刚穿了一件背心,屁股还光着呢,他听见了焦姨的声音,也听到了贝贝的笑声,再也不肯穿裤衩,急着去见焦姨。没有办法,我只好抱着光屁股的宝宝,来到楼下。宝宝见到焦姨就像见到久别的亲人一样,立刻"姨!姨!姨!"地叫了起来,并扑向焦姨的怀抱。

小焦眼里含着泪花,左手抱宝宝,右手抱贝贝高兴地说:"昨天晚上,我一夜都没有睡踏实,辗转反侧。生怕休息这么久了,宝宝和贝贝不跟我了,不认识我了!见我就哭呢。"

"哪能啊?!孩子跟焦阿姨待了一年的时间啦,孩子忘不了啦,记忆是抹不掉的,焦阿姨是他们的亲人嘛!"我高兴地说。

吃早餐的时候,两个孩子顺利进餐,再也不用我喂完一个又一个了。

带宝宝、贝贝出去玩的时候,两个孩子活蹦乱跳的,哼起了他们最拿手的小曲。我和小焦各抱一个孩子,高高兴兴地朝小区公园走去。

俗话说,乐极生悲,物极必反。

上周,我刚刚满怀激情地在博客上发表了《没有血缘的亲情》,引起了很多网友的关注和好评。小焦本人看到了这篇专写她的散文,也非常感动,我家的空间弥漫着宜人的馨香,似乎一切都让人迷恋、陶醉。

可谁都没有想到,一场突如其来的变化,令我措手不及。

7月15日也就是周二上午八点半,我和小焦照以往一样抱着孩子兴冲冲地去散步,边走边和孩子们说话。快到小区公园的时候,只听小焦说:"我都不知道怎么和您说。我也是越忙越添乱。"

我转过身来瞪大眼睛问:"怎么回事?"

"我爱人公司的老板知道我在带孩子,说他们公司正好有个职位,让我尽快上班……"

这突然的变故让我楞神了,瞬间又很快反应过来对她说:"这是好事，我不能耽误你的前程。不过，再快也得容我一点儿找人的时间啊！今天是周二，你把这周干完，下周一无论我找得到还是找不到人，你准时去公司上班。"

接下来，和孩子玩游戏照常进行。但是，无论是我，还是她的内心都有了些许变化。我的脑袋开始飞快转动，怎么办？找人，快点儿找人，从哪儿找？是求朋友帮忙？还是去保姆公司？今后孩子的教育、保育……

我的心情乱七八糟。

下午四点，小焦接了一个电话，然后告诉我："公司让我明天上午去面试。"

我平息着内心的慌乱对她说："去吧！"

"那孩子……"她担心地问。

"我来想办法。"此时的我好似颇有大将风度地回答。

傍晚，我和四姐联系上了。我告诉她，小焦要去公司上班了，下周走。我们只有支持人家事业的发展。明天上午，她要去面试，家里缺个带孩子的人手。四姐听完我的诉说，立即对我说："你千万别着急！大热天别急坏了！我们一起想办法！明天上午，我早早过去帮你带孩子。"

"那冠成谁带啊？"（冠成是她的外孙）我问。

"让他姥爷带。"

放下电话，我再也忍不住了，那说不清道不明的泪水顺着脸颊流淌……

在我的人生路上，每当遇见生活中沟沟坎坎的时候，四姐都会伸出双手帮我渡过难关。

第二天早上刚刚七点，四姐就来了，带来好多好多水果、蔬菜，几乎摆满门厅。风风火火的她接下来就要抱孩子，宝宝和贝贝认生，哇的一声就哭了起来，既不让抱，又不让摸。

我笑着对四姐说:"别急,他们一到外面玩就没事了。"

"好的。"四姐爽快地答应。

等我们一行来到了温泉文化公园,四姐就高声唱起来:"五十六个民族,五十六朵花……"她满脸堆满笑容,手舞足蹈,边唱边跳。宝宝和贝贝乐了,也跟着她摇头晃脑地唱起来,公园里不时传出他们三个人咯咯的笑声。见状,我连忙加入他们的队伍中来,我们唱着、笑着、扭着、跳着。看着年近六十的四姐依然舞姿轻盈,歌声嘹亮,我欣慰地笑了。

7月19日周六,是小焦在我家照顾孩子的最后一天,从清早开始,我们俩竭力掩饰着各自的感情,不敢说太多涉及分别的话,心中的那股酸楚的滋味很难用言语表达。

小焦是在孩子出生刚刚两个月的时候来到我家的。初次见她,印象极好。只见她长得干净、喜兴,说话干脆利落,是土生土长的北京人,原来在镇服装厂工作,后来又做生意,人精明能干。不知为什么生意不做了,恰巧在家闲待一段,听说我家生了双胞胎急用人,就来了。从她来的第一天开始,我就喜欢上这个百里挑一的姑娘。她有着幼教老师一样的情怀,对孩子的爱,是天生的,她常常与孩子玩在一起,乐在一起。当我对两个孩子实施教育的时候,她就像特别优秀的保育员,配班绝对配在点上。而她的保育工作基本上不用我说话,活儿干得漂亮,我们两个人配合默契。一年的时光,转瞬即逝。

大约是中午十二点,我家刘先生拿着个信封来到小焦跟前说:"小焦,这里装着你这月的工资、今年北京公园的年票,还有《海淀文艺》这本杂志,上面刊登着宝宝和贝贝的姥姥给你写的散文《没有血缘的亲情》。以后,如果你在公司干得不顺心,就马上回来,别憋屈自己。你遇到什么困难就跟我们说,我们家的大人和孩子什么时候都欢迎你。"

听到这里,小焦含着眼泪说声:"谢谢!"立刻抱着孩子转身来到书房,擦去即将离别的眼泪,而我的眼泪却像小溪一样流淌。然后,我拿着两张餐巾纸，一张递给小焦，一张给了我自己，我们同时去擦那流了擦，擦了流，无法擦干净的眼泪。

　　下午一点，我看见孩子玩游戏有点烦躁了，知道他们困了，就建议我们四个人跳最开心最拿手的四步，我们抱着孩子拉起手，欢快地跳着舞蹈，孩子们也兴致勃勃，房间里充满了欢乐的歌声、笑声……

　　见到眼前的景象，想到即将的分别，我鼻子一酸，不争气的眼泪又涌了出来，随即抱着孩子冲向了卧室，再次去拿餐巾纸。

　　欢快的舞蹈中断了……

救命的家伙

　　这是一个真实的故事,发生在 2003 年"非典"肆虐的北京。这是一段不同寻常的对话,对话者一位是身患癌症又不幸感染上"非典"的重症病人,一位是他的同窗朋友。在他几乎绝望,已放弃与病魔较量的时候,在他即将走向另一个世界的时候,他拨通了同窗的电话。于是,奇迹发生了……

　　遵照当事人的意见,本文将对话者的真实姓名隐去,用 M(病人)和 L(病人的同窗)分别代替。

　　2003 年 5 月 6 日上午十点半,电话铃声骤然响起,L 拿起电话,里面传出沉重的喘息声……

　　L:"喂!您好!您找哪位?"

　　M 用微弱的声音说:"我,我是 M,告诉你,我得了'非典',我不行了。我真倒霉,得了癌症,又得了 SARS,我就要去太平间报到了。临死前,我想对你说……"喘气停顿。

　　L:"你说呀!"

　　M 喘息着说:"我要对你说,你聪明、能干、善良,让我在临死前吻一下你的额头……"

　　此时,L 急得直嚷:"你听我说,你要有信心,要相信自己,你不会死!"

　　M:"我……"电话中途挂断。

L立即用手机发去第一条短消息："M，你听着，你要有信心，你肯定能战胜'非典'，困难从来没有吓倒过你。过去，你帮助过很多人，你的心多么善良。朋友们需要你！你要相信自己！"

紧接着，L给M发去第二条短消息："M，你是一个真正的男子汉，你一定要挺过来！不许放弃。你没有权利，我们大家都等你。你一定要回来。"

下午一点二十分，M给L发来第一条短消息，上面写着："我哭了，争取出奇迹！"

L深知时间的宝贵，用手迅速抹去刚刚淌下的泪水，连忙给他发出第三条短消息："听到你的回音，看到你的决心，我终于高兴了。你一定要和病魔比试比试，你常说光脚的不怕穿鞋的。现在，你怕谁？豁出去了！我和你的所有朋友都是你坚强的后盾，胜利属于你！"

5月7日上午八点十分，电话铃声骤然响起，L赶紧接，是M。他用微弱的声音说："我真高兴，有一个声音，你的声音，我在去天堂的路上能一直听，听你的声音……"

听到这里，L泪流满面地说："我每天都给你发短消息。"

放下电话，L马上给他发了第四条短消息："今天早上，我终于听到你的声音。那是多么珍贵的声音，世界上所有的声音都没有它珍贵。那声音虽然疲惫，充满了痛苦的喘息，但是，它毕竟充满了生命的活力，活下去，一定要活下去……"

5月8日早上，L给他发去第五条短消息："M，你好吗？新的一天开始了。天降大任于斯人也，必将苦其心志，劳其筋骨……我深深理解你的痛苦，虽然你很孤独，可你不要忘了我们分担着你的痛苦，你永远不要丧失勇气。"

下午，M在电话里告诉L："我不怕了，我知道只有死拼才会有希望。"

晚上，L给M发出第六条短消息："你说得对，跟'非典'死拼才有希望。只有正气足，才会战胜邪气。正气来自朋友的支持，更来自你自身的勇气。天塌不下来，是条硬汉就咬牙挺着，看明天的太阳升起来！"

从5月6日开始，L的手机24小时畅通无阻，每天给M至少发出一条短消息，和照顾他的医生护士们一起关注着他的病情，抢救着他的生命……

虽然他们相隔千里，可"全球通"奇妙地把他们连在一起。

6月2日，M出院了！当他把这个消息告诉L的时候，L兴奋得不知说什么好，禁不住潸然泪下……

无言的真情像雪花一样悄悄离去，真挚的同学情谊永远埋在心底。手机的故事之所以美丽，就是因为经历了疾风骤雨……

当时，L看着自己小小的手机，充满了感动，她含泪亲吻了它，这个救命的家伙！

返老还童

六一国际儿童节在孩子们和商家的企盼中，终于来了。孩子们在老师的带领下走进公园、博物馆。孩子们拉着爸爸妈妈的手兴高采烈地走进商店，挑选自己喜欢的玩具……·

孩子们清澈透明、无忧无虑的眼睛里闪现着期待的神情，他们无不憧憬着一个色彩缤纷的梦。

有人会问："儿童节是孩子们的节日，于中老年人而言，有什么意义？"

随着家中两个双胞胎外孙的诞生，我和他们一起度过了一个又一个儿童节。我在与两个外孙的朝夕相处中，明白了一个显而易见的道理：孩子们为什么快乐？因为他们简单、纯真，在他们的眼里看见的世界都是那样的新鲜、奇妙，似乎一切都充满极强的吸引力。一片叶子在空中随风飘动，他们会追逐而去；一只蝴蝶在花丛中展翅飞翔，他们会大叫"好大的一只蝴蝶，这是国王"；一只蚂蚱在草丛中蹦来蹦去，他们会不顾一切地捉来逮去，一旦捉住了蚂蚱，他们咯咯地乐着……快活的笑声回荡在整个田野。步入花甲之年的我，此时此刻也会被这种快乐深深地感染。我像孩子们一样无拘无束地笑着，仿佛时光倒退了几十年，又回到了自己的童年。是啊，我的童年已随时光飘走，而上帝又将两个外孙送到我的身边。

时间过得真快，一晃儿我的两个外孙已经上小学了。说实话，带孩子的确是一件苦差事，可我在吃苦受累的同时，也感受着他们带给我的无穷快乐。白天，我带着他们去玩耍，充分感受大自然的妩媚。晚上，我躺在床中间，两个外孙各躺一边，我把他们分别搂在怀里，给他们讲故事，讲啊，讲啊，讲得我口干舌燥，讲得他们进入了甜美的梦乡。几年来，我不仅耕耘、付出，我也收获，而且收获良多。我和他们之间已经形成了亲密无间的依恋。退休后的我，和他们一起健康成长，他们上小学，我开始上老龄大学，他们学习文化知识，我也学绘画、诗词，补充自己的知识储备。他们每天要写作业，我背着双肩包四处采访。在他们眼里，姥姥是他们的骄傲，是他们最要好的朋友，在我的心中，他们也是我的骄傲，也是我最好的伙伴。

我想，今后要做的最重要的事，莫过于返老还童。我们的身体终究会逐渐衰老，这是自然规律，谁也无法改变。而我们的精神追求，谁又能阻挡呢？我们要像儿童一样快乐，像儿童一样简单。当我们读到陶渊明"久居樊笼里，复得返自然"的诗句，难道没有一种穿越时空之感吗？拂去岁月的尘埃，我依然拥有鲜活的生命喜悦。是啊，每个人的心灵都是一片精神沃土，种植达观，收获快乐。种植快乐，收获健康。有人说过：世界上最广阔的是海洋，比海洋更广阔的是天空，比天空还要广阔的是人的心灵。

在我看来，生命的意义就是成长，无论多大年龄，都需要继续成长。当我们收获到如同仙境般"睿智的快乐"，就会越来越感到生命的美妙。

面对自己日益衰老的面容，我劝慰自己，都有孙子的人了，还能像十七八岁的青年人吗？身体发出警报，要及时看医生。面对自己日益老化的零件，要注意日常保健，要好好关心、爱惜它们。

面对朝夕相处的老伴，我们要像儿童一样简单明了，勇于表达。全世界就这么一个你，怎能叫我不珍惜？万万不要满心是疼惜怜爱，可一张嘴就是埋怨牢骚。

　　面对自己的子女，我们要表达对他们事业的发展以及孝心的赞赏，理解他们，宽容他们，眼睛别总盯着他们的缺点。孩子是你人生中最得意的一件作品，要多看到他们身上的闪光点。

　　面对自己的外孙，我们更要满心的欢喜，不管他们蹿多高，长多大，别中断与他们的交流。他们真的能够成为我们无话不说的好朋友，我们与他们的情感交流甚至超过了自己的儿女。一个电话，一个亲吻，一个眼神都会给我们双方带来莫大的欢喜。

　　我们每天从容一点儿，潇洒一点儿，开朗一点儿，明智一点儿，随和一点儿，想开一点儿，我们就这样一点一点儿地做起来，就会寻找到老年人的快乐之本了。人生的最高境界，就是把人世间的一切都看作是童话。

　　您知道吗？有一种神奇的东西，它让我们重新成为天真烂漫的孩子，让我们童言无忌，让我们忘记所有的烦恼，让我们沉醉于快乐的晚年生活。它就是让我们返老还童的"灵丹妙药"——快乐！让我们一起去寻找快乐吧！

卷三　朝鲜记历

我在朝鲜吃上了人间美味

　　日子过得真快，转眼间我离开朝鲜回国，已经是很久以前的事了。在温暖而又平静的生活中，我不经意地望着我家窗外那棵挺拔的杨树，从它发芽长出咖啡色的花絮，到眼看着它绿荫茂盛，接下来看到树叶片片凋零，光秃秃的树干就像风烛残年的老人，在寒冷的西北风中瑟瑟发抖。好似箭一般飞驰的光阴，令人生出无限感慨。有时，我充满了对生活的渴望与热爱，相夫教子，徜徉在幸福的品味中；有时，我在灵魂的深处又冒出些许难言的苦衷与忧患。我已到了知天命的年龄，可并没有达到古人所言的境界，也许因为自己是个女人？也许因为是自己的学识修养还远远不够？我无法将自己拥有的对生活的热爱与灵魂深处的不解与难言搞明白。尤其是在乍暖还寒的春天，望着那"草拂之而色变，木遭之而叶脱"的树干，使我想起了从记忆中很难抹去的一件往事。

　　有人说："为什么真正最快乐的时光，是生活中最艰苦艰难的日子？"至今我也回答不出来。可我却牢牢地记住了自己经历的苦日子，幸福的时光反而却习以为常。

　　那是我们一行十人到达朝鲜沙里院进修学习不久的日子，如果我没有记错的话，我们就餐的伙食还是不错的，每顿饭一荤一素，主食管饱，朝鲜泡菜管够，只是荤腥太少，那菜里的肉只是星星点点，它们过于招摇，放进嘴里没啥感觉，肉就没了，让人总不能够解馋，我们全体同学那种对肉的向往无法言说。由于当地副食供应紧张，我们特别渴望哪一天能吃上炖鸡或红烧肉，然而这都成了奢望。说来也巧，那天吃过晚饭，我们一行人又上街散步，街上的行人很少，大家边走边聊。不知是谁突然叫了一声："鸡，活鸡！""哪儿？"大家的目光就像探照灯一样搜寻开来，瞬间发现了目标。在我们前边疾走的一位阿妈妮，手中提着一只活蹦乱跳的母鸡。我们的龚班长发话："女同学去说好话，打动阿妈妮把鸡卖给我们。男同学准备好朝币付钱，八路军不白拿群众一针一线，男女同学配合默契，动作要快。"接到班长的命令后，我们女同学的心情既紧张又兴奋，谁也没有经历过这样的场面。当我们冲上去后，立马就向阿妈妮展开了政治攻势，我们亲切地对她说："大妈，您好！我们想买您的鸡。"大妈听懂了我们几个说的朝鲜话后，立刻向我们摆手："啊腻！啊腻！"中国话的意思就是"不行！不行！"。这时我们也着急了，深知过这村没这店。马上命令男生："快！你们快拿出200元朝币。"当钱到手的时候，我们迅速地几乎不容置疑地从大妈手里拿过鸡，又将200元钱塞进她的手里并不住地说："刚撒哈米大！刚撒哈米大！（谢谢！谢谢！）"大妈的脸上露出了无奈的样子，随后将我们给的高于市场价格的买鸡钱赶紧掖进内兜，向四周望望，又看了我们一眼飞快地离开。我们把拿着鸡的阿健同学拥在中间，就像打了大胜仗一样凯旋。

回来后，我们一起动手，做炖鸡的准备。有的负责烧开水准备煺毛的，有的准备葱姜大料等作料的，有的负责剥从家乡带来的栗子……广州来的美食家麦浪、远冰等人亲自掌勺。我们属于吃货，做好自己负责的准备工作后，就回到宿舍静等佳音。晚上十点左右"吃鸡喽！快来呀！"的喊声响起，话音未落，我们十个人便齐刷刷地到了。这时候满屋子飘着诱人的鸡肉香味，大家用鼻子使劲地闻，久违了……我们十个人的碗摆成一排，大家伸着脖子看着舀到自己碗里的肉，再看一眼锅里剩的肉……就像幼儿园的小朋友一样唯恐老师给少了。分到最后，连鸡汤也均匀地分到了十个碗中。开吃了，那香喷喷的鸡肉放进嘴里，酥软，好像咀嚼几下就顺着食管溜下去了，我敢说这鸡肉，胜过全世界的美味佳肴。当时的我们谁也顾不上说话，只是低头照顾自己的碗，边吃边吧唧嘴，好像活这么大就从来没有吃过鸡肉。大家一口气就把碗里的肉瞬间吃完了，再看，鸡汤全喝光了，甚至连鸡骨头全都嚼碎咽到肚子里了。看锅，底朝天；瞧碗，舔得干干净净。其实，谁没有吃过鸡肉啊，可这顿鸡肉不同以往，真是人间美味，回味无穷啊！同学们吃完鸡肉后意犹未尽，纷纷表示回家后的第一个愿望就是吃鸡。

后来，我们陆续回国了，据说每个人都履行了诺言，第一顿饭吃的全是鸡，可谁也没有吃出沙里院那只鸡的香味，北京的鸡，广州的鸡，湖北的鸡，贵州的鸡全不行，大概全世界也只有沙里院的鸡肉是最香的，令我们一生回味。

谁也说不清楚，我们在朝鲜吃到的人间美味，为什么永远也闻不见了呢？那么多的大都市的饭店却做不出沙里院那香气袭人的炖鸡呢？这真让人琢磨不透。

岁月如流，蒹葭苍苍。

昨天夜里，雨下了整整一夜。今天雨后的清晨，天气格外晴朗，阳光明媚，让人几乎把昨夜忘却，而又不能完全忘却，留下一点儿影子，阴阴凉凉的，让人平添一丝淡淡的惆怅……

我想起了在朝鲜度过的几百个日日夜夜，想起了一起留学归来分散在各地打拼的同学们，想起了那并不情愿卖我们鸡的朝鲜阿妈妮，想起了耐心教我们朝语的金老师，想起了我的朝鲜同宿生，想起了诙谐幽默的科长，想起了一身正气的指导员，还有每天为我们做饭的炊事员。我想问一句：这么多年过去了，你们都好吗？

在平壤过大年

时间过得好快，我离开朝鲜回国已经二十多年了。转眼间，物是人非。回国后，每当除夕来临与家人团聚的时候，我总会不由自主地想起在平壤过年的情景。

记得1993年腊月二十八那天的中午，我们在朝鲜沙里院市桂应祥大学，意外地见到了中国驻朝鲜大使馆文化处的安老师。安老师身材挺拔，人长得特别帅，个子高高的，戴一副眼镜，文质彬彬，颇有文人气质，是留学生心中的偶像。安老师精通朝语，是中国大使馆唯一与我们打交道的负责人。是安老师，把我们从北京带到朝鲜，又把我们从平壤送到了沙里院，是安老师，每月给我们送一次家信及邮包。安老师是我们联系国内的仅有的一根救命稻草。同学们见安老师来了，心里说不出有多高兴，一伙人把他紧紧围在中间，问这问那，就像见到了自己久别的亲人一样。

安老师望着我们傻傻的样子，笑眯眯地问："你们猜猜，我到这儿，是干什么来啦？"

"看我们来啦！给我们送信来啦！"我们几乎不假思索地齐声回答。

"送信，就知道送信。不仅如此！"他煞有介事地吊着我们的胃口说道。

"喂！安老师，那还要干什么？"我们惊讶地睁大眼睛望着他。

"嗯，哼。"他假装咳嗽了一声然后提高嗓门大声地说，"同学们，我要把你们全部接到平壤，过大年去！"

"真的，哇！"幸福的喜悦，顿时充斥了我们的心房。我们激动地蹦了起来，欢呼起来。

当天下午，我们简单地收拾了一下行李，骄傲地乘坐中国驻朝鲜大使馆的中巴车，风驰电掣般地向平壤驶去。从沙里院到平壤不到100公里。我们一行十人兴奋异常，一路上欢歌笑语。突然，车停了，原来是遇到关卡。安老师马上把我们的护照全部集中起来，悄声告诉我们："临近平壤入口处，要接受朝鲜军人的例行检查，你们在车上等候，谁也不许下车，免得生出事端。"我看着安老师大步流星地走进了检查站，心都提到了嗓子眼儿，生怕谁的护照出点儿问题，不能顺利通过哨卡。车上安静极了，空气似乎凝固了，时间像是停止了，我们屏住呼吸，十双眼睛紧盯着外面，焦急地等待着……

当安老师捧着我们的一摞证件从哨卡走出来，帅气地朝我们一挥手时，我们的心回到了胸腔，欢乐的笑声顿时响起来。

大年三十那天，所有的中国留学生，从四面八方全部来到了坐落在平壤的中国驻朝鲜大使馆。安老师和他漂亮的夫人王老师，用早就准备好的炒花生、瓜子、各种小点心、水果，还有那飘着清香的热茶招待我们，我们就像回到了自己温暖的家。同学们彼此寒暄着，交流着各自的学习生活情况。

大年三十晚上，安老师用洪亮的声音宣布：中国留学生1994年春节文艺联欢活动现在开始！一时间，雷鸣般的掌声响起，我们使劲地鼓掌，谁也停不下来，手都拍红了，全场掌声经久不息。在远离故土、远离亲人、远离祖国的地方，这掌声，融进了我们对亲人无穷的思念，融进了我们对大使馆领导的真诚感激，融进了我们海外学子对祖国眷恋的赤子之情。当中华人民共和国国歌奏响的时候，我们全体起立，共同高歌。在场的每个人都热血沸腾、激情澎湃，此时此刻，热爱党、热爱祖国的肺腑之情从心底涌来，两行热泪潸然而落。

留学在平壤金日成综合大学、沙里院市桂应祥大学等朝鲜各地的中国留学生，都派出代表演出了精彩的节目。我们北京留学生的代表杨意表演了舞蹈《回娘家》，贵州、黑龙江、湖南、广州等地的代表都拿出了自己的绝活儿。动人的旋律、美妙的歌声、婀娜的舞姿留在了我们每个人的心中，成就了一生当中一个特别的日子、一个迷人的夜晚。

文艺联欢活动结束后，我们全体留学生来到大使馆宽敞的餐厅，分别坐在临时搭起的长长的桌子两侧，只见桌子上面铺着洁白的桌布，摆满了琳琅满目的中国菜，什么肉丝炒蒜苗、香菇炒油菜、猪肉炖粉条、凉拌黄瓜……看得我们眼睛发直，馋得我们口水直流。来到这里七个多月了，尽管人家已竭尽全力让我们吃饱吃好，可这些鲜嫩的蔬菜我们还是很少能够吃到。

整个活动最壮观的莫过于包饺子了。

古人云：冬至不端饺子碗，冻掉耳朵没人管。大寒小寒，吃饺子过年。这说的正是饺子在中国传统美食中不可替代的地位。大年三十吃饺子，是民间过年不可或缺的美味佳肴。老百姓对饺子的偏爱，不光看中它的味道，更看重它的象征意义。

在包饺子现场，同学们是八仙过海各显神通，有和面、擀饺子皮的，有剁馅、包饺子的。原来在国内过年时，和家人一起包饺子，只是觉得快快乐乐、团团圆圆的。现在不同，远在千里之外的异国，思念亲人的愁绪尤甚。而和同学们一起包饺子，我们忘掉了所有的忧愁，全身心投入包饺子之中。我敢说包饺子，是中国饮食文化中最能体现亲情、友情的劳动，它表达一种血浓于水的特殊情感，体现着团结和谐的氛围。在包饺子的过程中，所有的留学生不管认识还是不认识的，大家都有说有笑地聊着天，唠叨着家常，不时引来欢声笑语，其乐无穷。

就像家中包饺子过年一样，每个人都把自己对祖国的思念之情，对亲人的爱恋之意融进了包饺子的每一个细节之中。包饺子给我们每一个海外学子，带来了心灵的慰藉。此时此刻，我们不在家中，胜似家中。

当我们见到自己亲手包的饺子，盛在盘子里热气腾腾地端上来的时候，都像孩子一样大声地叫着："吃饺子，过年啦！"整个大使馆沉浸在温馨的氛围中……

在举国哀伤的日子里

地球旋转着，岁月延伸着。眨眼间，从朝鲜回国二十四年了，我以为已经将它遗忘在角落。可就在上周，我在朝鲜留学生微信群，说起我们的过往，瞬间回忆奔涌，我知道一切不曾远去，那段刻骨铭心的旅程，那段异国求学的心路，依然依附在自己的灵魂深处，仿佛如昨。

我们在朝鲜生活的城市叫沙里院，位于朝鲜西南部，是黄海北道的首府。地处载宁平原西端，京义铁路线上，是朝鲜重要的交通要冲。几十年前，它曾经是硝烟弥漫的战场，这里坐落着一个偌大的坟冢鲜为人知，中国人民志愿军的一百多名将士长眠于此。1994 年的清明节，我们前来为烈士们扫墓，暮色里，这座坟冢，在斜阳下显得那样凄凉、孤寂，仿佛早已被历史遗忘在那里，一种前所未有的悲怆与苍凉之感朝我们袭来，令人内心隐隐作痛。

沙里院位于平壤与开城之间，距离平壤 65 公里。在这个不大的城市里，教育氛围很浓，随处可见大学、中学、小学、幼儿园。它拥有开阔的沙里院中心广场，那里矗立着朝鲜人民的领袖金日成的铜像。

1994 年 7 月 4 日下午，班长召集我们开会，朝鲜方面负责管理我们的科长与指导员参加了会议并做讲话。经过一年时间的朝语学习，我们大体听懂了会议内容。即放我们几天假，明天打包出发，去著名景点金刚山旅游。我们不敢相信自己的耳朵，眼睛像探照灯一样扫射，最后把眼神全部落在科长和指导员身上。话说这两位朝鲜领导，指导员是女的，待人和蔼可亲，曾来到宿舍与我们一起朗读课文，节假日喜欢穿漂亮的朝鲜服装。科长是个男的，浓眉大眼，特点是既严肃又风趣，高兴起来还会手舞足蹈，给我们跳一段朝鲜舞。科长见我们的眼睛紧紧盯着他，嗔怪地说："看什么看？把我快看毛了，不认识我们了？还是不相信我们说的？"我们笑了，异口同声地问："科长，真的？带我们去金刚山？""不信的，留守；相信的，明天早上八点出发。"科长说完站起来做了个潇洒的出发手势，给指导员使了个眼色就大摇大摆地走出去了，指导员笑眯眯地紧随其后。房子里只剩下我们十个中国留学生，我们挨个对眼看，然后像傻子、疯子一样蹿起来，又蹦又跳……

是啊，在生命应该纵情的时候，就让我们无忧无虑地疯狂一回，撇下一切面具，回到最初的纯真，那是我们自己。

5日清晨，我们准时出发，一路上欢歌笑语，贵州来的侯昀与邸华嗓子好，她们唱起歌来，真像深山飞来的黄鹂婉转动听。当她们唱《涛声依旧》的时候，我们全跟着哼哼："涛声依旧，不见当初的夜晚，今天的你我，怎样重复昨天的故事，这一张旧船票，能否登上你的客船？"歌声飞出窗外，在青山绿水间四处飞扬。

由于路途较远，领导安排我们先到平壤住一夜，6日上午继续行程，直奔金刚山。

从平壤到金刚山大约350公里，这个距离在国内开车走高速，顶多四个多小时足矣。我们早上八点出发，坐上面包车，直到夜晚十一点半才到达金刚山，我们在车上度过了十五个小时，个个筋疲力尽。主要原因一是路况，二是车况。通往金刚山的公路要穿过一个又一个的隧道，行驶连绵不断的山路，路面坑洼不平，常有颠簸。而我们的车也常常发生故障，司机师傅光修车就用了三四个小时，唉，好事多磨。深夜到达金刚山饭店，因为人生地不熟，加上人困马乏，老老实实等待分配房间，领到钥匙冲个澡就把自己撂倒了，一觉到天亮。

我们要在金刚山逗留两天，从 7 日早上开始，我们兴致勃勃地攀登著名的金刚山。要知道金刚山可是朝鲜人民心中的圣山，素有朝鲜第一山之称，当时的金刚山是不对外开放的景点，我们一行能来的确不容易，从中可以看出中朝两国人民的友谊源远流长。

您要知道，朝鲜是于 2012 年 4 月向所有游客开放金刚山，比我们参观金刚山迟了十九年。

记得 1993 年，我们刚到朝鲜不久，就听人说："别看朝鲜经济困难，物质匮乏，可人家有金刚山，听说是一座大金矿啊！一旦开发，不得了啊，财源滚滚，朝鲜立马就富裕起来。"至今，不知此话真假。

神奇的金刚山，雄踞在朝鲜东海岸上，南北长 60 公里，东西宽 40 公里。它是朝鲜人民心中璀璨的明珠，拥有上万个奇秀山峰，有"千岩万壑"的美誉。民间广泛流传着不见金刚山，勿论天下美。主峰海拔 1638 米，分为内金刚、外金刚、新金刚、海金刚。据说，奇妙的金刚山上的风景随四季的节拍而悄然变化。春天百花盛开，芳香怡人，峰峦竞秀，熠熠生辉，像金刚石一样闪亮登场；夏天，浓荫蔽目，芳草萋萋，鸟儿鸣啭，溪谷和山峰被绿荫覆盖，一片片乳汁般洁白的云朵，在悬崖峭壁上擦拭而过，犹如仙境；秋天，历经岁月风霜的松树昂首挺立，松塔巧妙地镶嵌在松枝中，它乘人不注意时，就会将成熟的种子撒到地上。漫山遍野的枫树无不争奇斗艳，为金刚山抹上了一道艳丽的色彩；冬天，草木枯萎、树叶凋零，金刚山上的巨石裸露，使金刚山的山峰如坚硬的骨头一样凸显。

我们一行人犹如出笼的鸟儿一样在金刚山脚欢呼雀跃，争先恐后地攀爬金刚山。此时的金刚山，游客人数不多，来这里爬山游玩的清一色的朝鲜人，尤以学生为多。我们十个中国人特别显眼，回头率可观。起初，我们比速度，看谁跑得快，后来随着山路的陡峭，我们开始气喘吁吁，自然减慢了速度，三三两两边看风景，边侃山聊天。抬头远望，金刚山座座险峻的山峰、数不尽的奇岩怪石映入眼帘，峡谷中潺潺流淌的泉水闯入心间，草丛中肆意盛开的野花，色彩斑斓；淘气的野兔子不时从身边蹿过，吓人一激灵；拖着毛茸茸大尾巴的松鼠像真正的舞者，在树上跳来跳去，一刻都不得时闲。走在金刚山崎岖蜿蜒的山路上，觉得心灵得到洗涤，一种解脱、自由、幸福的快感随之而来。

正当我们奋力爬山的时候，我看到了一位可亲可爱的阿妈妮迎面走来，连忙走上前去，邀请她和自己照相合影，她没有扭捏，非常爽快地答应了，随着快门啪的一声，我与阿妈妮的合影瞬间完成了，如今已成为不可多得的回忆。我们沿着九龙溪谷迂回而上，一路上沿石阶攀登，不断看到陡峭的山崖，以及上面生长的灌木在水中的倒影。我们走过摇摇晃晃的幽谷索桥，穿过由巨石自然形成的金刚门，见到了以水流清净如玉而得名的玉流洞。不由得令人想起柳宗元的名句：溪水清澈，斗折蛇行，明灭可见。

我们从这里沿着陡峭的山梁盘绕，经过九曲十八弯，九龙瀑布出现在我们的面前。瀑布气势磅礴，倾泻入潭，溅起浪花朵朵。水潭叫九龙渊，传说在这座深潭里住着守卫金刚山的九条龙，九龙渊由此得名。这里，历经岁月沧桑的古松、翠柏及枫树与周围的绝壁悬崖，还有深不可测的水潭相互辉映，相得益彰，构成了一幅妙不可言的山水画。

晚上，我们住在金刚山饭店，享受久闻盛名的温泉，我沐浴在温暖、滑润的泉水之中，感受上帝赐予的美妙瞬间。

7月9号，我们踏上返回的路。金刚山之旅，让我们过足了瘾，路上我们有说有笑，畅谈着此行的见闻。

下午两点半，我们听到了悲痛的消息，朝鲜人民的伟大领袖金日成主席突然病逝。面包车上的人全部为之一惊，倒吸一口凉气，我就在那一刻感到自己的心脏揪成一团，此时，人们面无表情，车上的空气几乎窒息。一路上，汽车加快了行驶速度，飞快转动的车轮不时卷起一股股风尘，而车上十几人鸦雀无声。

傍晚，我们到达了元山市。元山是从金刚山返回平壤的必经之路，距离金刚山110公里，距离平壤200多公里。一到元山，我们在指导员和科长的带领下，立即前往市中心广场，来到金日成主席的铜像前悼念。这时候，一轮月亮孤零零地挂在空中，虽说是夏天的夜晚，却显得异常冰冷。朝鲜的男女老幼纷纷向中心广场靠拢，有戴黑纱而来的，更多的是手捧鲜花，他们大多哽咽、捂嘴哭泣，可一旦跪在金日成主席铜像前的时候，憋闷很久的情绪突然迸发出来，惊天动地的哭声弥漫在整个广场。我们和当地的朝鲜人民一起，站在铜像前鞠躬默哀，痛悼中国人民的朋友、朝鲜人民的伟大领袖金日成主席。

在元山市中心广场，在蜂拥而至的人群中，我们的眼泪流淌下来，此时此刻的我们，不知是为祖国，还是为朝鲜，哭了，全哭了……

面包车急行平壤。

平壤，是朝鲜的首都，一改往日的模样，广场上矗立的金日成主席的巨幅画像已披上了黑纱，朝鲜的母亲河大同江呜咽着穿过平壤，此时全城陷入了悲痛之中……

7月10日，我们从平壤回到沙里院。几天不见，沙里院的街容街貌全变了，一片肃穆，街上行人的胳膊上全部佩戴着黑纱，胸上佩戴着白花，痛失领袖，全城哀伤。

当我们把行李放回沙里院留学生宿舍，朝鲜方面立即召集我们开会，在这间悬挂着金日成和金正日画像的会议室里，指导员喉咙哽咽、眼圈红肿地说："我们朝鲜人民的伟大领袖金日成主席于7月8日病逝，享年八十二岁。让我们全体起立，向金日成主席的遗像默哀，三鞠躬。"哀毕。科长接着说："现在，我们要立即制作花圈、白花、写挽联，明天到沙里院广场，在金日成主席铜像前，表达我们的哀思。"二话不说，我们立即寻找或购买材料，投入制作花圈、白花之中。

7月11日上午，我们抬着精心制作的大气、素雅的花圈，捧着写好的挽联，每人胸前佩戴一朵白花，排队出发了。街上的人们也像我们一样或戴白花、黑纱，或手执鲜花，向同一方向——沙里院中心广场走去。

走在路上，我想到了来朝鲜留学一年的点点滴滴，想到了朝鲜的领导、老师、同宿生对我们生活、学习上的关照；想到了1950年，我们的志愿军将士远离祖国，告别家乡，义无反顾地开进了抗美援朝战火纷飞的战场。虽然那时候我们还没有出生，可听说抗美援朝轰轰烈烈，工人脱下工作服换上军装，农民撂下锄头去扛枪，母亲送儿上战场，妻子送郎离家乡。中国政府与中国人民在朝鲜的危难之际，毫不犹豫地伸出援手。我们没有亲眼见到这一幕，可我们是听着《中国人民志愿军军歌》长大的，从南到北，从东到西，作为中国人，谁不会唱"雄赳赳，气昂昂，跨过鸭绿江。保和平，为祖国，就是保家乡……"我们的语文课本上就有著名的作家魏巍的散文《谁是最可爱的人》，它影响了我们中国几代人。"谁是我们最可爱的人呢？我们的部队，我们的战士，我感到他们是最可爱的人。亲爱的朋友们，当你坐上早晨第一列电车走向工厂的时候，当你扛上犁耙走向田野的时候，当你喝完一碗豆浆，提着书包走向学校的时候……朋友，你已经知道了爱我们的祖国，爱我们的伟大领袖毛主席，请再深深地爱我们的战士吧，他们确实是我们最可爱的人！"

于不知不觉中，我们很快来到了沙里院广场，这是我们常去的地方。平时特别休闲、人数不多的场所，现在已经变成了鲜花的海洋，变成了一片哭声的广场。这儿已有成千上万的人前来悼念，围成里三圈外三圈，到处都是摆放整齐的鲜花，到处都是精心制作的花圈，到处都是悲伤的民众，他们像痛悼亲人一样痛悼自己的领袖。我们亲眼见到一个个阿妈妮情绪失控、哭昏休克，被医护人员紧急抢救，我们见到很多朝鲜大叔捶胸痛哭，那声音跌跌撞撞，像破碎的鼓一样撞击你的心房。还有很多老百姓长跪不起……一队队青年学生从我们面前经过，个个面带愁容，掩面哭泣。我们在沙里院再次经历了1976年周总理、毛主席先后去世时的举国哀伤，全国人民陷入悲痛之中，当时感觉到天塌了！谁能想到历史还会在朝鲜重演？正好还让我们赶上。

没有任何语言可以表达我们内心的哀伤，我们只有在金日成主席的铜像前默哀，鞠躬，愿他老人家一路走好，给朝鲜人民带来幸福与安康！

从沙里院中心广场回到宿舍，我的心依然沉浸在悲痛之中，泪水依然流淌，我生活在朝鲜人民之中，感同身受……

到了吃晚饭的时间，我们谁也没有吃下去。

7月15日清晨，我和胡健等同学，与赵科长、黄指导员、同宿生等奉命一起上山采集鲜花，当天下午，我们要将采集到的鲜花，带到平壤，献给金日成主席，我们中国留学生要代表祖国，向金日成的遗体告别。听说平壤市的鲜花无论种植的还是野生的，已全部被采光、售光。

我们要去采花的那座山，叫正方山，离沙里院很远，我们紧紧跟随科长、指导员出发了，正值酷夏，我们头顶烈日，汗流浃背，跋山涉水。我们走过了一片片绿油油的青纱帐，穿过了一片片浓密的树林，越过了一道道沟坎，爬上一座座山坡，终于来到了正方山。正方山是朝鲜国花——金达莱的原产地。我们刚刚爬到半山腰，欣然见到灌木丛及荆棘丛中露出的鲜花，种类很多，有享有朝鲜国花盛名的金达莱，有菊花，还有很多不知名的花花草草，我们几位奔跑着弯腰采下朵朵圣洁的鲜花，它们红黄蓝绿相间。我们把朵朵鲜花放在一起，手中举起的一束姹紫嫣红的鲜花，在青山绿水中格外抢眼。纵观每一朵野花，它们鲜艳、美丽，充满生机，不知忧愁，而我们的内心却充满了无尽的悲伤。从我们懂事起，就知道金日成主席是朝鲜人民的伟大领袖，常常来中国访问，金日成主席与毛泽东主席的合影照片是那样的熟悉。朝鲜与中国唇齿相依，中国人民志愿军用鲜血和生命与朝鲜人民结下了深厚的友谊。巍巍群峰，滔滔江河，在朝鲜三千里江山的每一块土地上，都有金日成主席留下的足迹！

当天傍晚，我们来到了昔日美丽的平壤，可如今的平壤满城哀伤。大多商店都已关门，所有的旗帜都降半旗致哀。

晚上，有关领导向我们传达通报金日成逝世，以及朝鲜治丧的安排情况。

金日成主席已八十二岁了，可1994年夏日的日程表安排得满满的，每天通宵达旦地工作。当时的美国总统指责朝鲜正在试验核武器，要求朝鲜无条件接受国际原子能结构特派人员前去检查，使朝鲜半岛局势紧张起来。为了缓和紧张局势，美国前总统卡特表示愿意访问朝鲜，与金日成进行会谈。金日成当即表示欢迎。

6月12日。卡特从美国飞抵韩国首都汉城（后改为首尔）。美国与朝鲜没有建立外交关系，卡特是以私人的身份从韩国乘车越过军事分界线，前往朝鲜首都平壤。6月16日，卡特在平壤会晤金日成。卡特在平壤逗留了三天。金日成每天与卡特长时间会谈，晚上还忙于批阅文件。最后一天，金日成与卡特的会谈连同宴请，长达六个小时，金日成只在中间休息了二十分钟。卡特转达了韩国方面的重要提议，邀请金日成访问汉城。这一消息让金日成非常兴奋，如果他能够成功访问汉城，将是朝鲜半岛南北双方首脑的第一次会见，他的汉城之行将成为载入史册的破冰之旅。卡特走后，金日成立即召开会议，讨论南北首脑会谈的方案以及相关的会谈文件。他打电话给韩国政府，商定6月28日在板门店举行预备会议。

7月7日深夜，金日成阅读关于与韩国进行统一会谈的文件并在文件上签名之后，又得知七十五岁的上将赵明选病故。过度的劳累加过度的刺激，金日成突然倒地，医生诊断是急性心脏病发作。7月8日凌晨二时，金日成的心脏停止了跳动。

7月16日下午一点半，我们按规定准时来到了平壤师范大学。这时，金日成在综合大学、艺术大学、建筑大学、师范大学就读的所有中国留学生，全部在这里集合。三点半全体乘车出发，来到平壤市中心广场一个建筑物前，接受极为严格的安全检查。之后，我们继续乘车来到锦绣堂议事厅排队等候，瞻仰金日成主席的遗容。

当我们步入锦绣堂议事厅，凄婉的哀乐声骤然响起，悲伤的曲调环绕四周，当我随着悼念的队伍，缓缓来到金日成主席遗体前，望着他慈祥的面容，顿时泪如泉涌，他老人家完成了自己崇高的使命，静静地躺在那里。我想起出国前老妈说过的一句话："去朝鲜好，金日成主席跟咱毛主席长得多像！"我哭了，我们在异国他乡的土地上哭了。我连鞠三躬，表达我们心中的思念。在这个世界上，又一位伟人走了，他给朝鲜的历史留下了难以磨灭的辉煌！在锦绣堂，金日成主席生前办公的神圣地方，除了哀乐不时响起，就是民众痛哭的声音，是啊。万民恸哭，只有为人民做出巨大贡献的人，才会赢得人民如此的爱戴。

人们缅怀金日成主席的丰功伟绩，忘不了他为人民做出的一切！忘不了是他建立了朝鲜第一个共产主义革命组织——打倒帝国主义同盟，是他创建了人民武装革命力量——朝鲜人民革命军，是他创建了朝鲜民主主义人民共和国。自朝鲜民主主义人民共和国成立后，金日成主席多次访问中国，并于1961年同中国签订了《中朝友好合作条约》。中国和朝鲜山水相连，唇齿相依，经过抗美援朝战争后，两国人民用鲜血凝成了牢不可破的友谊。1976年1月8日周总理去世后，神州泪飞，江河悲咽。当时金日成主席正准备做眼科手术，因眼睛哭红，手术不得不推迟。1979年，金日成决定在朝鲜建立一座周总理铜像，地点选在周总理1958年冒着风雪访问过的咸津兴南化肥联合企业，据说，这是朝鲜唯一的一座外国人雕像。周总理铜像落成后，金日成特别邀请邓颖超访问朝鲜，与他一道为总理铜像揭幕。当红绸幕布轻轻拉开的时候，邓颖超一再掏出手帕擦拭眼泪。她说，雕塑雕得真像啊，那大衣袖里露出的毛衣，就是她当年为即将访问朝鲜的周总理连夜赶织出来的。金日成对邓颖超说："见到你，就像见到为朝中友谊做出杰出贡献的周总理一样，感到特别亲切。"

之后的日子，历史将会清晰地记载，沉浸在悲痛中的平壤市民全部行动起来，用水管、用水桶、用抹布，把这个城市的所有街道全部进行冲洗，包括马路牙子、栏杆，都被擦洗得干干净净，一尘不染；还给所有的桥梁栏杆，涂上了一层新漆，它们在阳光的照耀下闪亮发光，平壤的大街小巷换上了肃穆的新装，整齐、洁净，没有丝毫的污垢。平壤的高楼大厦等候着，平壤洁净的街道等候着，平壤的人民等候着，平壤的万物等候着，平壤的天上、地下，及所有的一切都在等候着……

7月19日，万众等待的一天终于来到了。朝鲜人民的伟大领袖金日成主席，将向平壤市民做最后的告别，他将"亲眼看一看"平壤市干净整洁的街道、拔地而起的座座高楼、让他日夜牵挂的人民。

我们作为外宾，早早来到金日成广场观礼台，凭栏眺望。这时，广场上黑压压地站满了成千上万的朝鲜民众，他们噙着眼泪、伸长脖子张望着……

上午十点半，灵车远远驶来了，灵车的车顶上铺满了黄色的花瓣，花瓣上面放着一口黑棺，棺上覆盖着朝鲜劳动党鲜红的党旗。走在最前面的是一辆辆满载花圈的车队，紧接着是灵车，后面是成排的小汽车，分成黑色、淡绿色车队，最后是朝鲜人民军的将士，他们佩戴白色的手套，紧握手中的钢枪，紧紧跟随灵车，威武雄壮。灵车所到之处，哭声震天，举国哀悼。

我站在高高的观礼台上，看到平壤民众痛失领袖的悲伤，犹如没有他，我们就不能活。我深知，金日成主席在万民的泪水中也与自己的人民，也与朝鲜人民的朋友，也与这个世界告别了！我在平壤人民悲戚的哭声中，潸然落泪，向金日成主席告别。再见了！敬爱的朝鲜人民的伟大领袖金日成主席！再见了，中国人民的好朋友！

7月20日上午十点，我们参加了在平壤市金日成广场举行的追悼大会，会场布置得庄严、肃穆、隆重。会议议程：播放金日成主席生前讲话录音；全场起立、默哀；致悼词；工农兵代表发言；奏《国际歌》。追悼大会从十点开始至十一点四十分结束，我们亲眼看见不少朝鲜人因连日悲痛晕倒在地，被医护人员紧急救助。

此时此刻，我们深情祈愿金日成主席永垂不朽！

祝愿中朝两国人民的友谊万古长青！

沙里院的啜泣

1993年12月5日，这是一个无法忘记的日子。

虽然过去很多年了，我无法排遣自己的思绪，便打开电脑记录那逝去的长辈和难忘的往事。

那天晚上，我和同学们聚在一起看电视，看的是中央电视台的录像片，纪念中央电视台建台三十五周年。看着看着，我要打电话的欲望不可抗拒，总觉得心里七上八下地不踏实。恰巧，当天又发了红币，可以用它打长途电话。我在朝鲜沙里院兴冲冲地拨通了北京的长途电话，当电话那端传来爱人的声音，一刹那就像一股电流袭来，我被紧紧地缠绕在温暖的怀抱中……我问他："家里究竟有什么事？我最近心里总是不踏实。"他声音低沉地说："孩子的爷爷去世了！后事都处理完了。"我一听，脑袋嗡地一下大了，浑身的血涌了上来，只说了一句："我怎么连看都没有看上爸爸一眼？"他再说什么，我好像也听不见了。女儿接过电话说："我们现在都很好，您放心。中考结束了，我的语文考了全班第二。"我哽咽着说了声："再见！"就朝留学生宿舍楼跑去。泪水顺着脸颊流淌，等我进了门，趴在床上，先用手使劲捂着嘴不让自己哭出声来，不住地抽泣、哽咽着，接着拉过被角捂住嘴……可内心的悲伤却是如何也捂不住的，起初是小声的抽泣，继而哭声渐渐地从指缝漏出来，在房间里悲哀地飘荡，继而哭声从门缝、窗户缝挤出来，传出去，稀稀拉拉的哭声，可能让整个留学生宿舍楼的同学们都听到了。

此时此刻，我真是叫天，天不应；喊地，地不灵。

孩子爷爷去世的消息，对于留学在外的我来说，无疑是一个晴天霹雳，因为它在我的心上猛然撕开一个裂口，让人无法承受。那种亲人离世，你无法参与其中尽孝，那无言的痛苦向谁诉说？

工夫不大，同学们纷纷来到了我的身旁，询问究竟发生了什么事。我断断续续地告诉了他们孩子爷爷去世的消息，大家你一言，我一语，纷纷安慰我：要节哀啊，人死不能复生，不要哭坏身体等等。

晚上，我怀着悲伤的心绪与同学一起漫步在沙里院的街头，麦浪、侯昀等同学主动挽起我的胳膊，似乎要减轻一点儿我的痛苦。

年仅六十九岁的孩子爷爷突然离去，不由得让人想起，人生为何如此短暂？人的生命无常，好端端的一个人，说走就走了。

记得出国临行前，我收拾好硕大的行李箱，与家人一一握手告别，当我与孩子爷爷握手时，身高一米八几的他，垂着眼帘沉重地对我说："淑文，我可能见不到你回来了！"天呀，孩子爷爷说的是什么丧气话呀？我心里咯噔一下连忙接过话茬："爸，瞧您说的，一年时间很快就会过去。"话一说完，我拉起行李就往外走，生怕眼泪落下来，惹老爷子心酸。

据说，孩子爷爷出生在一个大户人家，家中有两进院子，几十间房，大门口能容纳四轮马车进进出出。小时候，孩子爷爷衣食无忧，家里生活条件比较优越，十来岁就骑上了自行车。他与孩子奶奶结婚时挺讲究，新娘也就是我婆婆还穿上了时尚的白色婚纱，他们的结婚照令我们小字辈羡慕不已。

孩子爷爷有文化，有品位，平时少言寡语，性格内向。婆婆晚上喜欢与邻居打打麻将，我爱人喜欢看看报纸，灯光下，孩子爷爷总是喜欢与我侃侃而谈，谈他少年生活虽然富有，可因母亲去世得早，让自己的生活总是缺了点什么，孤独一直伴随。现在，自己这门的亲戚少得可怜，只有一个外甥女与他相依为命，连外甥女参军都是自己这个当舅舅送走的，由此自己也成了军属，光荣军属的牌子挂在家门口。他对我讲，新中国成立前，他参加了铁路列车段的工作，成为列车员。北京解放时，他们列车段的职工，有的因随火车开到了丰台，属于参加了革命，就享受离休待遇，而他没有这么好的运气，和很多人一样，他所在的火车未能开进北京，属于新中国成立后参加工作，可他对此毫不介意。他对工作极端负责任，从没有出过一丁点差错，他所在的列车段及所在的班组常常获得先进称号。由于没有父母的庇护，一有政治运动来临，他就会为所谓的家庭问题提心吊胆，为此将家中的老家具连带有龙头的洗脸架，都进行了切割处理。不过，也有例外，那就是远在河北的外甥女一家来的时候，他笑得特别开心。他的外甥女，我们管叫大姐，心中也非常惦念他的舅舅，每年秋末冬初，都要给我们家送些米面等。记得他外甥女的大女儿小华来北京的医院进修，小儿子老四儿，因在北京南口接受培训，他们一到周末常来家，他就会围着小华或老四儿转，和他们一起吃饭聊天，不苟言笑的他，脸上堆满了慈祥开心的笑容。兴许，两个孩子的到来，让他更加思念自己的外甥女，想念早已长眠于地下的姐姐、爸爸及妈妈。

每当孩子爷爷讲陈年往事时，我是唯一的听众，每次都虔诚地倾听，倾听他的回忆，倾听他发自灵魂的感叹。每到这时，我们两代人的心灵沟通了，灵魂净化了。可以这样说，我是他最忠实的听众，他从我这里，获得了小字辈的尊重和理解，我从他那里，了解到上辈人生活的酸甜苦辣，得到了上辈人独特的人生感悟。

这一切，就像昨天发生的一样，老爷子依然跷着二郎腿悠闲地坐在家中的沙发上……

我怎能忘记，老爷子见到亲戚来到家里就会说："瞧，家里的电视、冰箱、洗衣机，都是淑文他们两口子给买的。"作为儿女，我们应该尽的孝，老人却常常挂在嘴边。（说实话，那时候，我们的生活也不富裕，只是觉得公婆这么大岁数，还没有用上电器，我们先买，于心不安。）更为稀罕的是他为了支持我上大学，悄悄地把自己存了不知多久的200元贴己钱塞给我，让我买书本用。当我把这件事告诉爱人，并把200元钱递给他时，我忘了嘱咐他一句话，我那位没心没肺的刘先生转身告诉给全家人时，大家伙儿为此都吃惊不小！

我知道，孩子爷爷奶奶都很欣赏我，我与这家人也特别投缘。嫁到他家时，我还是一位地地道道的农民，而他们一家从未有人歧视过我。他们甚至认为，一个生了孩子的女人还能考上大学，觉得是老刘家的骄傲。孩子爷爷常把我送给他的怀表、半导体收音机随身携带，别人一问，他就自豪地回答："儿媳妇给买的。"

孩子爷爷是一个话虽少、心肠特好的人。多年来，他无私帮助南来北往的亲戚朋友及邻居买票，包括我娘家在部队服役的姐夫，每年从外地回京探亲，都要有劳老爷子给买返程火车票，他从没有打过磕巴，总是按时把票买来，甚至还亲自送上火车。

谁能想到，我临行前，他说的一句话竟然灵验，难道他有某种不祥的预感？公公患糖尿病多年，婆婆精心照顾，伺候得可谓特别周到。可最近一年眼睛有了问题，总看眼科，吃活血化瘀的中药进行治疗，又引起心脏不适，但丝毫不影响他的正常活动，他每天都要骑着摩托车四处兜风，高高兴兴地回家吃饭。吃饭嘛，吃嘛嘛香，没有任何重病的迹象。

谶语变成残酷的现实，孩子爷爷真的因心脏病猝死，急匆匆走了……临行前，我们之间唯一的一次握手告别，竟成了永别。作为儿媳，我没有看到他最后一眼，未能尽孝，也不知道他走好没有？只有一点我知道，他定是带着遗憾而去……

因为我知道，孩子爷爷最放心不下的是孩子的奶奶，她自十六岁嫁给孩子爷爷后，几十年来俩人相依为命。尤其是"文革"后，家中三个孩子老大支边，老二插队，老三也是唯一的女儿去兵团的时候，家里十分冷清。那时，大姨家的海通表哥及郝红大姐常来家探望，给他们带来几许欢乐。孩子爷爷的心思很重，生怕自己走了，老伴会受罪。

我多么想对他说：爸爸，您老人家放心吧！婆婆有我们兄弟姐妹三家尽孝，一定会安度晚年。

在这数九寒天的异国他乡，在这无人知晓的沙里院广场，我抬头望望原本黑黝黝的天穹，却不知何时满天的繁星挂满了夜空，给人世间带来难得的光明。我想，老爷子说不定也变成了一颗星星，会在广袤的长空来寻找我，给我带来慈父般的温暖，抚慰我痛苦的心灵。我望着一颗颗闪闪发光的星星，不禁在问：慈父啊，慈父！哪颗星星是您呢？唉，我虽然看不见您，可说不定您看见了我，是不是？您一定注视着我，期望刘家平平安安，子孙都能成才，像您一样做个好人，对吗？我在心里默默地说：亲爱的慈父，您等着，将来我们一定要给您立个碑，让刘家的子孙后代记住您，等我来到您的墓前，您还像从前那样，咱爷俩再说说心里话，成不成？

寻访志愿军老兵

在瑟瑟的寒风中，我怀着敬仰之情开始了寻访之旅，走近曾经的志愿军老兵，用心去倾听他们对抗美援朝的动情回忆，用眼睛去捕捉他们身上依存的青春风采。和他们近距离的接触，让我领略了英雄的壮志情怀，感受到他们对祖国的忠诚、对人民的热爱……

我在北京部队干休所见到了一位威武挺拔、精神矍铄的军人——王裕光（国防大学离休研究员、正师职），他1944年参军，抗美援朝时，他是38军113师339团炮二连指导员。他充满激情的回忆，把我们带进了战火纷飞的朝鲜战场。

外语一句起作用

1952年10月6日，在三八线北，铁原西北方向约30公里处，38军113师339团，与美第2师的一个加强连和法国一个营进行一场殊死战斗。攻击开始后，首先攻上主峰的是9连。连长辛立生和指导员胡寿山带领全连，打得英勇顽强。2连班长刘云松踩上地雷后，要大家躲开，而他一跃而起，双腿当即被炸断，鲜血淋漓。3营教导员彭轻臣亲自抱起炸药包冲上去炸毁敌人的碉堡。

"339团撤回后，干部、战士从上到下都不服气，决心调整部署，拟再做第二次攻击。这时，1营送来1名俘虏，大家都急于从他口中了解敌情。师部派来了英语翻译杨俭审问战俘。谁知审问开始，他说的英语俘虏听不懂，俘虏说的他也听不懂。我也纳闷，为什么杨俭说话俘虏听不懂，杨俭写给俘虏看，他还是一言不发呢？翻译走后，我来到关押俘虏处，警卫排的战士起立，排长向我行举手礼。这时，俘虏用惊奇的眼光看着我，他似乎看出我是一个比排长职务高的军官。我问警卫排长给俘虏吃饭没有。排长说给他饭，他不吃。后来，当我们正吃饭的时候，我看出他有想吃的欲望，叫战士给他盛了一碗玉米碴子饭。饭后，我习惯地吸上了烟，俘虏盯着看，我就顺手给了他一支烟，他因一只左手无法点火，我就用缴获来的打火机给他点烟，他猛吸了起来。他半天没说话，现在总算是开口了，看得出来他是向我表示感谢。可自始至终听不到'Thank you'这个词。这时，我用英语问了一句：' what's your name？'他对我说了许多句，我一句也听不懂。只见他一面指指他自己，一面摆手，似乎说他不是什么。我当即写了一张纸条即'U.S.A'给他看，他指指字条，再指指他自己，尔后摆摆手。我终于弄明白了，他不是美国人。又想到他和杨翻译的对话，互相都听不懂对方的话，我推定他不是美军、不是英军，也不是"联合国军"中其他讲英语国家的军人。我对着他连说了几个法兰西，他点头承认了。我喜出望外、如获至宝，终于弄清了281.2高地的敌情。我快步走进作战室，把刚才的事告诉了作战股长张利。张股长说：'法国参战的是一个营，难道真的是在281.2高地吗？'他和我一同走到团长的房间，师参谋长范天恩也在场，团参谋长陈忠孝和政治处主任宋树仁正要求亲自带三营再次攻打281.2高地。他们听了我们的报告后，范参谋长分析：'281.2高地的敌人是美第2师的一个加强连，在我们攻击的前一天晚间，法国营到了281.2高地。'他随即向师长刘海清做了报告。不久，师长也亲临339团前沿阵地，下决心停止攻击。"

一张小小的写着"U.S.A"的纸条，使部队摸清了敌情，减少了不必要的伤亡。王裕光也因书写"U.S.A"的纸条，让部队把握战场上的主动权，荣立三等功。

与特务面对面

与王裕光同时接受我采访的还有国防大学原外训系主任（少将）秦子收，人瘦瘦高高，精精神神，举手投足中透着将军的威严。

秦子收回忆说：我是 1956 年初入伍，一入伍就参加中国人民志愿军到了朝鲜。沿途铁路两旁被侵略者炸毁的火车残骸四处可见，几乎看不到村庄和人，到处是残垣废墟……

1956 年的朝鲜虽然早已停战，已无战事，但双方依然对峙，气氛相当紧张。我军的主要任务是防止敌人的突然袭击以及进行战备训练。那时，敌人经常派遣特工人员渗透到我方控制地区，在我部驻地周围的山上敌特打的信号弹，每晚接连不断。敌特人员甚至在大白天化装成朝鲜老乡，混入我部驻地，伺机破坏和窃取我军机密，我们同敌特面对面的事时有发生，可以说相当危险。

祖国，您的儿子回来了！

1958 年初的一天早上，我们正在操场吃饭。这时，从广播里传来了我国政府决定：中国人民志愿军从朝鲜全部撤军回国！我们在听这一庄严声明时都屏住呼吸，全场鸦雀无声。之后的瞬间，就像山洪暴发一样，部队沸腾起来，大家欢呼跳跃，互相拥抱，把帽子不断地抛向天空，有的连饭碗也向空中抛去。

5 月的一天，我们终于登上了回国的列车，沿途的停车站都有朝鲜当地的领导和群众欢送我们。我有幸作为代表团的成员参加了各点的欢送仪式。

列车驶入新义州时正值拂晓，所有的志愿军都端坐在车厢里，等待着盼望已久的跨入祖国大地的那一神圣时刻。不一会儿，列车徐徐驶上鸭绿江大桥，这时，从广播里传来了感人肺腑的声音："祖国，您的儿子回来了！"这句话刚落，我们所有志愿军官兵的热泪唰地流了下来，个个泪流满面，无法抑制……

遗嘱

当我来到保定 38 军干休所的时候，才知道来迟了，老志愿军原 38 军 113 师副政委刘玉堂早已离开我们多年了，走进他的卧室，一种极端的肃穆凝结在每一立方厘米的空气中。他的遗孀赵冲和长女刘卫、幺儿刘宁告诉我，他们很少听爸爸说他在朝鲜战场的故事，现在阴阳两隔，想听也听不到了，他留给我们的只有中国人民解放军中南军区第四野战军、中华人民共和国、朝鲜民主主义共和国颁发的各种立功勋章、获奖证书，以及一份留给子女的遗嘱。

刘卫、刘涛、刘阿维、刘宁：

这次体检发现我右肺部占位性病变，是我没有料到的。我很清楚，做切除手术我的年龄和身体是否能承受。因此，手术前把想到的几件事写下来：

我十八岁（1945 年）参加了共产党领导的革命，当年就加入了中国共产党，跟随部队转战东北、华北、中南，直到新中国成立。1950 年参加志愿军赴朝参战，1953 年底回国。1954 年后部队进入和平时期，我始终以共产党员的标准严格要求自己，努力工作。我的一生虽未做出显赫的成绩，但是，也获得一些战功。

阿维、宁的单位不景气，都下岗了，暂时做些临时性的工作，但不要忘记学习，为今后工作做些准备。我从不为个人问题向组织伸手，不以权谋私。所以，有人说我是有权不用的傻瓜，我并不为此后悔。

要好好照顾你们的母亲，她为抚养你们维持这个家付出巨大劳动，在自己的事业上也做出了重大牺牲。我一生最愧疚的是未能尽孝，报答父母的养育之恩！

后记

亲爱的朋友们，我从几位志愿军老兵的身上，看到了志愿军这个特殊的群体，展示给我们的铮铮风骨，看到的是他们爱国的情怀。他们当中谁不愿意孝顺父母，谁不愿意守在妻儿的身边，而他们响应祖国的召唤，义无反顾，离开家乡，离开祖国，雄赳赳，气昂昂地跨过鸭绿江，来到了抗美援朝的战场。在抗美援朝的战场上，涌现了多少英雄？黄继光、邱少云等数不胜数。在抗美援朝的战场上，又牺牲了多少将士？他们长久地躺在了异国他乡那冰冷的土地上……

　　谁是我们最可爱的人？是中国人民志愿军的所有将士，所有志愿军老兵！我们怎能忘记他们？他们将永远活在我们中国人民的心中。是他们战胜常人无法想象的困难，打退了敌人一次次疯狂的进攻，是他们让不可一世的联合国军尝到了中国军人的厉害；是他们用自己的血肉筑起了新的长城！他们，亲爱的志愿军将士们，不正是中华民族前赴后继、无坚不摧的力量和灵魂吗？不正是我们迈向现代化强国所需要的民族精神吗？

卷四　北京记人

北京大格格

　　离过年还有四天，我和老公在北京西站，登上了特97次北京至香港专列。随后，我们很快找到了属于自己的硬卧车厢，刚把行李放好，转眼间进来一位女士，说是我们对面下铺的。我俩连忙帮她将行李箱塞进床铺下。当我们三人坐在各自的床上，互相打量的时候，我才看出这是一位打扮入时、穿戴讲究的女士，看起来年龄不算小了，至少六十岁，高挑的个子，披一件貂皮大氅，烫一头高耸的卷发。只见她的柳叶弯眉杏核眼，以及脸部的所有细节之处都清晰地留下化妆后的痕迹，她的鼻子高挺，唇形也很漂亮，上面涂着鲜红的颜色，面部的皮肤略施薄粉，显得细腻，富有光泽，说话不紧不慢，拿捏着特有的腔调，浑身上下透着雍容富贵。

　　她瞥了我一眼，头便转到一边问："当老师的？"

　　我笑着答："是，当了很多年的老师，后来改行了。"

　　"是去香港旅游？"她接着问。

　　"不，去香港亲戚家过年。您呢？"我反问。

　　"我是美籍华人，这次是回北京办理政府退赔我家老房子的手续，哼！那么多房产，才给我们几百万人民币。"

　　"哇！现在还能落实政策？我听都没听说过，谁白给几百万啊？给，您就要，知足常乐啊。"

　　"手续烦琐，还没办完，我在北京亲戚家已住了两个月，护照到期了，等明天下午火车到香港，我先出关，哪儿也不去，就地再入关，乘火车返回北京。"

"哟，入了外国籍也够麻烦的。"

我们俩正聊着，又来了一男一女，查找自己的铺位。经核对，原来他们的铺位，就是这位美籍华人的中铺和上铺。看着那位中年女人眉清目秀，素面朝天，利利索索地穿一身旅游服，脚蹬旅游鞋的打扮，和我几乎一模一样，我乐呵呵地问："北京人吧？"

"是呀！您呢？"

"我也是。"

"您是哪个区的？"

"海淀的。"

"那么巧，咱们是一个区的。"

我问："贵姓？"

"免贵姓胡。"

瞬间，我们俩同时转向那位美籍华人，开口问："您贵姓？是北京人吗？"

"我姓李。你们真是眼拙，你们看不出来，难道你们听不出来？我说的话是地道的京腔京韵。我是北京的大格格，信奉的是伊斯兰教。"

听完这番话，我和小胡扑哧乐了，异口同声地说："您真像大格格，怪不得您这么年轻漂亮，这么有风度呢。"

"真的？"

"当然。"

"你们猜猜我多大？"

"顶多六十岁。"

"不对。"

"六十五岁？"

"不对。"

"难道会有七十岁？"

"我今年七十四岁。"

"妈呀，太不可思议了！"我惊讶地说。

"另外，告诉你们一个秘密，我六十五岁才绝经。"大格格扬扬得意地说。

"怪不得这么年轻。啧！啧啧！"我和小胡不停地咂嘴赞叹。

接着，大格格兴奋地告诉我们，自己原来是文艺团体的演员，八十年代辞职下海去的美国，到那儿做生意，现在生意做得风生水起，连内地一些城市的市长都亲自接见她，她还给有的地方项目投资，甚至捐资过叫花子。这个叫花子现在成了事，不光在北京办起了公司，还把公司办到了美国，当上了神气的董事长。

大格格停顿了一下接着对我们说："不过，我每次见他，都叫他臭叫花子。他总是说：'您叫我叫花子就行了，干什么非得说臭叫花子？'我解气地对他说：'我就叫你臭叫花子。'"

"对了，你们信不信，我的酒量大着呢。"

"半斤酒？"

"不对。一斤酒？"

"不对。告诉你们吧，我的酒量是一斤半。前几年，在北京一个大饭店喝酒，我把一桌有身份的老爷们都给撂倒了。"

我和小胡惊讶地对视了一眼，继续听她侃下去："你们看，我有魅力吗？"

"有！"我们俩傻傻地回答。

"不瞒你们说，从年轻的时候，我就有男朋友追，结果没追上，等我结了婚，他还和我的先生成了好朋友。中年的时候仍然有成功人士追，最后也和我先生成了好朋友。我先生在世的时候，他们三个人常常在我家聚会，吃我做的一桌合口的饭菜。现在我年龄虽然大了，先生又去世了，你们信不信仍然有人追我？前年，有个军级干部看上了我，我也看上了他，没想到他上报结婚申请，部队没批，说军人不能与美籍华人结婚。后来，有一个挺有风度的美国老头，家中财产殷实，看上了我，可我嫌他年过八十岁年龄太大了，没有同意。现在，我当了红娘，把他介绍给自己的亲家母了，也算肥水不流外人田。我们也成了要好的朋友。"

看着眼前活力四射的大格格，听着她讲述跌宕起伏、不可思议的人生故事，再看看我与小胡两个女人，就像是两个星球的人撞在了一起，差异可不是一星半点儿。

一个浓妆艳抹，两个素面朝天；一个穿着高雅时尚，两个穿着旅游休闲；一个激情四射，活灵活现，两个心静如水，没啥追求，犹如坐禅。

火车不管我们侃得有多欢，准点开了。我和小胡都准备去一趟洗手间，于是都回过头来在包里摸卫生纸，这对我们女人来说，已经习以为常。没有料到，大格格此时却张嘴抱怨道："中国的厕所最讨厌，别说火车上没有卫生纸，连五星级宾馆都不准备，还让客人自己备着。"

"您说得不对，五星级宾馆的洗手间都有卫生纸。"我赶忙插话，为我们的五星级宾馆辩护。

"是啊，别说五星级饭店，就连不少中高档饭馆的洗手间都预备卫生纸。"小胡也说道。

大格格站起来瞥了我们一眼，大声撂了一句："在中国上厕所，就是不如美国方便！"我们俩听到此话都拱鼻咧嘴，尽管知道她说的是实情，可听起来怎么那么不中听，让人心里别扭。而她丝毫不理会我们的不满，昂起头来，摇着还算有形的腰肢，挺着丰胸，扭着紧绷的臀部率先走了，身后传来嘎吱嘎吱的脚步声。

我对小胡说："她那样注重穿着打扮，追求时尚，这么大年龄还穿高跟鞋，咱们别按常规叫她大姐啦，免得说我们太老土，让她不满意，一路上我们也会不自在。咱们就称呼她李老师吧！她听起来会比较舒服。”

“好的。”小胡赞同地点头。

当大格格坐在床铺上玩起 iPad 的时候，我和小胡便天南海北地聊起了天，越聊越投机，尤其是说到北京卫视《养生堂》节目，我说上句，她准能接下句，真是心有灵犀一点通。接着，我们从各自教育女儿的方式开始，聊起孩子的趣闻逸事……我们谈兴正浓的时候，就听到大格格甩出一句：“我最烦你们说什么养生，什么保健，北京的养生过了头。还说什么子女的教育，教育完自己的儿女不算，还带孙子孙女，烦死人啦！”大格格的一顿机关枪，差点崩昏了我们，吓得我们戛然而止，一脸愕然。

我在琢磨：同是北京女人，同是格格，喝同一个城市的水长大，虽然后来国籍不同，可到底都是中国人啊，有差异自然，没想到竟会如此之大。

晚上五点左右的时候，列车服务员送来了晚餐，我选了一份米饭、牛肉炖土豆。大格格看着眼前的快餐，嘟囔着说：“什么饭菜！怎么吃啊？瞅着一点儿胃口都没有。”

我说：“您要是觉得送来的饭菜不行，去餐厅吃吧，那儿的种类比较多，可做选择。我家先生已经去餐厅了。”

她略沉吟一会儿说：“算了，我也点份牛肉炖土豆吧。”

当我们两个人接过买来的饭菜后，服务员又从餐车上给我们每人一碗热汤。大格格问：“里面有没有猪肉？是猪肉熬的汤吗？”服务员不解地望着大格格说：“是、是吧。”“我不喝，端走，快点端走！”服务员吓了一跳，接过热汤，气得推着车就走。我追过去和气地对服务员说：“抱歉，小姑娘，她是回民，已经有七十多岁了，你回去跟你们领导说说，能不能单独给她做碗素汤？快过年了，也是温暖旅客的心。给你添麻烦了，谢谢你了！""没事，我试试。"服务员噘着嘴小声答应着走了。

时间一分一秒地过去了。正当我们把饭菜一扫而光的时候，送餐的服务员端着一碗热气腾腾的西红柿鸡蛋汤，给大格格送来了。我非常感动，忙说："谢谢！"大格格端过热汤，也说了一句："谢谢！"声音小得像蚊子叫。等送餐服务员刚一转身从我们眼前走开时，大格格用洪亮的甚至是傲慢的声音对我们说："哼！你们知道他们为什么给我送鸡蛋西红柿汤吗？因为他们知道我是美国人。"听到这里，我的心咯噔一下有点儿堵，心想：美国人怎么了？怎么能这样讲话？我终于按捺不住了，清清嗓子，用脆生生的声音对大格格说："李老师，这回是您错了，他们做汤给您送来，并不知道您是美国人，您没有拿护照给他们看，是我告诉他们，您是一位回民，年龄也不小了，应当照顾您。"

"是吗？"大格格的声音立马温柔了不少，像做错事的孩子一样低下了头。

我点点头，不再言语，坐在床上，眼睛毫无目地朝窗外看，心情却久久不能平静……

多年来，我坐火车有个习惯，无论晚上盥洗，还是早上去洗手间，都愿意早点去，免得排长队。晚饭后不久，我就悄悄去了盥洗室，完成了刷牙、洗脸的任务。小胡也紧随其后。我们坐在床上望着大格格，只见她依旧像孩子一样兴致勃勃地抱着 iPad 玩着游戏。

当车厢安静下来的时候，我们看见大格格拿着化妆包出去了，我们猜她一准是卸妆盥洗去了。过了不知多久，大格格回来后躺在床上，脸上依然化着妆，涂着红嘴唇。我们俩同时发问："李老师，您怎么不去洗漱啊？"

"我已经洗漱完啦。"

我们俩相互对视一眼，傻了。

　　火车熄灯后，我躺在硬邦邦的床上，除了火车哐当哐当的声音外，什么也听不到了，通常我的睡眠质量很高，一般用不了几分钟我就会进入梦乡，一觉到天亮。没想到，此时此刻，我听到了对面床铺的大格格下床拉箱子的声音，接着开箱子，然后就听到唰唰地翻纸或者是数钱的声音，这声音没完没了地传入我的耳膜，唰，唰……

　　第二天早上，大格格假装生气地对我们说："小胡，一晚上老起夜，上来下去地瞎折腾。舒文先生的呼噜声响亮，舒文还跟先生上下呼应，也打起小呼噜，真是夫唱妇随。"

　　"真的假的？我从来不打呼噜的。"我笑着说。

　　当我们从书包里掏出北京老酸奶时，我老公顺手递给大格格一瓶无糖酸奶。大格格非常高兴，说自己的行李是姐姐帮助收拾的，忘了装酸奶。她在北京，因为血糖有点高，每天都喝无糖酸奶。

　　早餐完毕，当大格格继续玩 iPad 的时候，我和小胡闲得无聊又侃起来。不过，这回我们可长记性啦，不再聊什么养生、教育啦。我们开始聊书画，聊潘家园，聊瓷器……

　　正当我们聊得起劲时，大格格突然问："舒文，你看看我的藏品怎么样？"说着便将她手中的 iPad 递给我。难得大格格能瞧得起咱，我赶紧问："都是您的藏品？""不是，是我和两位朋友的。"我认真地看着上面的藏品画面，对其中的一些藏品发出质疑，对另外一些藏品由衷地赞扬。她对我所赞扬的藏品看了看说："你还真行！这是拍卖会上拍来的。"这真是瞎猫碰上死耗子，撞上了，稀里糊涂露一手。

　　此时，大格格对我们的态度也有了些许改变，从盛气凌人、不屑一顾到主动评价我们的优势及缺点。她说："不骗你们，我在美国专门读了三年的心理学，研究人的特点，我最会看面相了。难得火车上有缘遇见你们两个妹妹。"她问，"你们读过心理学吗？"小胡摇摇头。我小声说："自学过。""是吗？"我点点头。她突然说："不和你们聊了，我要去洗手间。"她站起来刚要走，又"哎哟"一声突然坐在床上。我问："李老师，怎么了？"她小声说："尿裤子了。"声音小极了。坐在我旁边的小胡没听清楚连忙问："怎么回事？""没事。"我抢着回答。大格格像个孩子似的不好意思地朝我笑了笑。顿时，我的心一阵发紧，觉得她就像我的邻家大姐，我好心疼她。我真想对大格格说：什么美国人、中国人，其实都不重要。您毕竟比我们大许多，您是我们的大姐，我们世代传承的都是炎黄子孙的血脉。您在国外拼搏多年，有我们不可比拟的开放意识，您喜欢新鲜、丰富、动荡而刺激的生活，也闯出了自己的一番天地。可人到什么岁数说什么话，毕竟年龄大了，再捯饬也掩盖不了机器零件的老化。再说，连机器都需要保养呢，这是不可回避的现实。您应该了解自己的身体状况，懂点养生保健，看点养生节目，这有什么不好啊？拼搏进取、争强好胜是年轻人的专利，而享受人生、颐养天年恰恰是老年人的特权。我们应该记住《黄帝内经》中的两句话：恬淡虚无，真气从之。精神内守，病安从来。

可我深知，她和我们早已是不一样的人了。她已经完全融入美国的生活。高龄可以征服她的身体，但绝不能征服她的气概。

当大格格从洗手间回来坐在床上的时候，我对她说："李老师，以后，您每天都要坚持用脚尖站会儿，起到锻炼括约肌的作用，这样会延缓老年妇女泌尿系统的老化。"此时，她就像小学生一样乖乖地点点头。

当我们三个人在香港红磡火车站分手的时候，我和小胡反复叮嘱北京大格格一句话："李老师，您多保重！"

此时，她的脸上露出慈祥的笑容，她潇洒地向我们挥挥手，转身走进茫茫的人流之中……

她把一生的爱奉献给"马背摇篮"

　　我掐指一算，离 5 月 21 日姚院长的祭日越来越近了，我很想写点什么，思绪太多，不知从何落笔……

　　时光回溯到二十一年前，我当时担任北京六一幼儿院院长。1997 年 5 月 20 日下午，我的心突然异常慌乱，处理了一些亟待解决的问题后，我快步来到幼儿院的花房，找到李师傅说："李师傅，我要去医院看望姚院长，您帮助采些鲜花，好吗？""好！好！"李师傅脆生生地答应。

　　那时，从北京肿瘤医院转至海淀医院的姚院长，生命已进入倒计时，癌细胞大面积转移，逐步侵蚀主要脏器，人也陷入昏迷状态。令人欣慰的是，每日有亲人、幼儿院老师、老毕业生轮流照顾她，大家都知道她的习惯，整日把她的身体擦洗得干干净净，衣被整理得舒舒服服。

　　傍晚五点多钟，我来到了病房，坐在姚院长的床前。像往常一样，我俯下身拉起了她的手，她的手柔软、温暖。姚院长平躺在床上，一脸平和，眼睛微闭。我开始像往常一样和她聊天，我把六一幼儿院的好事一件一件说给她听，她的手微微抖动着，像是告诉我，自己全部听懂了一样。我和她聊啊，聊啊，一直到八九点钟，我才依依不舍地离开，可内心仍非常牵挂她，整晚无法入眠。

　　第二天凌晨，姚院长平静地离开了我们，离开了这个世界。当我接到电话赶到医院的时候，姚院长的儿女们转交了一份遗嘱，上面写着：丧事从简，遗体捐献，骨灰不保留。

那一瞬间，我热泪盈眶……

追悼大会上，我望着静静躺在鲜花丛中的姚院长，八十年的风霜几乎染遍了她的满头银发，艰辛的历程在她的脸上刻下了含笑的皱纹，而她的面容依旧慈祥、平和……我哽咽地说："亲爱的姚院长，您的眼睛不再睁开看看我们？您的嘴巴不再张开对我们说点儿什么？您真的走了，您真的撇下儿女，撇下了我们，撇下了幼儿院的孩子们，撇下了您终生挚爱的幼教事业……"

至今，我还记得与姚院长的初次见面。她将头发整齐地盘在脑后，显得十分干练，着装朴素得体，说话清晰、缓慢，眉眼之间显露着亲切与真诚。

当时的她，已经离休，成为北京六一幼儿院的名誉院长。

姚院长的名字叫姚淑平，1938 年，她从南京经武汉、西安，长途跋涉奔赴延安参加革命。从抗日军政大学毕业后，1945 年 7 月她来到延安第二保育院（北京六一幼儿院的前身）工作。当时的延安第二保育院刚建一个月。从此，她与幼儿教育、与天真可爱的孩子结下了不解之缘。她当过班主任、保教科长、副院长、院长，而院长一职从 1954 年担任至 1986 年，历经三十年之久。她多次荣获全国三八红旗手、北京市特级模范称号，曾任全国第三届人大代表，全国第五届、第六届、第七届政协委员，中国学前教育学会常务理事、顾问，并荣获中央颁发的"热爱儿童"荣誉勋章。她是一位可敬可爱的老同志，是对党无比忠诚的老党员，是"马背摇篮"的功臣，也是新中国幼教事业的第一代开拓者之一。

值得一提的是，延安第二保育院在 3300 多华里的长途行军转移过程中，姚淑平和战友们不但在战火中保护了孩子的生命和健康，还在动荡不安、生活异常艰苦的条件下钻研业务，创编教材。建院初期，她与同志们一起探索保教合一的规律，那著名的二十六个生活环节就是他们当年总结出来的，成为今天北京六一幼儿院生活常规的雏形。在 3300

多华里的行军路上，他们发出了"大人在，孩子在；大人不在，孩子也要在"的誓言，经历了生与死的考验。

行军途中，有个叫奶亭的孩子患了急性肺炎，生命垂危。保育院决定派人到医院专门护理。姚淑平知难而上，她像妈妈一样，日日夜夜守护在孩子身边，当听说只有输血才能挽救奶亭生命时，她毫不犹豫请缨献血，经过抢救，终于从死神手里夺回了奶亭的生命。

在战火纷飞的年代，姚淑平和她的战友们用青春、热血完成了保育136名孩子的光荣任务，无一伤亡，创造了"马背摇篮"的奇迹。与此同时，他们还总结出了保育教育儿童的经验，为中国幼教事业的发展做出了不可磨灭的贡献。感人至深的电影《马背摇篮》，就是以延安第二保育院等为原型拍摄的。

几十年来，我接触了很多人，也结识了不少朋友，而认识姚淑平院长，则是我人生之大幸。我与她结成了忘年交。

我曾经像个孩子一样地问她："姚院长，您的丈夫是怎样一个人？为什么五十年来您孑然一身？"

姚院长微微笑着，仿佛陷入了回忆，然后轻声告诉我："好多人都这么问过我，是呀，我的丈夫叫梁金生，是我党早期革命家，他长得浓眉大眼，而且才华横溢，不仅如此，医术还非常高超，在延安给很多人看过病，药到病除。我们对事业有着共同的追求，在生活上互相关心，彼此间有共同语言，并深深地爱着对方。"

姚院长告诉我，他们婚后在一起度过了四年幸福时光，拥有了两个儿子。后来，应越南胡志明主席的邀请，梁金生被党中央秘密派往越南开展革命斗争。谁知，此次分手竟成为夫妻诀别。在谈判桌上，他喝下了国民党特务投下的毒酒，牺牲在越南的战场上。那一年，姚院长才二十八岁，听到这个噩耗后，她昏睡了三天三夜，之后她向党组织表示：我是梁金生的爱人，要继承他的遗志，完成他没有完成的事业。从此，姚院长把全部精力都投入工作中。

她感慨地说："有人问我是不是在守节。是，也不是。我整日忙于工作，哪有时间去考虑个人问题？合适的，人家都有家庭；不合适的，说什么也不能要啊！唉，我爱人太完美了！他要是活着该有多好啊！即使带回一个越南妻子，我也会非常高兴。我会特别感激这个女人，当我不在丈夫身边的时候，能够伺候我丈夫，给他温暖，给他幸福，给他快乐！"

"哇！您真这么想啊！这么大度？"我好奇地追问道。

"当然！"她笑着说。

我想，姚院长是爱她的丈夫爱到心坎里去了，他们的爱情纯洁无瑕，他们的感情浓厚得就像热恋中的男女！姚院长的这份平常人无法理解的包容与气量，只是因为太过深爱。

自从丈夫牺牲后，姚院长踏上了一条更艰难的人生之路，她把满腔的爱给了幼儿院的孩子……

当时的北京六一幼儿院有不少烈士遗孤，星期日到了，她把一个个烈士遗孤领回家，给他们母亲般的温暖。自己儿子的袜子破了，露出脚后跟，她顾不上，却把节省下来的钱分给那些孤儿，给他们买衣服、鞋袜。

什么是爱？什么是情？那是一种无私忘我的存在，那是要把自己有限的一切都奉献出去，这里孕育着人间的至爱和真情啊！谁也不知道，谁也不清楚，这个世界上究竟有多少人管她叫姚妈妈。

有一天下午，我看见一些保育员围成一个圈，都在情绪激动地争吵着什么。我忙走过去，一看吓一跳。姚院长被人们围在中间，大家轮流向她发难："什么时候解决我们的待遇问题？"个个急赤白脸，言辞激烈。

我拨开众人大声说："老师们，别在这里围着姚院长，有话好好说！"

这时，姚院长温和地对我说："小魏，你别管，不关你的事。保育员的待遇问题我已经向上级反映很久了，还没有解决，她们难免有气，你让她们说出来就痛快了。"当时，我的心被触动了，眼睛湿润了，一个1938年参加革命工作的老党员，如果不是在基层工作，早就养尊处优，颐养天年了。而姚院长却还在这里，甘心情愿让群众说个够，出出她们的怨气。之后不久，保育员的待遇问题终于解决了，看到她们喜上眉梢的样子，有谁知道七十多岁的姚淑平，奔走于市、区教育部门，在全国政协会上提交议案呢？

有一年，姚院长和老干部一起去医院检查身体，像往常一样步行在人行道上。但祸从天降，她被一辆飞驰而来的自行车撞倒，顿时休克，经医院检查，是严重的脑震荡，人已昏迷不醒。她第二天苏醒过来后，既未问自己的伤情，也没有打听医院的环境，第一句话却问："那个骑车的小伙子伤着没有？"在场的人先是迷惑不解，而后深受感动，有的甚至落下了眼泪。此时此刻，谁能像她那样，出了车祸，想的不是自己，而是他人，不是自己的伤痛，而是对别人的安慰？当听到那位小伙子的赔礼道歉，得知他是为准备第二天的婚礼，兴奋过度而闯了祸时，她反而像安慰幼儿园的孩子那样，平静而慈爱地安慰肇事者："我不要紧，你赶快回家去吧！不要影响办喜事，以后小心点就是了。"事后，她又嘱咐家人，不要过多责备和难为小伙子，他是无意的。姚院长的心多么慈善，她拥有一颗金子般的心啊！

姚院长离休后，决心要把北京六一幼儿院的宝贵经验写出来，留给后人。经过不懈的努力，终于在1995年北京六一幼儿院建院五十周年前夕，完成了她亲自主编的《马背摇篮》《幼儿一日活动常规》两本书稿，并得以正式出版。这两本书是展现在读者面前一幅清新的画卷，平平常常的幼儿院生活，透出不容懈怠的节奏，仿佛是一曲感人至深的交响乐。日复一日的保育教育的实践，折射出了幼儿教育的科学规律。不知她操了多少心，跑了多少路，说了多少话，召开了多少次座谈会，她将自己人生的最后一段生命全部融进了这两本书的创作之中。待书稿出来后，她已积劳成疾，被确诊为硬腭基底细胞癌，住进了北京肿瘤医院。

1994 年 9 月，姚院长的病情加重，面对死亡的威胁，她只平淡地对主治大夫说："徐大夫，对于死，我没有什么可怕的，我只希望把自己的生命延续到 1995 年 6 月 1 日，让我亲眼看到北京六一幼儿院五十年院庆的那一天。"在场的人包括我，无不潸然泪下。

亲爱的姚院长，我想对您说，北京六一幼儿院里的每一寸土地，都留下了您的足迹，您无私奉献的业绩将永远铭刻在这里。

亲爱的姚院长，从 1997 年 5 月 21 日至今，又过去 7000 多个日日夜夜了，我们虽然早已阴阳两隔，可我感觉您从未走远。亲爱的姚院长，您在那儿好吗？您可见到日夜思念的爱人了？您的一生太累了，好好依偎在爱人的怀抱！您的好朋友——教育部学前教育处原处长孙岩、中央教科所学前教育研究室原主任史慧中老师先后与您会面，您一定不再孤单了，而我的身边却没有了您的身影。谁还像您一样，每次去您家，总是强迫我喝一碗燕麦片牛奶，把一片又一片西洋参塞进我的嘴里？谁还直言不讳地批评我工作中的不足？谁还发自内心地欣赏、赞美我工作学习中的点滴进步？亲爱的姚院长，再也没有人像您一样似母亲似朋友般关心、爱护我了……

记一位热爱艺术的朋友

马年初春，我收到一则短信："为纪念著名评剧表演艺术家马泰先生逝世十周年，兹定于 2014 年 3 月 20 日下午两点在海淀文化馆举办于连贵马派唱腔演唱会，请您百忙之中光临捧场。"

于连贵爱唱评剧我是知道的，2002 年他代表海淀区参加首届北京市评剧票友大赛，获得"十佳票友"称号，在中央电视台戏曲频道直播的颁奖晚会上还彩唱了一段《红色联络站》里的"三月三"，但要举办个人专场演唱会，我还是难以置信，看完短信我立即回复："太棒啦！一定准时到场。"

于连贵，1953 年出生，北京人，1969 年参军，入伍后转战在秦岭深处和大漠戈壁，今天的西安卫星测控中心和酒泉卫星发射基地就是他们当年工作的地方。对留下过战斗足迹的戈壁滩，于连贵充满了深深的怀念之情，女儿出生时他给起名叫于戈，就是为了纪念这段刻骨铭心的岁月。1976 年，他从基层连队调入中国人民解放军国防科委文工团当演员，不久，著名相声演员丁广泉也调来了，他们同在曲艺队，经常下部队慰问演出，其间还发生过难以忘怀的一次"见义勇为"。那是一天晚上，演出结束后他们回到部队招待所，吃过夜宵洗漱后准备睡觉，连贵和丁广泉及黄凯（黄宏的哥哥）在一个房间，他们躺在床上正闲聊，忽然听到远处隐隐约约传来一个女子的呼救声："救命啊——"他们凝神细听，又传来一声"救命啊——"，丁广泉说："咱们看看去！"他们立刻起床穿衣，于连贵还冲着窗外大喊一声："住手——"想吓唬吓唬歹徒。他们来到外面，夜色沉沉，寂静无声，四处查找，却不见呼救女子的身影。当他们返回招待所的时候，远处传来一阵电影里的对白声。原来离招待所不远处正在放映露天电影《追捕》，刚才听到的女子呼救声，是真由美在山里遇到熊时的喊叫，真是虚惊一场。

1987年，于连贵调入北京消防文工团。1994年他转业到海淀区文化委，当时叫海淀区文化文物局，他先负责编写《海淀区文化志》，后担任群众文化科科长、文化市场科科长，后提为副处级调研员。当时我在文化委主抓群众文化工作，于连贵是我工作中非常得力的科长，我们共同组织完成了一系列的群众文化活动，推动了全区文化广场、农村文化大院以及社区图书馆的建设与发展。特别难忘的是，新中国成立五十周年大庆时，我们负责组织指挥通过天安门的文艺方队的训练，与市文化局和区教委密切配合，圆满完成了这一光荣任务。

于连贵的身体挺拔，浑身上下透着军人的气派，个子高高的，人偏瘦。他的长相很有特点，不大的眼睛炯炯有神，高高的鼻梁，使脸部凹凸起伏，充满了立体感。

记得十几年前，我们一行十人出差去外地，在飞机场即将过海关的时候，他幽默地告诉我说："您一会儿看，我过海关检查时，用的时间会比别人多。""为什么？"我不解地问。"您不觉得我的长相有点儿像特务？"听完他的一番话我笑个不停，长这么大，还没有听人这么糟蹋自己的。排队过海关时，我特意站在他后边，细心观察海关人员检查旅客时的标准动作。只见他们低头看一眼旅客递上来的证件，抬头看一眼站在面前的旅客，随即拿章盖在证件上，放人入关。连贵走上前去，海关人员照样低头看证件，然后抬头看人，这一看，还真不是一眼，看上看下，盯着他的脸反复看。要是别人，准给看毛了，可他大概是习惯了，挺胸昂首，怡然自得。海关人员从他的身上真的没有发现什么异常，只好盖章放行。目睹这一切，我沉浸其中，直到听到后边旅客的催促声，才连忙拉着行李上前接受检查。过关后，他俏皮地问："我说的是真的吧？""真的，我信了。"接着，我说，"过去我怎么就没有发现呢？"这回轮着他露着一嘴整齐的白牙笑了。

于连贵常说的一句话就是艺多不压身。为了提高自己的文化素养，他参加了北京市自学高考，获得中文专业大专毕业证书。他写古诗，编寓言，练书法，创作相声，制灯谜，撰对联。当年，他以海淀区各街道乡镇的名字撰过一副对联，脍炙人口：

喜温泉自香山北下田村，经甘家口，流入花园，滋润马连洼，穿过青龙桥，桥跨清河之上，且有学院环绕中关村，周边万寿双榆树；

望曙光从海淀东升八里，兆西北旺，预示太平，辉映羊坊店，照彻紫竹院，院处上庄以内，更兼上地遍插西三旗，域中永定四季青。

然而，他最擅长的还是快板创作。他是中国曲艺家协会和北京市曲艺家协会会员，2009年，在庆祝新中国成立六十周年时，被北京市曲艺家协会授予"北京曲艺突出贡献曲艺家"称号。2013年3月，在海淀区文化委的鼎力支持下，燕山出版社出版了《铿锵竹韵海淀情——于连贵快板作品集》一书，收入了他创作的四十多段作品，其中不乏以小见大、反映时代脉搏、歌颂改革开放成果、抨击社会腐败现象等富有生机和活力的优秀作品，如数来宝《同窗》在全国首届"包公杯"反腐倡廉曲艺作品征集活动中获优秀奖；歌颂北京奥运的《猜金牌》，在北京市曲协举办的"说北京，唱奥运"曲艺创作比赛中获二等奖；创作于2003年5月抗击"非典"之时的《俩病号》，在全国抗击"非典"曲艺作品征稿大赛中获一等奖；群口快板《游海淀》，参加"中华颂"全国小戏小品曲艺作品大展获曲艺一等奖。

于连贵也喜欢唱京剧，曾长期随同区文化馆到海淀区的各街道乡镇慰问演出。他的每次京剧清唱，都能获得观众的热烈欢迎，尤其是清唱

《智取威虎山》的"打虎上山"和"共产党员时刻听从党召唤"时，每每叫好声不断。

于连贵下班回到家，撂下饭碗就练戏曲发声，唱的不是京剧就是评剧，要不就是孜孜不倦致力于书法练习。他的书法如今小有成就，曾在区、市和全国的比赛活动中屡屡获奖，现在是海淀区书法家协会会员。

不仅如此，他从很多年前开始创作楹联，2017 年被推选为海淀区楹联协会主席，2018 年成功举办了海淀区庆祝改革开放四十周年楹联作品展。

如今芸芸众生几乎被商海物欲淹没，空气中到处飞扬着浮躁的灰尘，连贵却能静下心来，不为各种诱惑所动，或沉浸于快板的艺术创作，或挥毫泼墨于宣纸之上，或陶醉于京剧评剧的戏曲演唱之中，或专注于一册册图书典籍之内……

3 月 20 日下午，评剧票友于连贵马派唱腔演唱会拉开了帷幕。连贵一身西装上场，扮相挺拔潇洒。一段《水乡三月风光好》赢得了观众一片叫好声。接下来的《红色联络站》《向阳商店》《金沙江畔》等唱段，更使观众沉浸在欣赏评剧艺术的氛围之中。最后一段《朱痕记》"望坟台"，把马泰老师浑厚圆润的声音表现到极致，现场观众起立鼓掌，掌声经久不息。

2018 年党的十九大胜利召开，习近平总书记做了《决胜全面建成小康社会 夺取新时代中国特色社会主义伟大胜利》的报告。于连贵从头到尾看了开幕式，心情特别激动，为祖国从弱到强而自豪。此时，正好接到老搭档李世儒老师的电话，他们一拍即合，决定用快板这一形式，将十九大精神及时传播出去，把老百姓的喜悦心情反映出来。于连贵不顾花甲年龄，像战士一样连夜创作，冲锋陷阵。经过大半夜的苦思冥想，快板《纵情高歌十九大》创作成功。第二天开始排练，当天登上了北京演出的舞台，《纵情高歌十九大》的快板一打，反响特别热烈。快板不仅"写得好",也"演得好",干净利落直奔主题。清新悦耳的快板经过新华社的传播,飞向了长城内外,飞向了五湖四海。

看着舞台上光彩照人的于连贵,那举手投足之间,哪有六十五岁的影子?看到他取得的成功,我不禁想到于连贵的爱人小郝几十年的默默支持与奉献。按理说,家务应该是夫妻共同承担。谁像小郝那样,一人承担了所有的家务,洗衣、择菜、做饭、哄孩子、搞卫生、孝顺老人?于连贵一进家门,就让他吃上热乎乎的饭菜,尽可能不让他为家里事操半点儿心,让丈夫全身心地投入自己钟爱的事业中。

我想,当小郝坐在观众席上看她的丈夫在舞台上风流倜傥演出时?当小郝坐在自家椅子上看自己的丈夫挥毫泼墨时,当她做完家务,听着丈夫流畅婉转地歌唱时,她是一种什么样的感觉呢?我猜,她的心底一定是柔软的、温暖的,她会被一种外人无法理解的幸福包裹……

梦是会开出花来的

　　望着坐在对面的 80 后女孩李响，我简直不敢相信自己的眼睛，这就是大名鼎鼎的卡尤迪生物科技的创始人兼CEO！只见她身穿时尚宽松的黑色外衣，脖子上系一条以蓝灰色为主、嵌白道素格的围巾，一双深邃的大眼睛专注地望着我，一头秀发拢在脑后，温婉柔美、优雅内敛，那种由内而外的温暖气质似水波静静流动在室内。

　　有人说，选择是一种智慧，这话用在李响身上恰如其分，她从上大学开始就选择了走一条与众不同的路。

　　李响的父母都是画家，她是在艺术的熏陶下长大的，按常理该从事艺术，而她却选择报考北京大学物理专业。其实，这还不算稀奇。奇的是她就读物理专业的同时，也开始了生物、物理交叉学科的研究。当年进入北大物理系后，偶然接触到分子生物学，她特别感兴趣，就像着了魔一样。

　　初生牛犊不怕虎，大二的时候，她贸然联系生科院的陈建国教授，并顺利进入他的实验室做实验。当其他学生还沿袭师兄师姐的方法做实验的时候，她已经独立查文献、找资料……四年后，她既拿到了物理系的学士学位，又在生科院做了两年半的分子生物学实验，令人刮目相看。从北大物理系本科毕业后，她便来到了美国加州大学，继续研究定量生物学这一新兴的科学。她整天泡在实验室里，从上午十点到凌晨两点，长达十六个小时持续做实验，每当她走出实验室，看到满天的繁星调皮似的眨眼睛，她的心中就盛满了莫名的感动。她还协助导师完成了很多复杂的生物实验，取得多项技术突破，甚至协同导师开辟了生物领域新的学科。这时，李响突发奇想：我要转到工业界，把最前沿的科研成果直接转化成产品，让社会受益。当她把这个想法告诉导师的时候，导师不敢相信，她放着就要投稿 Nature 的文章不发，放着再熬两年就能拿到的博士头衔不要，居然要离开美国回中国创业？听起来像天方夜谭，其实她已做足了功课。寒假回国，她便考察了中国各地的创业园区，设计好产品，联系供应商生产了。对于一个二十六岁的女孩来说，这是多么大的风险！可她义无反顾。她爱分子生物学，爱到了 2007 年 8 月获得硕士学位之前，于当年 3 月注册第一家美国生物公司，5 月注册中国生物公司，爱到了硕士一毕业立即回国创业。在李响看来，成功固然可贵，但追求本身才是最充实、最有价值的。

从 2007 年至今，公司从弱到强。每当创业遇险，她总是临危不惧，举重若轻。李响说："如果遇到困难，我会想办法解决，十多年了，我没觉得遇到什么困难是最大的。已经解决的问题，就不是什么问题了。对别人来说，遇到困难可能压力很大，可我抗压能力强，逢山开路，遇水架桥。"

2013 年下半年，公司的一步核酸检测技术有了突破性进展，李响聘请了美国的律师申请专利，还参加了很多国际性展会，与一流的公司切磋交流，与此同时拿到了很多投资意向。2014 年年初，她意识到目前的研发投入大，加上新产品上市以及一些国际大客户还在培育阶段，企业整体费用已经超出了企业现有产品利润承载范围，如不能快速引进投资，就要在发展速度上大打折扣。权衡利弊后，她选择了一家比较信任的公司签了投资意向书，对方承诺完成两个月尽调就可以打款。但事与愿违，3 月 27 日，在两个月投资尽调到期之际，对方提出改变投资条款的无理要求。经过深思熟虑，她决定在履行两个月的排他义务后，立即停止与投资人的合作。做出这个决定，决策者要冒很大的风险，这是生死攸关的决定，而她深知，只有如此，才能置之死地而后生。当时，公司面临的亏空有一百多万元，她把压箱底的几十万元存款拿出来，老公向亲朋好友借款几十万元，公司的各部门也做好了紧缩开支的准备。她也给自己设置了时间期限，要在三个月内把投资搞定，这中间的难度不言而喻。可她在一个月内签了新的投资意向书，与一家更大规模、更靠谱的投资公司合作，两个月内完成了尽调并签署了投资协议，公司如愿以偿拿到了第一笔融资 500 万美元。

看到眼前的李响云淡风轻、自信乐观的样子，谁又能想到当年她经历的种种坎坷？

李响一说起自己创办的卡尤迪，自豪之情油然而生。她说："我们是中国第一家、全球第二家致力于研发手持型通用荧光定量仪的生物公司，也是世界上唯一可以做一滴血现场分子诊断的公司。我们研制的快速基因诊断仪，在未来的日子里，不仅能在医院、检疫、海关等机构应用，还要让大众触手可及，它将像体温计一样走进千家万户。IT 时代造就了乔布斯，在未来的生物技术时代中，我将完成自己乔布斯式的梦想，用生物技术改变人们的生活。"快速基因诊断仪诊断的项目包括传染病、肿瘤、个性化用药等。"我们的基因检测产品，能在 10 分钟内完成核酸检测。即使对基因技术一无所知的人，也能快速看懂检测结果，从而确认所患疾病。"值得李响骄傲的是，卡尤迪 PCR 检测产品被应用于 H7N9 病毒检测和埃博拉疫情重灾区。面对这类新兴传染病，在感染初期，传统检测手段不能检测到病菌的存在，而荧光定量 PCR 检测方法却能做到，因而它成为世界卫生组织唯一推荐的疫情监测方法。

2014 年抗击埃博拉病毒期间，卡尤迪的核酸检测的便携箱被国家送到非洲塞拉利昂现场去做检测。凭借其出类拔萃的优异性能，卡尤迪成为唯一入选世界卫生组织 WHO 官方目录的分子诊断厂家，也是中国首家入选的核算检测设备供应商。当这些消息传来的时候，李响就像孩子一样欢呼雀跃。

卡尤迪的快速基因检测仪，用于埃博拉救援队，挽救了无数非洲人的生命，一幕幕动人的画面像是纽带，把跨越千山万水的中非友谊紧紧连接在一起。应急救险，造福众生。

经过临床试验及漫长的等待，2016 年，李响终于拿到了药监局的批件，她回眸一笑。

有人问李响："在你的成长路上，父母对你有什么影响？"李响说："父母对我最大的影响是没有影响。" 多么富有禅意，令人回味无穷。当问起李响的家庭，她总是笑眯眯地说："我是在创业中与老公相识相恋、结婚生子的。"当她的儿子出生时，她享受了初为人母的喜悦。好像儿子的到来， 使她拥有了无穷的动力，似乎以此做杠杆，可以撬动地球。

令人没有想到，她的儿子出生一个多月的时候，得了肺炎。发病的前两天低烧不断，李响急得像热锅上的蚂蚁，当她把孩子带到医院时，孩子已经处于呼吸困难状态，好在治疗情况良好，孩子转危为安。在孩子治疗过程中，前前后后注射过不少抗生素和激素，也给孩子留下了一些后遗症。从那以后，李响反省自己，如果能用分子诊断让她的孩子及时进行检测，不就可以避免这样的危险发生吗？这成为她把分子诊断带到万千家庭的内驱力。她说："我希望以后所有的儿童都能健康地成长，尤其是这些脆弱的新生儿。"

时光飞逝，公司日益壮大，今非昔比，儿子也像小树一样茁壮成长。可李响的父母却已步入花甲之年，谁也无法阻止父母身体的老化。尤其是去年，她的母亲的血压不稳，时而低，时而高，母亲头昏不已，痛苦不堪。李响见状，立即为母亲进行快速基因检测，结果是母亲患上 PH 高血压。针对这种情况，她立即让母亲补充医用叶酸，病情迅速得到缓解，直到现在，母亲的身体状况良好，令她欣慰不已。

李响的梦想是让快速基因诊断仪造福众生。她说："在我的心中有一个愿望，愿所有的家庭，都能便捷地使用快速基因检测仪，将癌症确诊在早期或前期，精准医疗，个人定制化用药，减少痛苦，节省治疗经费，避免误诊情况的发生。"这是一个承载着多少人梦想的宏图。在这温暖的色彩下，蕴藏着李响多少绮丽的梦呢？

梦是会开出花来的。

感谢生命中最美丽的遇见

　　炎炎夏日，我多次联系采访特级教师、全国劳模马惠玲未果，因为她既是北京实验学校高中学部副校长，高三年级主管，又带高考冲刺班，无法分身。我想尽各种办法，终于在高考前与她见上面。她一脸灿烂地来到我的面前，忙不迭地道歉，说时间太紧！我单刀直入，切入主题，采访开始。一个率真、阳光的老师出现在我的笔下。

　　马惠玲老师在主题班会上对同学说："茫茫人海中，感谢你进入我的视线；莘莘学子中，感谢你做了我的学生，聆听我的教诲，接受我的指导。感谢你带给我成长，带给我快乐。你不是我生命中的过客，你是我事业成长的源泉。你不是我棋盘中无足轻重的棋子，而是棋盘中影响着棋局默默付出的一个，感谢生命中与你最美丽的遇见。再过几天，你就要离校了，让我们感谢……"说到这里，马惠玲哽咽了。教室里的学生与家长也泪洒现场。这时，班长在马惠玲耳边贴心地说："马老师，今天您把我们大家都招哭了，您在全校会上可别落泪了。"马惠玲破涕而笑，心想：教了24年的书，现在终于将自己教成了孩子。

　　马惠玲出生在滦县雷庄镇贾各庄村，村庄依偎在贾山脚下。她无论走到哪儿，言谈话语总带着淳朴的乡音，带着农村人的醇厚和真诚。

　　魂牵梦萦的故乡，青山如黛，春天处处是漫山遍野的鲜花，桃花落了，杏花又开了；夏天处处是郁郁葱葱的树木与庄稼，孩子们钻进青纱帐里，随处可见活蹦乱跳的青蛙，树林中随时可以听到啾啾鸟鸣。夜幕降临，结伴而来的萤火虫似流星一样划过天空，有的萤火虫飞得很低，就在孩子们的头顶穿行，马惠玲和小伙伴嬉笑追逐，就像追逐人生色彩缤纷的梦。有时，她会将抓到的萤火虫放进小瓶，小瓶瞬间变成一盏稀世明灯，她在黑暗中悄悄观察萤火虫的一举一动，享受着萤火虫带来的些许光明。

马惠玲有个温暖的大家庭，兄弟姐妹九个，她排行老九，上有两个哥哥、六个姐姐，她是在全家人呵护下长大的，是爸爸和妈妈最疼爱的老疙瘩，是哥哥和姐姐齐心协力呵护的小妹妹。爸爸是镇里的会计，常常当着孩子念叨："你们兄弟姐妹要好好上学，将来当老师，教书育人最好。"父亲的喃喃话语，于不经意间，在马惠玲幼小的心田播撒了种子。

上小学时，马惠玲遇上了学识渊博的马老师，他好像上天入地，无所不能。数学课上，马老师教同学们速算，令其他班的同学羡慕不已；语文课上，他朗诵唐诗宋词抑扬顿挫，把同学们带进美妙的诗境。他还能写一手漂亮的书法……

上初中时，马惠玲又遇上了一位教语文的贺老师，他身上有一种特殊的人格魅力，对学生态度和蔼，亲如一家。马惠玲初中毕业十五年后，与贺老师再次相见，老师立即就说出了她的名字，让她倍感温暖。

这一个个好老师深深影响着马惠玲，在她的心中埋下了一颗理想的种子，逐渐发芽，长大，开出来一朵美丽的花。这朵花叫：我想当老师。

1989 年，马惠玲考上河北省滦县师范学校；1992 年她被评为优秀毕业生，保送到唐山教育学院专科；1994 年毕业后，她在滦县二中任教，教高中语文；1996—1999 年进修本科，毕业于河北师范大学中文系汉语言文学专业；2010 年考入河北师范大学读研究生。

马惠玲就像战士冲进烽火硝烟的战场……

起初，马惠玲被滦县二中选中，刚参加工作，就直接教高中语文，面对挑战，她虚心请教，勤奋好学，精心备课，全身心扑在工作上，很快便脱颖而出。为了工作，马惠玲请婆婆将自己刚刚八个多月的儿子带回老家。送走孩子的当晚，她躺在床上辗转反侧，泪水潸然而下。

马惠玲深知对一个语文老师来说，知识不能局限于教材，人物掌故、音韵训诂、社会历史、哲学思想等均要涉猎。要想抓好课堂教学，要紧的不是教课技巧，而是教师本身的文化功底，以及对课文独到的理解。为此，她不但专心研究教材，摸索高中语文的教育教学规律，而且广泛阅读中外名著，这种阅读常让她穿越时空，好似和煦的春风，从无边的旷野吹来，令她坚定地走向人生的深处。

马惠玲深知，好老师就是一盏不灭的灯，照亮学生的精神世界。

马惠玲从1994年毕业后就在滦县二中任教，一直到2002年，调到滦县一中教高三语文，带毕业班，任学校团委书记。当年，她教的班语文成绩位居唐山市第一，80%的升学率，全班四十五个人，三十六人考上本科，其中一本二十三个，二本十三个。她无论走到哪里，都会书写教育领域上的传奇。

2003年马惠玲与爱人先后调入唐山外国语学校，夫妻破例同在一所学校任教。马惠玲教高三，并担任团委书记、教学主任等职务。不管工作多么繁忙，令马惠玲欣慰的是自己拥有一位知心爱人，还有一位无论遇到什么困难，立刻就伸出援手的贴心婆婆。

从2003年至2015年，马惠玲一直在这所学校辛勤耕耘，忘我工作，深受学生、家长及同事的爱戴，被评为河北省劳动模范、河北省特级教师、河北省首批中学正高级教师等。2015年，北京实验学校的曾校长经过多方考察，决心挖掘马惠玲这个奇才。

马惠玲既眷恋奉献青春、伴自己成长十余年的唐山外国语学校，也十分向往北京实验学校，憧憬未来带给自己前所未有的挑战。

马惠玲经四所不同学校任教的磨砺，迅速成长为名不虚传的语文特级教师、全国劳动模范。在她的身体里，好像安住着一个精彩的灵魂，它放射明亮的光芒，穿透迷雾，引导着学生。

　　马惠玲担任北京实验学校高中学部副校长、高三年级主管，兼任高三（2）、（5）两个实验班的语文教学，并连续三年兼任人文实验班班主任。

　　她所任教的高三（2）班是全校全面深化教育改革、创新教学模式的示范班级。

　　马惠玲懂得，习近平总书记讲的"一个人遇到好老师是人生的幸运，一个学校拥有好老师是学校的光荣，一个民族源源不断涌现一批又一批好老师则是民族的希望"里面蕴藏的深刻哲理。她深知自己肩上的重任，从某种意义上讲，肩负着国家和民族的未来。

　　走进高三（2）班人文实验班，富有人文情怀的室内装饰夺人眼球。最引人注目的莫过于象征活力、健康与希望的那片绿植，舒展的叶子随微风起伏，叶子上晶莹剔透的水珠不时颤抖滑动，稍不留神就滚落下去。这些造型不同、品种多样的绿植，都是同学们自发带来，用于装点班级环境的。每盆绿植都倾注着同学关心班级建设的一片真情，尤其是其中的君子兰，被同学们定为班花。为了照顾这些绿植，班级还设有"护花使者"，履行职责。

　　高三（2）班的班级记录引人注目。记录员实行轮流负责制，当日记录员需要对当天的班级事务进行管理与监督，将考核结果予以记录。值得一提的是记录员也要将值得回味的细节记录并加以评论，以鼓励培养同学们拥有一双发现美好的慧眼，搭建发挥个人特长的舞台，增强关心班集体的主人翁意识，增进班级的凝聚力，培养学生的人文情怀。

　　马惠玲在同学们眼中是一位神奇的魔法师，具有非凡的感染力。所以，他们班几乎没有枯燥的课堂，再枯燥的课堂往往也充满着欢声笑语。在生活中，马老师就像亲人一样，会倾其所有帮助他们。无论哪位学生少带要交的钱，不管差多少，马老师都先替同学交上；不管谁感冒发烧了，马老师立即找来药。同学们说，我们班级的归属感，不仅是同学们的关系温馨和睦，更有老师的表率和关爱。

马惠玲在教育实践中以中外教育家为榜样，做学生锤炼品格、学习知识、创新思维的引路人，做学生奉献祖国的引路人。她说："孩子不是学习的机器，不是考试的机器，不是分数单，不是录取通知书，而是一个精神的宇宙！"心有境界行则正，腹有诗书气自华。

她鼓励高三（2）班建立诚信水站，所谓的诚信水站形似社会上的售货机，其特点是不设人员干预交易，不设收费，不设找零，从选购到交费，再到取水，一切都凭同学们的自觉意识和诚信意识，旨在为师生的学习生活提供方便，同时从中获得稳定的班费来源，是班级半盈利半公益的机构。三年来，水站诚信率长期保持100%，极大地提高了班级的凝聚力，并带动整个年级乃至于整个学部的踊跃效仿，促使学校掀起兴建"水站热"。

诚信水站的健康发展，为班级的建设、为学生的在校学习提供了一定的物质保障，更重要的是诚信悄然完成了内化，走进了每个学生的内心，成为他们做人做事的准则，为他们日后报答父母、报效国家、服务社会打下了坚实的基础。

马惠玲在日常活动中，注意将思政教育潜移默化地融入各种活动和班级事务中。比如在学农活动中，令同学们难以忘怀的就有马老师推碾子的镜头。那是一个炎炎烈日，只见马老师双手一挥，大步冲到碾子旁。随着一句"老马要上阵了！"，她用力握住碾棍，身体前倾，脚下使劲一蹬，碾磙便在石盘上向前滚动，一圈圈地碾起玉米来，石盘上金灿灿的玉米粒儿也在"噼噼啪啪"声儿的伴随下变成一片碎粒。她矫健的步伐、跃动的短发、洋溢着开心和自信的笑脸以及坚定的眼神，都给同学们留下深深的印象。细细品味马老师推碾子的情节，同学们的心中充满温暖与力量。

马惠玲不仅用她的正能量激发同学们的斗志，还将她慈母般的爱给予每一位同学。在井通语同学生日的前夕，她了解到井通语的妈妈奉命去南海执行任务。于是，她便想方设法要到了这位妈妈给孩子的生日祝福录像。庆祝生日当天，马惠玲在班上放了井通语妈妈来自南海的录像。井通语做梦也没有想到，会收到这样特别的生日礼物，喜极而泣，全班同学和井通语共同沉浸在从天而降的幸福中。这些活动就像看不见的溪水，虽是涓涓细流，却日夜流淌。

马惠玲在升旗仪式上说："亲爱的同学们，如果说孩子与父母相遇是上天馈赠的礼物，那么你们与老师的相遇是缘分的使然。珍惜相遇，就是珍惜缘分，珍惜缘分，便是珍惜相处，珍惜相处，就是珍惜幸福……今天的你们再过几天就要离校了，让我们感谢所有帮助过我们的人，感谢清洁工阿姨、门卫师傅、食堂厨师，感谢所有教师，感谢所有领导，为我们的成长提供了各种舞台，感谢学校为我们的成长搭建了各种平台，感谢学校对我们不遗余力地教育。让我们说一声：'学校，您好！'让我们道一声：'老师，您辛苦了。'感谢生命中有你，感谢生命中最美的遇见。感恩是我们对母校最真情的告白。在我们即将结束高中生活之际，在我们即将离开北实之时，让我们道一声：'感谢北实，感恩北实。在我心中，您最美，在我心中，您最棒！'"

她这番推心置腹的话语，打动了在场学生的心，一种从未有过的温暖由心底涌来。马惠玲从讲台上走下来的时候，学生像幼儿园的孩子一样簇拥上去，渴望亲近老师。马老师笑盈盈地走来，把他们一一抱在怀里，师生深情拥抱。

学生王欣月说："马老师的雷厉风行、果断洒脱，是我每天都能看到的；她的积极向上、自信昂扬，是我每天都能听到的。"

学生王川海说："最使我感动的是马老师的那份真！当我们比赛胜利时，她和我们一起欢呼雀跃；当我们没有得到应有的权利时，她挺身而出，坚决为我们声讨属于我们的荣誉；有时候她说的话颇有童趣，令我们开怀大笑。她爱着我们，我们也深深爱着她；她尊重我们每一个人，也正因为这样，我们也发自内心地尊重她。"

马惠玲每接手一个班级，她的第一项工作就是给每一位学生建立"马氏档案"。她认真查看学生的学籍管理卡，了解学生的家庭及学习情况，找每位同学谈话，了解他们的兴趣爱好等，建立学生档案。她要求每位学生针对自己开学初的成绩，确立新学年的奋斗目标。学生有了目标，有了原动力，上课就会更加专注，课下时间抓得更紧。经过长时期的目标化教育与管理，良好的学习氛围形成了，很多默默无闻的学生在考试中脱颖而出。她对学生如数家珍。每个学生在马老师那儿都是闪闪发光的"宝贝疙瘩"。小时候，马惠玲的父母把最小的女儿看成"宝贝疙瘩"；如今的马老师，把班上的每一个学生都看成是自己的"宝贝疙瘩"。这种真挚的感情非一般人能够理解，难怪家长常常自叹不如。

在马惠玲眼里，每个学生都是一块璞玉，她相信，只要经过精心雕琢，必定会折射出璀璨的光芒。她引导学生，让学生真正爱上自己的特长，培养终生坚持的爱好，在未来的人生路上有所寄托，完善自己的人格，充实自己的精神世界。如今的社会，竞争激烈，金钱对人的影响日甚。世上有多少人意识到兴趣爱好将对人的一生产生影响呢？马惠玲意识到了，并将此观点输入给她的学生。她深知，有一兴趣爱好，可寄真我，可升妙趣，可养深情，可解烦忧，可工一艺，有百利而无一弊。

马惠玲从教二十四年，始终保持着刚走上教师岗位的新鲜感。无论面对什么样的孩子，她都不歧视、不放弃，公平公正地对待。为了解决离异家庭孩子的心理问题，她不辞辛苦，利用休息日进行家访，了解情况，想尽办法打开孩子心灵之锁，让孩子远离孤独，投入集体的怀抱。

她虽然身兼数职，任务繁重，可她从不放松对班级的管理和对学生的引导。她独树一帜，不是对学生严加管制，而是千方百计唤醒学生，唤醒课堂，这该需要多么渊博的学识、仁爱之心与勇气？马惠玲把全部的智慧和爱心都给了学生，她想方设法提高教育水平，在高中语文教学上蹚出一条新路。

马惠玲上课方式独特，可以说是在与学生自主的交流中进行授课的。她的课堂充满活力，学生们不再是端坐在课桌前，而是积极参与，思维和老师同步。

马惠玲的教学简洁易懂，没有时下流行的拒人于千里之外的深奥，她着实用功，处处得益；她的教育风格恰似高山峡谷中春风扑来，朴实、亲切，令人感受到无尽魅力。她站在三尺讲台前微微一笑，不是倾国倾城，却带给无数的学生光明与力量，带给千家万户以灿烂的曙光。那笑容盛满了多少期许？多少信任？那是生命中多么美丽的遇见！令人怦然心动，让多少学生毕业多年后仍然无法忘怀。

如今，大多数的家庭都是独生子女，谁家不望子成龙，而每一个学生经过十二年苦读，都要经历高考这一关。作为老师，谁不希望自己的学生都能如愿以偿，考上理想的大学。面对如此众多的压力，如此的渴望，马惠玲提出用智慧、用爱陪伴，做好学生的"摆渡人"。

马惠玲作为高三学部副校长，她久经高考战场，站在讲堂上，面对高考学生一双双焦虑而又渴望的眼睛，她像一个演说家一样侃侃而谈："有人说，高考是一场没有硝烟的战争。而我想说，高考像是一次旅行，一次从山脚出发，走向山顶的旅行。途中有气喘吁吁地艰难爬行，有小憩之后的喘息，有到达山顶的一览无余，有美景尽收的酣畅淋漓。高考又像是一首乐曲，一首从低谷走向高潮的乐曲，从低音起，然后高低音错落有致，喜爱低音的柔美，享受高音的阳刚，最后到高潮戛然而止，意犹未尽……"

面对一双双目不转睛的眼睛，她的话题一转："所以，高考是什么，取决于你的认知和态度；高考怎么做，决定于你的习惯与方法；高考收获什么，决定于你的梦想与执着。"

这时，掌声响起……

此时，马惠玲深情地望着教室里面的所有考生，用深沉的嗓音和无比坚定的语调继续说："这一年，马老师一如既往地做好'摆渡人'，把你摆渡到理想之门。"

雷鸣般的掌声响起，台上台下的感情交融在一起，马老师的眼睛湿润了，很多孩子已经顾不上擦掉泪水，他们簇拥到马老师身边……

之后，"摆渡人"马惠玲做的功课如下：引领学生到达的"学习境界"——"成长的境界""素养的境界""分数的境界"。要让学生懂得，这个世界上最困难的事情就是认识你自己；而最伟大的胜利，就是战胜自己；最后自然而然地引出，说说自己，谈谈不足。引导学生优化自己的情绪。马惠玲展示美国石油大王洛克菲勒写给儿子的一封信，在这封信中他告诫儿子："如果你视学习为一种乐趣，人生就是天堂；如果你视学习为一种义务，人生就是地狱。"马惠玲引领学生对考试的正确认知：考试是知识储备的较量，是能力呈现的竞争，是综合素质的彰显，是心力与实力的并行，是持久力与爆发力的凸显。考试不仅是考知识与能力，考规范与严谨，考心态与状态，更是考德行与品行，考做人。

她还引导学生对限时训练高度重视，限时训练需要注意以总结反思为重点。除了对提醒做训练外，要注意时间的把握，注意考卷的书写，模拟训练时不能在答题卡上留空白，基础追求零错误。

还有强化阅读，提高学生的语文素养。马惠玲以路遥《平凡的世界》为例，谈整本书阅读。接着，她提出，《红楼梦》《呐喊》《红岩》《平凡的世界》等作品，都塑造了具有抗争精神的人物形象，如贾宝玉、夏瑜、江竹筠、田福军。上述哪一个人物形象最令你感动？学生在阅读中领略了人物的风采，为下笔有神做了铺垫。

马惠玲为了学生，没有寒假，不是学校不放假，而是她在假期从不给自己放假，2月15日是年三十，她连大年三十都不休息，依然为学生批改作文。

那天，马惠玲在"龙的传人"群里写道：每天处理完同学们的作文，我都如释重负，感觉很轻松。又是崭新的一天，这一天依然充满自信，带来挑战。离开学仅有六天，珍惜自我奋斗的日子，笑到最后，你一定最美！

早上，当您还趴在被窝里享受惬意时光的时候，马惠玲早在四五点钟开始批改学生作文，长则几百字，短则几十字，与学生在微信上进行频繁交流；晚上，当您懒散地坐在沙发上看着电视，享受生活的安宁与美好时，马惠玲通常九点半到十点半刚刚下班，辅导完学生的晚自习，一进家门又开始批改学生发来的作文，直至十点半到十一点半。马惠玲将自己的批改意见反馈给学生，日复一日，年复一年，马惠玲的心始终与学生一起跳动，与家长一起呼吸，她是老师，也像妈妈，更像朋友，她和学生一起感受高考带来的紧张与刺激，分享高考带来的快乐与喜悦。

6月5日，离高考还有两天，马老师召开了高三年级全体学生会，主题"高考评估"，给高考生深入讲解高考时的21个"怎么办"？言简意赅，掷地有声。比如，拿到试卷时脑子空白怎么办？答错题怎么办？都有明确的对策，让学生理智应对。会上，每个学生都领到了学校发的一个漂亮的饰品——一匹精致的小马和一张印有"一路凯歌"的即时贴。

接着，马惠玲的学生义无反顾地冲进了高考战场，书写人生一份沉甸甸的答卷。

此时的马惠玲百感交集，她深知令人留恋的师生缘聚，随着高考也会渐行渐远。

明朝即长路，惜取此时心。

缅怀"文坛多面手"钱世明

中国作家协会会员，北京市艺术研究院研究员，我国当代著名文学理论家、诗人、文人书画家，被誉为"文坛多面手"的钱世明，于2018年2月27日在京病逝，享年七十六岁。钱世明历任小学教师、出版社编辑及艺术研究院的研究员，从事中国古典经学及文史哲美的研究和文学艺术创作。

往事如烟。

2017年初，钱世明在朋友圈发微信说："想吃扒糕了！荞麦面的，蒸成巴掌大，贴饼子形，切成片放在盘里，浇上咸芝麻酱、醋、芥末，放点儿胡萝卜丝，哇！好看又好吃呀！可惜没有了。"我看到后与爱人惦记在心，四处找寻，终于在5月18日于河北平山老区看到了难得一见的扒糕。当天傍晚，当我们把扒糕送到他家时，他竟像孩子一样笑了。

2018年2月5日，我看到钱世明在朋友圈发的一条微信，说自己在病中，浑身无力。我立即发微信问："钱大哥，您得什么病了？"

"我做了膀胱癌手术。"

我心里咯噔一下连忙回复："我要看您去，您想吃什么？我马上给您买。"

"我没力气，没食欲。谢谢！你先别来。"

我说："好，我听您的，您让我什么时候去，我就什么时候去看您。"

"好的。"

此后，我一直在等候他的回音，等啊等，一直等到2月27日上午十点传来噩耗：钱世明深夜两点病逝。这消息像晴天霹雳一样令我猝不及防，活生生的一个人说走就走，连个面都没有见上，我整个人怔住了，半晌说不出话来。

二十世纪九十年代，我有缘结识钱世明，在我的印象中，他永远身着中式对襟上衣，眼睛深凹、皮肤略黑，衬着一头花白色的头发格外抢眼，爱说爱笑的他，常常露出一口整齐的白牙。敦厚与善良、睿智与顽皮、诙谐与幽默颇为自然地融为一体。

钱世明虽学识渊博，却始终保持童真童趣，自称"半颠儿"。他兴致来了，一个人在家里又唱又跳，"玩"得开心；出门时，像孩子一样踢着石子走路；碰上谈得来的朋友，手舞足蹈；每天清早，他准上地坛公园拉胡琴，摇头晃脑，自得其乐……

他曾对我说过："前些时，我正幻想着把我的'兵'（他教过的小学生）再召集起来，还坐在教室里，我假装再讲课，叫他们再齐声答'记——住——了——'，再咯咯地笑，再一齐拍桌子跺脚'闹'一通……我再拍桌子大喊一声：'不许闹！'哈，该多有意思！"

那年，领导让他参加一个新剧本的研讨会，起初他还听得进去、坐得住，后来他听得腻烦了，趁人不注意，自个儿出溜到桌子底下玩起来了，这个镜头被参加会议的一位老师捕捉到，成为美谈。

1991年钱世明在北京当代美术馆举办个人诗、书、画、印展。在他画坛尚无名望的背景下，他的《展览前言》却"癫狂"至极，仅十四个字："老夫一怒挥诗笔，踹破藩篱闯画坛。"云何"老夫"？他那年才四十九岁。

2007年6月，中国作家协会与北京市文研所，在北京现代文学馆联合举办"钱世明文人书画展"，共展出八十余幅作品。画展前言写道：钱世明力主"文人画"必须是"文人"的画，他认为"文人写诗写文因情立体，即体成势"，因而没有"死法"。依死法造画，不是艺术创作！他认为文人作画凭的是文化底蕴和书法功力，不以行家技艺为能。

我国著名作家严文井先生为钱世明的诗、书、画、印展题词："世明小弟，实乃吾师，余喜其缺心眼之心与眼。世明鄙薄势利，不觉破掉世间一大障碍。其诗、其字、其画，邃乃独具一格，显其非世俗之慧心慧眼，余欲随之，恨不能及也。"

他涉猎的科目繁杂，主要著作有：学术类《周易卦爻辞通说》《儒学通说》《易象通说》《易林通说》等；文学类《大明诗稿》《望汾楼词》《大明古文稿》《钱世明诗词选》等，以及长篇小说和中短篇小说集《穷庐太后》《李清照》《玄奘传》《原上草》等；艺术类剧本有昆曲《辛弃疾》《东行传》，木偶剧《大闹天宫》（获 1978 年南斯拉夫国际戏剧节最佳节目奖），京剧《梁祝》《风雪寒江恨》等。

《钱世明诗词选》，收录了 400 首格律诗和词，还收录了王昆仑、叶圣陶、章士钊、俞平伯、赵朴初等大家，自六十年代开始给他写的评语、题词和赠诗。钱钟书认为钱世明的诗具有："晚唐格调，继续写下去必成大家。"王昆仑评价说："极有大家气派。"章士钊说："能随意驱使新词新事使合于律，天资既高，功力亦足相副。"何其芳说："混入唐人集中不可分辨。"

在戏曲美学上，钱世明否定戏曲表演的一招一式是"程式"，认为它是有表现力的、有内蕴的表现形式。

在文学创作上，钱世明说他写历史小说，绝不以文乱史。

这么"庞杂"的学术体系，涉猎到中国传统文化的文、史、哲、美、艺诸多方面，而易学、佛学、音韵学又尤其难，真不知道钱世明是怎么掌握这么多门学问的？著名学者吴晓铃先生生前曾慨叹说："要全面研究钱世明的作品，太难了！"

2003 年的夏天，海淀文委曾邀请文学界三位名人来海淀参观大慧寺等文物古迹，他们分别是北京社科院的研究员钱光培、北京艺术研究所的研究员钱世明、北京大学中文系的教授张颐武。他们三位一见面，立即聊起二十世纪八十年代中期的一次著名诗歌讨论会。

钱光培和张颐武共同指着钱世明说："钱先生！当年，您真行！"随即三个人会心地大笑起来，弄得我们陪同的人不知所云。

原来，那正是现代诗崛起的时期，在那个诗歌讨论会上，有个慷慨激昂的"先锋诗人"发言，越说越激动，居然说："从屈原到郭沫若，整个中国诗坛都是一条干涸的河流。"

钱世明不干了，一如大河开闸般地讲起来，不但用中国圣贤们的例子加以批驳，还"以其人之道，还治其人之身"，也学着"先锋诗人"的路数大谈西方诗学和美学——苏珊·朗格是怎么说的，科林伍德是怎么说的，克莱夫·贝尔是怎么说的，他们的话是在哪本书、第几页、第几行，"你们好好读去吧"！结果当场把"胆大妄为"的后生们镇住了，技不如人，谁也不敢再"叫板"了。

也许正是因为曲高和寡，所以钱世明的知名度有限，他就像远离人间烟火的学者那样，对名利淡然处之，但对作品的优劣却有着一己的坚持："治学必须有己见。拾人牙慧、无己见之论著是传不下去的。"

钱世明有着单纯的愿望，即净化学术、净化语言。

2014 的春节，我去钱世明家拜访。他对我说："你看现在这钱闹的，怎么连学术界都乱糟糟的呀？"

我问："怎么讲？"

他说："那天我听广播，没想到有个'专家'讲《聊斋》，愣把'贾人之子'解释成'姓贾的人的儿子'，从古至今，谁不知道这里说的是'商人的儿子'？"

我笑了笑问："您最瞧得起什么样的人？"

钱世明说："我这辈子最瞧得起、最尊重的就是有真学问的人。打我年轻时起，就愿意跟老先生们来往，上人家家里请教去，进门只谈诗、词、文，从不闲扯别的。老先生们都对我非常好，手把手地教，像王昆仑、田名瑜、沈从文三位先生，给我写信谈剧本、诗歌、小说，都是用毛笔，一写好几页，那真是一丝不苟。冰心先生九十多岁动不了了，还重读《十三经注疏》。1995 年，臧克家先生九十大寿，写了篇短文《说梦》，还写信托我查'损梦龄'之说到底是出自周武王，还是宋人黄山谷用了'梦龄'的典故之后？"

在钱世明家四白落地的客厅兼书房的墙上，挂着一幅他的自题诗："移文好去彦伦前，人境结庐地自偏。群鹊时临窗外叫，老猫总倚脚旁眠。读书乐忘暮将至，作画狂来意在先。即使迁居沂水上，得风不复舞雩边！"这既是他生活的写照，也是他的襟怀所向——"自朝至暮，饮食起居，言语动静，皆所谓学。"

他的家，简朴至极，可他家被压弯腰的、颇有年纪的书柜上摆放的书，可都是珍宝啊！他家的善本书，都是用蓝布包面的硬壳套着，一边一枚小小的象牙扣，像忠诚的国门卫士一样尽职，竭力把岁月的灰尘锁在外面。

在楼房林立、人头攒动、喧嚣的大都市中，居然还有钱世明这样的先生？！

与钱世明的交往，让我总是感觉到自己学问的浅薄，学习上从不敢有一点懈怠；与钱世明的交往，自己的心里感觉特别踏实，无论做什么研究，每每遇到困难去找他，总有解决的方案；与钱世明的交往，总有一种启发和激励我心灵的东西，让我在做学问上，脚踏实地……

如今呢？钱世明先生与我们已阴阳两隔，我再想请教他，茫茫云海，浩瀚宇宙，何处找寻？

怀念佳立

2016 年 2 月 18 日上午八点左右，我怀着悲伤之情提前走进八宝山殡仪馆，径自上到二楼，一块肃穆的标牌映入眼帘：文德厅"陈佳立送别仪式"。我找到一个角落静静地坐了下来，等候参加九点钟陈佳立的遗体告别仪式。眼前告别厅的门口摆放着一个个花圈、花篮，一种极度哀伤从心底涌来……

几天前，得知佳立病逝的消息后，我寝食难安。她简洁、朴素的话语常常回响在耳边，她端庄、优雅的样子常常浮现在眼前。一个如此熟悉的活生生的朋友竟在转眼间走了，竟舍下自己的爱人及亲生骨肉，竟舍下自己未竟的事业，竟舍下自己熟悉的一切，令人唏嘘不已。

记得 2015 年秋天，我们一同参加区政协组织的一次活动。当时，我与她有半年左右没有见过面，在走廊上见到她后，我非常吃惊地问她："佳立，你怎么这么瘦？"她说："没事，瘦点儿，可能是由于家里正在装修，吃饭不太规律，胃一直不舒服。"我叮嘱说："你抽空看看医生，对症治疗，快点好起来。"

11 月初的一天，我给陈佳立打电话，问她第二天是否参加政协组织的活动。她爱人接的电话，电话中吞吞吐吐，说陈佳立不能参加活动，我问："有事？"答："住院了。"我着急地问："什么病？住在哪家医院？"答："住在北医三院，嗯嗯，只是佳立暂时不想让人去看。"我忐忑不安地放下了电话。顿时六神无主，急迫地拨通了老徐（佳立的同事与朋友）的电话，把我刚刚遇到的困惑说给她听。她听完后语气沉重地告诉我："小魏，告诉你一个不好的消息，陈佳立得了胰腺癌，医院确诊是晚期而且已经扩散。"听到此话，我的脑袋忽的一下蒙了，眼泪在眼眶里拼命地打转后，肆意流淌。稍有点医学常识的人都知道，胰腺癌极为凶险，它是癌中之王，治愈率存活率很低。老徐告诉我："事情来得突然，面对严酷的现实，陈佳立也要有一个适应过程。等等吧，她什么时候让我们去看，我们再去看吧！"

从那天开始，好像什么事情也抵不上这件事情的重要，这个世界上令我最牵挂的人就是佳立啦。

每天早上，我睁开眼睛想的就是：她出院了吗？她遇到妙手回春的医生没有？谁能救救她，让她转危为安？

日子就是这样，在一天天煎熬中度过……

明明近在咫尺，却不能相见。

11 月中旬的一天晚上，电话铃声响了，是陈佳立爱人打来的电话。他说："佳立想见见你了。""真的？太好了！"我高兴得不知说什么好。

当晚，我立即上网查什么水果适合胰腺癌病人吃。第二天我就跑商场，为她挑选一件漂亮的羽绒马甲。

当我怀着急切的心情，见到重病在身的陈佳立时，视觉再一次受到强烈的冲击，眼睛模糊了。过去那文雅端庄、莞尔一笑的人不见了。出现在我面前的人已病入膏肓。她整个人变得特别瘦弱，在非常暖和的房间里却穿着厚厚的棉衣。原来盘在头上漂亮的发髻不见了，稀疏的头发垂落在肩上，虽然脸上的气色很差，仍掩盖不住她的天生丽质。我上前握着她的手，冰凉彻骨，这种冰凉传达到我的手上，直达我的心底。

我们并排坐在沙发上亲切地聊着，她有气无力地告诉我，她得病后的许多苦恼，难忍的疼痛常常出现，令她烦躁不安。不过，她已经想明白了，必须接受这个事实，前一段住院接受的是西医的微创手术与治疗，现在主动接受中医的治疗。身体好些的时候，还坚持画画，写东西。疾病想压垮她，而她决心与疾病抗争。我望着她，说不出多少安慰的话语，只有无尽的感动。我鼓励她，要相信中医中药，要相信人体的自愈能力，我们共同企盼着奇迹的出现。

1月份，我再次来到她家，她已有了明显的变化，脸色比原来有了些许红润，说话的声音似乎也有了底气。吃中药已让她的身体发生了一些变化，她说一日三餐、生活起居都很正常，对战胜疾病逐渐充满了信心。她对我说："得病以后才知道，有个健康的身体该多好！"此时此刻，一直为她揪心的我，心情好了许多，对她的未来怀有美好的憧憬。等我临走时，她拿出我送的那件漂亮的羽绒马甲，对我说："咱们是好朋友，你不会计较的。我女儿又给我买了一件肉色的羽绒马甲。你把这件马甲拿回去自己穿吧！我穿不着。"我望着她那真诚的眼神，只好应允了。

春节，我去香港姐姐家过年，一走半个多月。等回到家里就接到陈佳立去世的噩耗。这突如其来的消息早把过年的喜气冲走，我陷入深深的痛苦之中。是啊，谁都知道没有人能长生不老，也没有一件东西能永久长存。然而，我们都希望她再活五年、十年……而她最终没有闯过这一关。她的爱人在电话里哽咽地告诉我："唯一欣慰的是她走的时候没有痛苦，非常安详。"

陈佳立与我，认识很早，已经有三十多年了，我们平时没有什么太多来往，连彼此的家都没有拜访过，只是见面就有说不完的话，是那种互相信任、心灵相通的人。我们之间不只是一个朋友，她爱海淀，她是海淀不可分割的一部分，是流淌在海淀和我之间的一条溪流，其间流淌着一个地区、一种文化、一个社会的精髓。她虽然走了，幸运的是她给我们留下了许多脍炙人口、紧扣时代脉搏的文章，比如《人民心中永远的好干部》《应聘往事》等，留下了200多幅精彩传神、栩栩如生的写意人物画，每一幅作品都融入了她的心血，具有强烈的视觉冲击力和心灵感召力。我们从中可以听到她的声音，欣赏她的天资文才，感受到她活泼的思想、优雅的气质。

古人云：大人者必有赤子之心。

有人说，陈佳立人美，画美，文章美。我说，她不仅外在美，心灵更美。她是一个自始至终追求完美的人。她的举手投足，无不给人留下难以忘怀的印象。

九点钟就要到了，参加遗体告别的亲朋好友、领导同事陆续都来了，原海淀政协八十多岁的主席张宝章也出现在长长的送别队伍中。哀乐声起，我走进了文德厅，看好友佳立最后一眼，为她送上一程。

愿佳立一路走好！

京剧大师

在海淀区万花山脚下的一片松柏林荫中，隐现着一座肃穆、别致的墓地，我国著名的京剧表演艺术家梅兰芳先生长眠在这里。

提起梅兰芳，在中国几乎无人不晓，他的扮相俊美，唱腔悦耳动听。梅兰芳，字婉华，1894 年 10 月 22 日（清光绪二十九年九月二十四日）诞生于梨园世家。

梅家原籍江苏省泰县（今泰州）。学艺演戏自祖父梅巧玲始。梅巧玲善于体会戏中人物的思想感情，细心钻研台词，他的表演念白清楚利落，唱做俱佳。如享誉北京舞台的《雁门关》中萧太后一角，他在表演上不仅运用了花旦的念白技巧及幽默洒脱的动作，还运用了青衣的唱功技巧，体现了雍容华贵的端庄风度，成功塑造了这一舞台艺术形象，有"活萧太后"之称。梅兰芳的父亲梅竹芬，幼年时初学老生，再学小生，后来从父学青衣、花旦。他学戏认真，凡是梅巧玲的戏，他都会唱，而且他的相貌、表演酷似梅巧玲，观众说他是梅巧玲再生。不幸的是由于梅竹芬过度的劳累及紧张的演出，年仅二十六岁就离开了人世。而这一年，梅兰芳刚满三岁，本来他的童年可以铺满鲜花，充满幻想……

可这一切随着父亲的去世，离他很远很远……

梅兰芳的童年是苦涩的。他八岁开始学艺，师从吴菱仙。吴先生教戏非常严格，每天早上，天刚蒙蒙亮，吴先生就带着梅兰芳等几个弟子练发声。他倾其所能用心教梅兰芳，冬去春来，梅兰芳学会了《二进宫》

《三娘教子》《宇宙锋》《打金枝》等青衣戏。梅兰芳十一岁登台，吴先生为了锻炼他，让他在广和楼演出，在戏中串演《长生殿·鹊桥密誓》里的织女。这虽然只是一般的角色，却让梅兰芳异常高兴，因为这是他有生以来第一次登上盼望已久的舞台。他在学习青衣、花旦戏的基础上，又开始学习武功……他得到了路三宝、陈德霖、钱金福、李寿山、乔惠兰等众多老师的栽培，艺术上日臻成熟。十九岁梅兰芳赴沪演出，以《穆柯寨》压台，享誉上海滩。梅兰芳在京剧舞台上生动刻画了穆桂英这个天真、善良、聪明、勇敢的巾帼英雄，成为京剧史上的美谈。从此，便一发不可收，他上演了《宦海潮》《霸王别姬》《天女散花》《奔月》《西施》《葬花》等多个剧目。他在京剧旦角的表演、服装、扮相、唱腔、舞台美术等各方面进行了大量的革新创造，形成了建树卓越、影响深远的梅派艺术。剧作家范钧宏指出：梅兰芳的表演、动作，稳重、圆熟、自然，无论身段、台步、眼神、指法、水袖，一举一动，不仅姿势美观，而且与剧中人物的思想感情，浑圆周密，融为一体。他的唱腔悦耳动听，清丽舒畅，并不以花哨纤巧、变化奇特取胜。但无论是柔美婉转之音抑或昂扬激越之曲，都无不出自心声，感人至深……许多唱念做打的繁难功夫，一经梅兰芳演来就显得那么简易。"简"，不是简单而是简洁，"易"，不是轻易，而是驾轻就熟，得心应手。因此，他的唱念表演从来不在一枝一节上显露锋芒棱角，而是自始至终都达到人物的灵魂深处……梅兰芳所塑造的艺术形象，成为深刻优美的思想与精深广博的技术微妙结合的代表。平中见奇，易中见难，淡中有浓，熟中出新，处处与众不同，但又处处看不出什么特点，其实这正是梅兰芳表演艺术最大的特点。

在梅派艺术形成的过程中，梅兰芳博采众长，独具匠心。他喜爱绘画、养花、养鸽。养鸽，使他的眼睛变得灵活有神；养花，使他丰富了各种身段的造型及旦角穿戴颜色的最佳搭配；绘画，使他吸取了很多对戏剧有帮助的养料。他认为，中国戏剧在服装、道具、化装、表演上综合起来可以说是一幅活动的彩墨画。画是静止的，戏是活动的；画有章法、布局，戏有部位、结构；画家对山水人物、翎毛花卉的观察，在一张平面的白纸上展才能，演员是在戏剧的规定情境里，在那有限的空间舞台上立体地显本领。

养鸽、养花、绘画，为梅兰芳舞台艺术表演增添了丰富的养料，他也从中提高了文化素养，享受到生活的无穷乐趣。

梅兰芳活跃在中国的戏剧舞台上几十年都是那样的飘逸，他是美的化身，他是中国京剧的卓越传人之一，从一定意义上讲，他是京剧的精灵。在半个多世纪的舞台生涯中，他创造了许许多多令人难忘的艺术形象，如《葬花》中的林黛玉、《宇宙锋》中的赵艳容、《玉堂春》中的苏三、《金山寺》中的白娘子、《打渔杀家》中的萧桂英、《穆柯寨》中的穆桂英、《贵妃醉酒》中的杨贵妃、《霸王别姬》中的虞姬等等。他的戏雅俗共赏，不论男女老少都来看。因此他的观众特别多。他的戏从头到尾，叫座始终不衰。往往有后到的观众，座儿早已卖完，要加凳子。一时也找不出这许多的凳子，很多人又不肯乘兴而来，败兴而归，就都情愿照付包厢票价，在包厢后面站着听。有时，连过道都站满了人。

梅兰芳不仅在京剧旦角表演艺术上做出了杰出的贡献，他的人品尤其是爱国主义精神更是令人敬佩。1937 年，当日本帝国主义发动了对中国的侵略战争后，梅兰芳离沪赴港，蓄须罢演的民族气节深得国人敬仰。1941 年 12 月下旬，日军占领了香港。平常爱好整洁的梅兰芳，在紧张的日子里，照常刮脸，却不再剃胡子了。他对朋友说："别瞧这一小撮胡子，不久的将来可能会有用处。日本人假定蛮不讲理，硬要我出来唱戏，那么，坐牢杀头，也只好由他。"后来，正如他所料，日军几次请他唱戏都被他坚决拒绝了。在国家危亡之际，作为一位艺术家能够不顾生死安危，坚持民族气节，可歌可泣。

梅兰芳还是最早把中国京剧艺术介绍给世界各国的艺术家之一。他精湛的表演艺术受到美国、苏联、日本等戏剧家的高度赞赏。1935年梅兰芳访问前苏联后曾赴欧洲考察戏剧，在英国与戏剧家萧伯纳会晤。萧伯纳问梅兰芳："英国戏剧上演时没有锣鼓等声音，因为演剧时，一有杂声就会损害观众的注意力，而京剧演出时，颇觉过闹，锣鼓声甚为喧嚣，不知何故？"梅兰芳答道："这是因为京剧来自民间，以往在乡间旷野演出，必先敲锣打鼓以招引观众前来观剧，后来京剧虽然移至城内剧场演出，但这一锣鼓喧天的传统仍然保存了下来。"梅兰芳和卓别林、乌兰诺娃等各国艺术家结下友谊，成为我国一名杰出的文化使节。

1961年8月4日，周总理赶到北京阜外医院看望患急性冠状动脉梗塞症的梅兰芳，给他带去了中央领导的关怀。

8月8日梅兰芳病情恶化，经抢救无效，不幸与世长辞，一位伟大的京剧巨星陨落了……

郭沫若题诗二首，名曰《咏梅二绝，有怀梅兰芳同志》：

漫夸疏影爱横斜，铁骨凌寒笑腐鸦。

沥血唤回春满地，天南海北吐芳华。

仙姿香韵领群芳，燕剪莺簧共绕梁。

敢信神州春永在，拼将碧血化宫商。

万花山，又名万华山。当地人传说，这里原有一座天仙圣母庙。有一天，一位远道而来的少女，因身遭无数的苦难，便来此进香以求解脱。她进香时，发现有一个无神像的莲花宝座，这位姑娘一试竟一坐未起，自己变成了莲花宝座上的肉身菩萨，此后成神，专门解除姐妹们的痛苦，保佑姐妹们的幸福。之后，即被尊为万花娘娘，此山也被称为万花山。山上盛开着无数荆树的紫花，蒲公英、苦苦菜的黄花，荠菜、欧乐的白花，还有不知名的红花、蓝花，漫山遍野……

梅兰芳的墓地就坐落在这万花丛中，梅兰芳，字婉华，音与万花相近。据说，梅兰芳很早就买下了这块山场……梅兰芳的墓地与众不同。在墓地的入口处，生长着一大一小两棵造型优美的龙爪槐，好似俊美的卫兵世世代代忠实地守卫在这里。一踏上通向墓地的甬道，任何人都会被这一特殊的甬道所吸引，甬道由三种图形构成，仔细看去，不难发现那三个图形是根据梅兰芳三个字的含义绘制而成的象征性图形。构思独特奇妙，造型生动典雅，准确地向人们展示了梅兰芳辉煌灿烂的一生。

甬道尽头的墓中央是一长方形坟冢，宽 12 米，进深 7 米，周围圈有梅花形水泥横拦，墓台前竖着两米多高的汉白玉石碑，上面镌刻着许姬传所书"梅兰芳之墓"五个鎏金大字，墓盖上刻有一朵隽秀的梅花。这儿，你无论走到哪一个角落，都能看到梅兰芳的影子，梅兰芳的足迹……

梅兰芳的墓地坐东朝西，居高临下，很有气势。它既有一般名人墓地的肃穆、壮观，又有别具一格的典雅、美观；它既带给人们一种思念故人的沉重感，又带给人们一种催人奋进的责任感，更带给人们一种溢于言表的美感。此时此刻，你会感到，一生潇洒达观的梅兰芳先生活生生地出现在人们的面前；此情此景，使前来悼念的人会脱口而出：梅先生，生也飘逸，死也潇洒。

婉华与万花同在……

少年强则国强

我打开历史的画卷，探究梁启超如何发出"少年强则国强"的呐喊。

清末民国初期，中国社会发生了令人瞩目的变化，涌现了一批叱咤风云、活跃于政治舞台和思想前沿的人物，康有为、梁启超、谭嗣同等人的名字如雷贯耳。他们给长久以来几乎僵化、停顿的社会注入了新的活力，把自鸦片战争以来饱受屈辱的中国历史，开始变成蓬勃向上的历史。这些爱国心切的知识分子，就像闪烁在夜空中的灿烂群星，给古老的中华民族带来了无限的希望。

在这闪烁的群星之中，堪称中国知识分子第一人的梁启超更是出类拔萃。他浑身上下都透着一股气，即锐气、生气、灵气。他的文章甚至还有些霸气和孤气，那种独树一帜随处可见，他总是在人们意想不到的立足点上放射着不朽的思想光芒。

梁启超（1873—1929 年）汉族，广东新会人。字卓如，号任公，又号饮冰室主人，是中国近代史上著名的政治活动家、启蒙思想家、戊戌维新运动领袖之一，也是一位大百科全书式的学术宗师。他的著作涉及史学、文学、政治、经济、哲学、法学、社会学、图书文献学、新闻学、宗教学、金融学、科技史、国际关系等。一部《饮冰室合集》全面反映了他渊博的学术文化知识和深厚的学术造诣。梁启超的文章充满爱国激情，感人肺腑、催人泪下。在二十世纪初，梁启超的思想对整整一代甚至几代知识分子产生过启蒙和激励的重大影响，包括李大钊、陈独秀、胡适、毛泽东、周恩来、郭沫若等著名人物。

梁启超自幼在家中接受传统教育。1889 年中举，1890 年赴京会试，未中。回粤路经上海，看到介绍世界地理的《瀛环志略》和上海机器局所译西书，眼界大开。同年结识康有为，投其门下，接受康有为的思想学说并由此走上改革维新的道路，人称"康梁"。

1895 年，梁启超再次赴京会试，协助康有为，发动在京应试举人联名请愿的"公车上书"。1897 年，梁启超任长沙实务学堂总教习，在湖南宣传变法思想，并著《变法通议》。 1898 年梁启超回京参加"百日维新"。当年 7 月，他得到光绪皇帝的召见，奉命进呈所著《变法通议》。接着，梁启超与康有为一起领导了著名的戊戌变法。

戊戌变法失败后，梁启超逃亡日本。

戊戌变法令梁启超和他的老师康有为名扬天下。在当时很多人的眼中"梁启超是罕见的高洁志士，是热心策划北京政府根本改造的士大夫"。戊戌变法失败之后，有人甚至断言："梁启超是中国珍贵的灵魂！"当时他年仅二十六岁。

戊戌变法前后，梁启超与康有为主张君主立宪制。1911 年辛亥革命后中华民国成立时，他主张共和立宪制， 1913 年，梁启超反对袁世凯称帝，与蔡锷策划武力倒袁的"护国保卫共和"运动。袁世凯死后，梁启超出任段祺瑞北洋政府财政总长兼盐务总署督办。9 月孙中山发动护法战争。11 月段祺瑞内阁被迫下台，梁启超随之辞职，从此退出政坛。

梁启超素以"善变"闻名于世。是啊，他的确多变。但有一点毋庸置疑，即忧国忧民的爱国主义情怀是梁启超一生不变的追求。他继承了儒家经世致用的传统，并将这一传统转变成新的人格和社会理想，在不断的"变"里，其宗旨和目的始终不变。他对自己的祖国怀有强烈的社会责任感。他始终想使贫困的中国变为富强的中国，他始终想让任人宰割的中国不再忍受屈辱。他的变，换句话说，岂不是今日的"与时俱进"？

1918 年，梁启超带着中国的气息赴欧洲考察，又带着对世界的认识回到祖国。归国后，他的主要精力从事文化教育和学术研究活动，研究重点为先秦诸子、清代学术、史学和佛学。1922 年起梁启超在清华学堂兼课，从此，他的足迹遍及海淀这块都下宝地，甚至连墓地都选址在这里。1925 年他任清华国学研究院导师，指导范围为"诸子""中国佛学史""宋元明学术史""清代学术史""中国文学""中国哲学史"等十几门课程。并著有《清代学术概论》《墨子学案》《情圣杜甫》《屈原研究》《中国文化史》等著作。清华大学的莘莘学子，坐在宽敞明亮的教室里，聆听他博古论今睿智的教诲……

梁启超辛勤耕耘，在执笔将近三十六年而政治活动又占去大量时间的情况下，每年平均写作达 39 万字，各种著述达 1400 万字，他有多种作品集行世，以 1936 年 9 月 11 日出版的《饮冰室合集》较为完备，总计 148 卷。这是多么惊人的创作数字，多么值得钦佩的创作才华。

梁启超在文学理论上引进了西方文化及文学新观念，首倡近代各种文体的革新。文学创作上亦有多方面成就。散文、诗歌、小说、戏曲及翻译文学方面均有作品行世，尤以散文影响最大。

以 1896 年《时务报》到 1906 年《新民丛报》十年内梁启超发表的一组散文为标志，完成了资产阶级改良派在散文领域的创举——新文体的确立（亦称"新民体"）。梁启超坦然地将他生活的全部世界都纳入了散文创作中。他的散文或揭露批判黑暗丑恶的现实，或为祖国的现状忧心忡忡，或引进西方先进的思想与科技，积极呼吁变法自强，将散文作为其宣传变法思想的工具。不同的侧面汇聚到他的笔下，形成了多姿多彩的世界。他的散文议论纵横、气势磅礴，笔端常带感情，极富鼓动性，"对于读者，别具一种魔力"，语言半文半白。究其成功的奥秘，阅历、眼界、胸襟、学养是其根基。他的代表作《少年中国说》，针对中国现状，分析透彻，条理清楚，运用一连串比喻、排比等修辞手法，行文一泻千里，文章呈现出大气磅礴的风格。尤其是"少年强则国强"，激励了无数年轻人前赴后继。梁启超散文的出现，为中国古典散文向现代散文尤其是五四时期的白话文转化，做了必要的准备。

梁启超是一位感情丰富的人，他对自己的两位夫人，即李蕙仙和王桂荃，及对自己的一群儿女都倾注了深深的爱恋。

清光绪十五年（1889年），梁启超十七岁。他参加了这一年的广东乡试，秋闱折桂，榜列八名，成了举人。主考官李端棻，爱其年少才高，不顾门第之见，将堂妹李蕙仙许配于他。两年后，二人完婚。梁家世代务农，家境并不宽裕，梁启超的生母赵太夫人早已仙逝，继母只比李蕙仙大两岁，李蕙仙仍极尽孝道，日夜操劳侍奉，深得梁家喜爱，在乡里也博得了贤妻良母的美名。

"百日维新"失败后，慈禧命令两广总督捉拿梁启超的家人，梁家避居澳门，逃过了一场灭门之灾。梁启超只身亡命日本，开始了长达十几年的流亡生涯，李蕙仙成了整个梁家的支柱。梁启超在家书中，高度赞扬她在清兵抄家时的镇定表现，称她为闺中良友。鼓励她坚强地活下去，并告诉她读书之法、解闷之言，万种浓情凝于笔端。

梁启超流亡日本时期与第二位夫人王桂荃结为夫妻，王桂荃豁达开朗、心地善良、聪慧勤奋。在民族忧患和家庭颠沛之际，协助李夫人主持家务，与梁启超共度危难。对于这桩婚事，大概是考虑到有悖一夫一妻制的主张，梁启超从不张扬，尽量回避。但是，梁启超所有的孩子对王桂荃的感情都非常深，他们管李蕙仙叫妈，管王桂荃叫娘。 梁思成后来回忆他小时候的一件事时说，有一次他考试成绩不好，李蕙仙气急了，用绑了铁丝的鸡毛掸子抽他。王桂荃吓坏了，她一把将梁思成搂到怀里，用身子护着他。当时李蕙仙还在气头上，收不住手，鸡毛掸子一下下地抽在了王桂荃的身上。

在复杂的政治激流中，梁启超的思想经历了巨大的转变，他头脑中描绘的政治蓝图也由君主立宪制完全转变为民主共和制。1915 年袁世凯复辟后，他又站出来反对帝制。梁启超始终追随着时代的步伐，肩负起天下兴亡的重任。而使他始终无后顾之忧的，则是在他背后默默支持他的两位夫人。在李蕙仙、梁启超去世后，留给了王桂荃九个孩子。王桂荃一人照顾全家上下，且教子有方。梁氏的九个子女多从事科研工作，并涌现出三位院士：建筑学家梁思成，考古学家梁思永在 1948 年当选为中央研究院（中国科学院的前身）首届院士，著名火箭控制系统专家梁思礼 1993 年也当选为中国科学院院士。"文革"后，梁家的子女们，在梁启超与李蕙仙的合葬墓旁种下了一棵母亲树，立碑纪念这位培育了数名栋梁之材的平凡母亲。碑文中有这样的记载："愿夫人精神风貌常留此园，与树同在，待到枝繁叶茂之日，后人见树，如见其人。"

梁启超共有九个子女：思顺、思成、思永、思忠、思庄、思达、思懿、思宁、思礼，其中思顺、思成、思庄为李夫人所生，思永、思忠、思达、思懿、思宁、思礼为王夫人所生。他们中的许多人后来都成为杰出的人才。有人问梁启超最小的儿子梁思礼："你从父亲那里继承下来最宝贵的东西是什么？"梁思礼回答："爱国！"梁启超的九个儿女中有七人在海外学习，个个学业优秀，但是没有一个留在国外，个个都学成归国，报效祖国。

1928 年，梁启超由于经历恩师康有为去世，爱徒范静生去世，王国维投湖等大悲之事。11 月 12 日身患重病的他，已不能伏案工作，于 1929 年 1 月 19 日病逝于北京协和医院。

俗话说，盖棺论定。人的一生就像一出戏，只有落幕后才能判断出这出戏的好坏。其实，人生的戏往往连最聪慧的演员也不知道下一幕会演些什么。不过，真实的人生永远伴随一种必然性自然推进。梁启超的人生戏戛然而止，而他说过"患难困苦，是磨炼人格之最高学校；磊磊落落，独往独来，大丈夫之志也，大丈夫之行也；自信与骄傲有异，自信者常沉着，而骄傲者常浮扬”的话儿，却使我陷入沉思。我逐渐明白了梁启超为什么要做他所做的一切，他内心渴望的是什么……

梁启超当年发出的“少年智则国智，少年富则国富，少年强则国强，少年独立则国独立，少年自由则国自由，少年进步则国进步，少年胜于欧洲则国胜于欧洲，少年雄于地球则国雄于地球”的声音，退出历史舞台了吗？没有。至今犹在中华大地上空回响……

一个天阴雾湿的早晨，我走进了梁启超墓园。墓园建在风景如画的北京植物园里。墓园南向，墓碑造型别致，建在高高的平台上，高2.8米，宽1.67米，厚0.7米。其墓碑、墓顶、供桌浑然一体，皆浅黄色花岗岩制成。墓地右前方有一座白色的八角石亭，亭高4米，四面通畅，穹顶有花瓣图案，造型精美，为梁思成夫妇设计的，拟安放梁启超塑像，后因故未成。整个墓园视野开阔，静谧、雅致，松柏参天，生机盎然，树上的枝条随风摇曳，潮湿、清凉的空气沁人心脾，身上也不时袭来几分寒凉。

我想：历史的尘埃早已落定。梁启超虽然早已作古，而他在我们晚辈的心中化成的却是浓浓的思念，人类与自然浑然一体的思念。

快乐的老头

几缕银白色的头发，稀疏地覆盖在几乎快要谢光的头顶上。两道眉毛白中有黑，黑中有白，它顽强地向世人张扬着自己依然拥有的实力。一双眼睛似睁似眯，虽然下眼袋夸张地落在显眼的位置，有点不合时宜，而一对眼珠却滴溜溜地转个不停，聪明才智尽藏其中。一个超大号的鼻子摆在面部中央，洞察一切。一张嘴巴厚厚实实，嘴角纹自然雕刻在两边，如果不紧紧抿住他的嘴巴，不知有多少俏皮话儿随时会蹦出来。两只耳朵威风凛凛，固守在自己的岗位上。

他是谁？他就是一个快乐的老头，曾经的海淀区文化局副局长、离休干部尹世昌。

说起尹世昌，在离退休的老干部中颇有点知名度。

别看他的个子不高，腿也不是太长，好像不是当舞蹈演员的材料，可他的身体轻盈、灵活，舞蹈动作，婀娜多姿。他的舞龄不短，据说，从年轻舞到快八十岁。在优美的旋律中，舒展着自己的肢体，向人们传递着生命的张力。

他笔耕不辍，其文章带着自身散发的蓬勃朝气。他的每一篇文章都要细细揣摩，查阅了多少资料，花费了多少心血，找了多少人了解情况，只有他自己心知肚明。初稿写就，他不管对方年龄、性别，都虚心请教，听取别人的意见，在此基础上修改成二稿、三稿……

谁有他那样的虔诚？谁有他那样的执着？当他已是耄耋之年的时

候，一篇篇脍炙人口的文章似溪水一样流淌出来，什么《算盘》《老俩故事集》《小兔子告白》等等。我不知道，到了九十岁的他，还会给我们带来什么样的惊喜。

他的主持风格幽默、诙谐，还有几许孩子般的调皮活泼，在爽朗开心的笑声中，不仅给人以智慧的启迪，还令人感受到生命如此美丽。他说："怎么也没有想到，老了，老了，却到了北京电视台，过了把当主持人的瘾。"

他的收藏，别具一格，拾遗补阙，可圈可点，比如报纸资料的搜集，包括名人讣告，伟人毛泽东、邓小平的系列报道，一沓沓分类明确、字迹清楚的资料摆在人们的面前。此外，搜集各个时代高、中、低档的筷子，各种粮票、油票、公园、博物馆的门票等无奇不有，那些不起眼、不值钱的小东西到了他那里，立即化腐朽为神奇。让人们在大开眼界的同时，也会体验到收藏带来的快乐。

他还像天真的孩子一样爱笑，他那欢乐的笑声常常会感染周围的人，不知情的都会以为他的生活一帆风顺，一切尽如人意。其实，他的爱情婚姻生活，走过风雨，踏过冰雪……他经历了自己两任妻子的重病、离世，爱人相继的生离死别，让他流淌了多少心酸的眼泪。而他在巨大的悲伤面前，那不高的身躯，不仅没有一蹶不振，还重新扬起生活的风帆，寻寻觅觅，继续寻找属于自己的爱情。功夫不负有心人，在他花甲之年，一段新的爱情又开始滋养他的心房，给他的晚年生活带来无穷无尽的乐趣。他与老伴都懂得未来有多少个日日夜夜，他们将一同携手前行，编织出新的绚丽彩虹。他的生活，充满甜酸苦辣，他却像高明的厨师一样，烹制出色香味俱佳的美餐。他享受了爱情的甜蜜，儿孙的亲情，他出现在人们面前的时候，就像拥有巨大财富的地主，脸上呈现出的是快乐与满足。

当他步入八十岁的门槛时，他荣幸地当上了海淀文化委离退休老干部党支部书记。他的肩上多了一份沉甸甸的责任，从此他不仅要自己生活充实，追寻一生的快乐，还要带领老党员们一起走在"晚霞红似火"的道路上。那年，支部举办的"庆祝建党九十周年颂党恩、乐晚年作品展示活动"别开生面，获得成功。是啊，他与众不同，他的工作、生活，不会乏味，不会停止，他的身上总有使不完的劲儿，他永远会没事都要找事做，他将不断发现创新的秘密，朝下一个目标努力……

八十七岁，对于很多人来说，已快到生命的尽头。而对于尹世昌，这个快乐的老头，这位老共产党员来说，新生活似乎才刚刚开始。他的眼睛半睁半眯，心里又合计着下一步从哪儿下手？该干点什么？

我多么想问问他，您的一生忙忙碌碌，究竟为了什么？可是我又觉得对于尹世昌这个快乐的老头来说，完全没有这个必要。因为他在我们众人面前的种种言谈举止，似乎已经告诉答案：我的一生忙忙碌碌，只是为了青春常在，笑逐颜开……

不期而遇

我做梦也没有想到，能有这么一天，会与自己从小崇拜的著名评剧表演艺术家马泰，同时出现在中央人民广播电台直播现场……

历史，有时候就是这样奇妙。

2003年11月23日下午四点半，我和北京市群众艺术馆的副书记罗燕，驱车来到中央人民广播电台的北门，当我们寒暄的时候，从一辆黑色小汽车上，走出来一位风度翩翩的先生，一双深邃的眼睛炯炯有神，闪烁着富有感染力的孩子般的兴奋光芒。他那么有气魄，那么威风凛凛，真帅！罗燕迎过去脆生生地叫着："马泰老师！您来了！"

我一听，顿时来了精神，两眼放光，快步走过去，与罗燕同时握住了马泰老师伸出的手。原来我们三个人，都是为了宣传2003年全国都市评剧票友邀请赛，做现场直播的。

在直播现场，马泰老师说起评剧来如数家珍，娓娓道来……

他说："评剧的前身，是唐山落子，后叫蹦蹦戏。二十世纪三十年代白玉霜去上海演出，左翼作家联盟的文人看过演出后，说蹦蹦戏不雅，起名叫评剧。"

他还说："五六十年代的评剧，就像现在的通俗歌曲一样红火。我们那会儿一年365天，演出400多场，长安戏院的观众排长队买票，队伍拉得好长，为了严格顺序，都在衣服后面写上号，我们不光在城里演，还经常下乡演出，记得光海淀区，就去过四季青乡，与劳动模范李墨林生活在一起，后来创作了以李墨林为原型的现代戏。还去过西北旺，去过白家疃……"

他喝了一口水后接着说："跟你们说呀，那时候，有线广播非常发达，村村架起了高音喇叭，农民家家户户都有小喇叭，一到时候那小喇叭准播放评剧，不知培养了多少戏迷呢！"

我静静地坐在马泰老师的旁边，听着他那亲切的回忆，顿时拉近了我们彼此之间的距离，我的心中不断翻滚着一股股的热流……

我看着他，会心地笑了。心说：马泰老师，您哪里知道，坐在您身边的我，就是听着小喇叭，听着您唱的评剧长大的孩子啊，什么《夺印》《向阳商店》《金沙江畔》《李双双》，那小喇叭就是我童年最好的伙伴，而马泰老师就是藏在我心中很久的偶像。

从直播现场出来的时候，我和马泰老师有聊不完的话题，眼看就要分手了，在我的请求下，马泰老师立即伏在广播电台的墙壁上，写下了一首诗，他告诉我：这也是他的书房"一笑堂"的由来。

> 艺涯争峥险象生，
>
> 一席之地鬼神惊。
>
> 自古梨园多其事，
>
> 说说一笑笔墨中。

寥寥数笔，马泰老师就将他的艺术生涯，以及对人生的感悟勾勒出来。是啊，天阴天晴，日出日落，既然所有的路途都不可能平坦，既然有再好的向导，仍需自己努力攀登，那么抱怨、哀伤又能有什么用呢？还不如谈笑风生笔墨中！

就要依依惜别了，我答应明年春暖花开的时候，一定接马泰老师到海淀，重访故地……

春节前，我对文化委员会的惠主任讲了，明年要接马泰老师来海淀的愿望。惠主任赞同地说："好！"

春节后，我对四季青乡的方书记说："过一段时间，等天气暖和些，我要把马泰老师接到海淀区，让他重游故地，四季青是他念念不忘的地方，您要找些中老年人，特别是喜欢马派艺术的群众和马泰老师见面，成吗？"

"没问题，我们四季青的老百姓都喜欢听马泰老师唱的评剧。"

接着，我又来到温泉镇，找到主管文化的付镇长，告诉她让她做好接待马泰老师来的准备。付镇长高兴地说："那太好了！我们把全镇喜欢评剧的戏迷，都通知到。到时候，准把他们高兴坏了，尤其是曾经亲耳听过马泰老师演唱的群众。"

准备工作全部做好了，真是万事俱备，就等着天气变暖。

谁能想到，天有不测风云，马泰老师竟于2004年3月6日与我们永别了。

记得3月8日晚上十点，我下了夜班后，顺手拿起《北京晚报》看，一行醒目的标题跳进我的视线——《马泰葬礼今晨举行》。

马泰老师，您怎么说走就走了。您说要到海淀区重游故地，我们都等着您呢，您怎能不来了呢？海淀区的老百姓心里有您啊！想您哪！

马泰老师，是我国著名的评剧表演艺术家，享受国务院的特殊津贴。他曾担任过中国剧协北京分会艺委会主任、民间民族艺术研究会副会长、中国评剧院副院长、中国评剧院艺术委员会副主任，是北京市第五、六、七、八届政协委员。马泰老师在继承传统的基础上推陈出新，与音乐工作者研究，创出许多新的唱腔。经过几十年的舞台实践，他演出了八十余出戏，他善于把评剧的润腔技巧与其他剧种、曲艺、民歌等演唱方法结合起来，逐渐形成了自己独特的演唱和表演风格。不仅如此，评剧也因有了马泰、魏荣元等一批杰出的男艺术家，结束了新中国成立前以女演员为主的"半台戏"局面，使评剧男演员挑大梁、唱主角，拓宽了评剧表现题材的范围，为评剧艺术的发展增添了绚丽的光彩。

马泰老师匆匆忙忙地走了，而他塑造的数十个光彩照人的人物形象却永远留给了我们，《金沙江畔》中的谭文苏、《野火春风斗古城》中的杨晓冬，《夺印》中的何文进，《向阳商店》中的刘宝忠，《李双双》中的孙喜旺……

马泰老师在《向阳商店》中饰演刘宝忠，唱道："崔玉海，听明白，新社会绝不能够埋没人才。大材大用，小材小用，文化低书底浅，你只好站柜台。你不要瞧不起商业工作，好汉子不稀罕，赖汉子干不来。我劝你安心工作多忍耐，要相信社会分工合理安排。只要打通思想心情愉快，这叫作量力而为你为何想不开？" 四十年多前，马泰老师浑厚圆润的声音至今都萦绕在我的耳边。

马泰老师想来海淀，却未能实现，这竟成了我们海淀人永久的思念！思念，是一种催人向上的动力，我们将在这无穷无尽的思念中，反省、砥砺、成熟，把海淀的家园建设得更美好、更和谐。

马泰老师，无论您走到哪里，我们都不会忘记您在海淀留下的足迹……

郑宏涛和他的学生们

　　每到周一下午，当人们轻轻走过海淀老龄大学第一教室的门口，总会被里边的景象深深地吸引……

　　一位个头不高、壮壮实实、满头银发、精神矍铄的老师站在画桌前，挥毫泼墨、妙笔生花。一群头发花白的学生，聚精会神地围绕在周围，观摩老师示范作画。看到精彩处，学生们屏住呼吸，教室里鸦雀无声，连一根针掉在地上都能听见。

　　这就是海淀老龄大学郑宏涛任教的写意花鸟中级班上课的一个缩影。无论是授课的老师，还是听课的学生，给人扑面而来的印象便是开朗、坦荡、童心可鉴。眉眼间流露着仁慈、安详和孩童般的纯真。

　　郑宏涛，出生于1936年，河北省枣强县人。自幼酷爱美术，齐派艺术传人，师从娄师白先生，1957年考入北京中国画院进修时，得到著名画家陈半丁、王雪涛、娄师白等先生的教诲，二十岁入室娄师白大师学画，擅长写意花鸟兼工山水，经过几十年的艺术探索，已形成自己的风格，笔墨苍劲浑厚，色彩浓郁适度，画风清新潇洒。他的多幅作品被人民大会堂、中南海、毛主席纪念堂等处收藏。

　　我是写意花鸟中级班的学员，已经追随郑宏涛老师学画好几年了，我和大多数同学是从花鸟初级班学起，升到中级班。几年来，我们与郑老师从不熟悉到熟悉，从一点儿不懂国画，不会用笔、用墨、用色，像刚学走路的孩子一样蹒跚起步，从画得四不像，到逐渐像模像样。说起不善言谈的郑老师,是怎样把我们引入绘画的殿堂的,至今我都不知从何处说起。因为他很少长篇大论,很少讲绘画理论,大多数情况下都是边示范绘画,边讲一些要领。

记得郑老师给我们上的第一堂课讲理论算是最多的。他告诉我们:"我们要学的是中国画,中国画大体分为工笔画和写意画两大类,而写意画里面又分山水、花鸟、人物,我们班要上的是写意花鸟画,写意花鸟画要求意存笔先、画尽意在、以形写神、神形兼备。初学的同学不要着急,我们的写意花鸟教学从浅入深。"

教学是从画虾、画蟹开始的,逐渐教画花、鸟、草、虫。每当我们围在郑老师周围,观摩他作画时,真的是一种美的享受。当他创作出晶莹剔透的葡萄、金灿灿的柿子、高歌的雄鸡等艺术形象的时候,我们都会低声喝彩,生怕影响其他班的教学。"真棒""太漂亮了"的赞扬声会脱口而出,而此时此刻的郑老师,会笑着对同学说:"在课堂上画示范画,比我在家中作画情绪更饱满,更有创作激情。"有时,我们看到他画得那么精彩,就说:"我们的画,画得那样难看,什么时候才会画成老师那样?"郑老师笑着说:"不画二十刀纸,算不上会画画。你们像我一样,画它五十年,准成。""五十年!我们倒想画它五十年,可惜,活不到啦!"同学们相视一笑,教室里充满了欢快的笑声,笑声飞出窗外,传得很远很远……

我们班的同学来自北京市的各行各业、四面八方,年龄最小的也有五十多岁了,最大的已经八十多岁了。皱纹早已爬上了我们每个人的眼角、额头,留下了岁月的痕迹,白发以摧枯拉朽之势不容置疑地占领着我们的头顶,向世人张扬着我们无法隐瞒的年纪。尽管如此,我们依然怀揣着人生的梦想,不约而同地走到了一起。

我们班年龄最大的同学叫戴兴任,和我是同桌,今年已是八十多岁。她家住在很远的地方,每次都是自己乘公交车前来上课,既没有老公陪伴，也没有儿孙陪伴。我常想，自己的妈妈八十多岁的时候，我们做子女的再也没有让她独自出行，而自己身边的很多家庭也是这样的，老人只是在自己居住的小区散散步，仅此而已。戴兴任同学不仅能正常上课，而且画的画在我们班中也是数一数二的。虽然她的年龄最大，可健康指数不低，形体保持姣好，令人称奇的是她头顶的黑发居然多于白发，一头茂密的及肩烫发散发着女性独特的魅力，让我们羡慕不已。我常想：她就是二十多年后的我，而我如果能像她那样身体健健康康地追求自己人生的最终梦想该有多好！

年龄为亚军的同学叫李振，是京城著名的管篓李后代，他擅长画虾、蟹，看到我们班很多同学初学不得要领，便送给全班每个同学一幅小画，让我们欣喜不已。

我所在的小组是二组，组长名叫王秀槐，来自科研单位，她对工作认真、仔细，在组员中传阅老师示范画时，总能做到先人后己。那年，她患上骨关节炎，腿部疼痛难忍，她坚持边输液，边上课，每当看到她拖着病腿挪动身体的样子，我的心顿时缩紧。

我们班有两个班长，一男一女，女的叫张维众，管分配老师的示范画，管课堂纪律。男的叫杨文贵，是全班最优秀的服务员。上课前，同学们要在墙上悬挂自己的作业，这时总能见到他的身影。"给我，我来挂。"课后，同学们需要将老师的示范画复印成照片，又是他和付淑英同学，不辞辛苦来到学校外面的复印部，根据所需人数复印。他为同学们服务从不嫌烦，别看他个子高高大大，做事可有耐心啦。

赵爱华同学画的画只要挂在墙上，大多数情况下都会受到老师的表扬，成为示范画。可他总说自己画得不行，为人谦和，做事低调。

新同学李芸，虽是插班生，可学习的劲头可足了，不管画得如何，每周上课她都带来作业，悬挂在墙上，让老师点评。别说，她的进步可快啦。

在这样的班集体，我们同学之间的关系随着时间的推移，越来越密切，友谊日益深厚。我们与郑老师的关系也越来越和谐，越来越喜欢上他的课。无论严寒酷暑，课堂上的我们从不疲倦，专心致志听他讲课，看他作画。课堂上，师生之间常常心领神会，妙语连珠。有一天，一个被大家亲切地称为书童的同学请假未来上课，上课前，郑老师拿着画笔扫了全班同学一眼，便问："书童呢？他怎么没有来？"大家会意地笑着说："他家中有事，没来。今天您换个书童吧。"

2013年春节过后的第一节课，有同学告诉大家："郑老师的老伴患病后卧床多年，他悉心照顾。老伴病逝后，他再婚，当上了新郎。"当郑老师阔步走进教室时，全体同学热烈鼓掌，祝贺郑老师当上新郎。郑老师非常高兴，激动地对我们说，他的婚姻是双方儿孙促成的，儿孙希望他的晚年生活幸福。他说："现在的老伴对我很好，生活上照顾得很周到，现在我回到家里可以专心作画，没有后顾之忧。"他就像对待家人一样，向我们诉说着自己的喜怒哀乐。

讲评学生作业时，郑老师或鼓励、或批评，给我们指出改进的地方，甚至有时用铅笔直接在画上纠正不足。而我们这群在人生路上经历无数风风雨雨的大龄同学，既为郑老师对自己作品的肯定或表扬而高兴得忘乎所以，也为自己的作品不佳，遭到了否定或者批评而心生愧疚。这哪里是成年人，分明就是一群刚上小学一年级的孩子，简单、纯洁，充满生命的张力。

郑老师谆谆教导我们说："为了扩大眼界，增加知识面，你们不要找理由，说自己年龄大了。一定要学会使用电脑，学会上网。那样，你们不光听我讲课，还可以点击我的博客，那里有我大量的绘画作品，以及外出旅游拍摄的照片，能帮你们增加知识的积累，扩大你们的信息量，为画好花鸟写意画打下基础。"

面对一位八十岁，创作颇丰，依然孜孜不倦学习的老师，我们能说什么？面对像孩子一样渴望画出更多更美的写意花鸟画的同学，我们能说什么？面对一群追求实现中国艺术梦的写意画鸟班的师生，我们能说什么？

一个生命到了"只是近黄昏"的时节，落霞也许会使人留恋、惆怅，而它带给世界瞬间的美，却永远定格在人们的心间。

我的大学

　　我就读的大学——海淀老龄大学与众不同，她没有平坦开阔的校园，没有浓荫遮盖的小路，更没有一道结实的围墙。她是一所名副其实的开放式大学，坐落在繁华的中关村丹棱街新海大厦的八层和九层。当你走进这所学校，就如同走进了艺术的殿堂。走廊两侧的墙壁上，悬挂着老师们创作的巨幅书画作品，有齐心老校长的《任君游》、姚增朴老师的《钟馗阿妹》、郭学秀老师的《翠羽霞光》等，整个走廊显得十分干净、雅致。当你推开每一间教室的门，你都会看到学生们渴求知识的眼睛，教师挥毫泼墨的身影，偶尔也会传来师生们开心的笑声。

　　我是 2011 年走进这所大学的，当时就读于郑宏涛老师的写意画鸟班。我原来的梦想就是好好向老师学习花鸟画。谁知，进入这所特殊的大学后，却接连发现自己知识储备的不足，好不容易画的花鸟写意画像模像样了，可又不会书法，落不了款。虽然酷爱唐诗宋词，可对诗词格律一窍不通，真是"学然后知不足"。今年年初，听说，诗文班一座难求，更燃起了我求知的欲望。年中，我终于插班成功，挤进了名噪一时的诗文班。

　　每周一上写意花鸟课时，面对着满头白发、精神抖擞的郑宏涛老师，我都会从心底发出感慨，有这样对艺术孜孜追求六十多年的老师，我们只要坚持勤学苦练，何愁不能画出自己心中最美的画卷？当郑老师画蜜蜂时，寥寥几笔，一只栩栩如生、活泼可爱的小家伙便跃然纸上。课堂上，郑老师铺开四尺宣纸，边讲边画，不到一个小时，一幅"接天莲叶无穷碧，映日荷花别样红"的国画就出现在我们的面前。郑老师把我们引进写意花鸟画的广袤世界，虽然是初见端倪，却让我们领略了其中的无限风光。转眼间，四年的时光即逝。我对写意花鸟画爱之深切，终身不能自拔。

每周四上孟非老师的诗文课，我们就像进入了中国传统文学浩瀚的海洋，孟老师讲述的司马迁《史记》把我们带进了楚汉相争的年代，让我们近距离走进刘邦、项羽、张良、韩信……吟诵唐诗宋词，让我们徜徉在艺术的海洋。同学们的脸上显现了恬静安详的笑容，干净明媚如秋天午后的阳光。

我在这样的艺术熏陶中，生活也发生了悄悄地变化。当我把宣纸铺在饭桌上，手握毛笔，凝神屏气开始作画时，就像是一位真正的画家，一幅幅《万事如意》的柿子、《紫云飘香》的紫藤出自我的手下，顿时平添了我的一股豪气，增加了自信，以及生命的张力。

听说，学校除了郑老师、孟老师外，还有很多很多优秀的老师。其中，项未来、包景洲、孙建中等书画老师各具特色。如果有可能，如果我的生命允许，我都要一一挤进他们的课堂，接受他们知识的传授，领略他们独特的风采。不仅如此，我的大学还拥有校长领导下的一支精干和谐的管理团队，是他们操持着学校的大事小情，维持着学校的正常运转。他们常常需要加班加点，可别忘了，他们大多也是年过花甲的人了。他们中的很多人，曾在自己的工作岗位上出类拔萃。其中，儒雅的张治田校长引人注目。他原是海淀区的政协主席，自从就任海淀区老龄大学校长后，学员常常能看见他忙碌的身影。诗文班的孟非老师因工作需要不能继续担任新学期的课了，年轻的博士孙玲玲老师接任他的工作。当新老师给我们上第一节课的时候，张校长悄悄坐在了教室里，细心聆听……

我的大学，是北京市创办的第一所老年大学，如今拥有2000多平方米的校舍，拥有现代化的教学设备，硬件设施完善，教室宽敞明亮。拥有80多个教学班，种类繁多，什么摄影班、计算机班、甲骨文班、篆刻班等，拥有 3200 多名学员。31 年来，已有 20000 多名学员结业，成为以传承弘扬中华民族书画艺术为特色的、闻名遐迩的老年书画艺术最高学府。

我们班的马四秀同学不仅热爱花鸟画的学习，对绘画一丝不苟，有的临摹老师的作品竟能"以假乱真"，她还创作了许多可圈可点的绘画作品，与此同时，她还不忘学习现代化的技术，课堂休息时，热心帮助同学们掌握使用微信的一些技术要点。

最令诗文班同学感动的莫过于，聂曾祥的《每日一诗（词）》。聂曾祥曾是诗文班的老学员，诗文底子较厚。自从他旅居澳大利亚后，通过微信群，坚持每天转帖一首唐诗或宋词，并给出注释、解读或今译。从 2014 年 11 月开始，到 2015 年 9 月共发布了 200 多首。谁也没有想到，除了课堂外，网络平台也发挥了重要的作用。

我的周围还有很多榜样，不能一一列之，比如办公室的刘滨、魏节……尽管如此，他们对我心灵的震撼与感动都是我始料未及的。

日复一日，年复一年，年过花甲的我，背着书包去上学，乐此不疲。不论是百花盛开、风和日丽的阳春，还是雷雨交加的炎夏，不论是狂风呼啸，尘雾茫茫的深秋，还是雪飘万里的严冬，都不能阻挡我上学的步伐。

我虽然步入了老年，可庆幸的是童心未泯，没有忘掉年轻时尚未实现的梦想，我想当画家，想当诗人……可爱的海淀老龄大学给我插上一双理想的翅膀。我在这里学习，就像回到了少年时代：简单，纯净。我爱我的大学，这将是我人生最后一所大学，是我们学员心中的"清华""北大"，是我们老年人实现人生梦想的地方。

在往后十年或者二十年的时光里，我的大学，将给我充足的营养，滋润我日益干枯的身体；我的大学，不知何时早已融入了我的灵魂，她已成为我心灵的家园。我的大学，有我永远渴求不完的知识，有我永远欣赏不完的艺术瑰宝。我爱我的大学，我爱这里的阳光，我爱这里的空气，我爱这里的老师，我爱这里的同学……

匪夷所思

生活中不乏睿者、智者、悟者，但他们往往隐于闹市，抑或神龙见首不见尾。想见，而无缘相见。读著名作家王贤根的散文《用自己的头站起来》，却让我有幸与他们中的一位在书中相见。这是一位充满智慧的老者，在作者的笔下生动而鲜活，就好像站在我的面前，轻声诉说……

当我听说这篇文章的题目《用自己的头站起来》，竟被吓了一跳。静下心来，仔细阅读王贤根《用自己的头站起来》这篇散文时，激动的心情溢于言表，我像小孩子吃糖一样反复咀嚼，沉浸其中。

这篇散文篇幅不长，却采用了戏剧的场景、美术的素描、小说的心理描写等多种艺术表现手法。明明是散文，又像小说。不管是什么，字字句句都钻进我的心窝。文字简洁、素朴，文章似一幅幅国画悬挂在你的面前。画面上的人物深邃灵动，寓意深远，给人以强烈的视觉冲击。

作者在家乡的小镇上，看到街角有块场地，围着黑压压的人群，窥见圈内一位老人满面红光，白须飘忽。拱手言语，嘈杂中听不清。倏然，只见他弯腰，头顶地，嗖的一下倒立起来，两手平伸，双腿并直挺立。我看到此处，顿时惊呆无语。

围观者一片惊叹之后，第二个画面出现了：神奇的是，老人双脚一蹬，来了一个倒立转体，唰唰地接连数个。就像四川变脸一样，不断变换方向，无人不惊。

正在作者为老人揪心之时，老人的腿自如地一勾，又一勾，头在地面竟然从容地像脚那样挪动，仿如行走……老人收放自如，有惊无险。

我犹如来到了仙境，有幸看到了如此震撼心灵的场面。

群情顿沸，作者被挤在人堆中，待有缝隙见老人，他已作揖致谢。翩翩君子，优雅而谦和。

作者顿有感悟，即刻叩拜。待抬头，老人已经飘然而去。真乃大悟无言。

老人何时来的，无人知晓？老人瞬间在作者面前飘走，是作者亲身经历。扑朔迷离，真乃来无影，去无踪。

在王贤根的笔下，一幅幅勾勒生动的画面，摆在读者的面前，匪夷所思！这究竟是真是假？若是假，这是作者亲眼所见；若是真，怎么可能？一指禅，我在电视里见过此类报道。而头顶地，倒立起来，两手平伸，双腿并直挺立，已是奇迹。怎么可能又出现后头的画面？老人的腿自如地一勾，又一勾，头在地面竟然从容地像脚那样挪动，仿如行走……

是啊，这样的奇人奇景，在我们以往的生活中从未出现，它会惊呆包括我在内的很多读者，引起人们广泛的阅读与思索。

如果王贤根的散文《用自己的头站起来》仅仅叙述至此，也就罢了。然而，作者的功力非同一般。只见他笔锋一转，娴熟地运用心理描写以及精彩对话的艺术手法，将读者带进了一个更为深奥的地方，你不由得随着作者的提问而提问，随着作者的尴尬而尴尬，随着作者的期待而期待。

不信，您且看作者如何下笔。

人群渐散。钦佩感、惊奇感的驱动，作者决意问问老人。

"师傅，倒立有什么好处？"

老人微笑，没有答话，两眼蓄满和善、睿智。

作者陷入尴尬，却分明感到他是那样的亲切，那样的和蔼，仿佛是见到了素未谋面、仅在老祖母口中常常念叨的爷爷。作者期待着。老人的目光，像两只温暖的手，抚摸着作者。

老人默然，又似表达。

　　看到作者这段逼真的描写，我仿佛觉得，那位鹤发童颜的老人也站在了我的面前，他的目光慈祥，温和地打量着我……一股从未有过的温暖袭来，唤醒了我内心深处许久的等待。

　　此时此刻，"相识满天下，知心能几人"出现在我的脑海。

　　在作者的满心期待中，老人终于开口，轻轻说道："人，用眼睛看清太阳下的一切，却看不见眼睛后的自己。"

　　作者怔住。我也怔住。是啊，人如何看得见眼睛后的自己？

　　老人的目光仍然温和，语气徐缓："看清眼睛后自己的是心。"

　　仰视他，作者胸中忽地点燃一团火。

　　"看清自己才有觉悟。"老人稍有停顿，"其实，人，靠自己的头，才能真正地站立起来！"此刻，寂静无声。老人露出满脸的谦和与宽容。

　　读到此处，我陷入沉思，细想：看清自己谈何容易？如果能看清自己，岂不是山高水长？岂不是烟消云散？人，靠自己的头，才能真正地站立起来！一个四肢健全的人，如果不想奋斗，或好吃懒做，或消极颓废，那么，他就是一个无法站立的"废人"，更不可能有所作为！而一个残疾人，虽无健全的肢体，却可用顽强的意志，支撑自己的身体，自食其力，赢得人们的尊重。如果，我们都能用自己的头站起来，这个世界将会变得多么美好！

　　老人的每句话，似乎都有禅意，需要达到一定的境界才会豁然。老人的每句话，似乎都蕴含着我们尚未理解的人生哲理。看似简简单单，却是老人经过多少年的历练所得。

　　此数言，振聋发聩。

　　文章描述的老人，究竟是圣人，还是仙人，已经不太重要了，重要的是他给我们留下了无限的感悟……

守卫松树林的精灵

炎炎夏日，我在作家平台看到了王龙的小说《旧事缠绵》，本想蜻蜓点水般迅速浏览，没有想到的是，我被这篇小说吸引，欲罢不能，竟一口气仔细读完。掩卷长思，不吐不快。

这是一篇与众不同、独辟蹊径的小说。

作家王龙高明之处在行文中随处可见。作者以第一人称的语气讲述故事，故事惊心动魄、跌宕起伏。

开篇奇特。小说一开头，就令读者心惊肉跳、惊诧不已。小说采用拟人的手法写景开篇，巧妙地引出故事中的主人公——四姐"那天刚好雪后初晴，蓝瓦瓦的天蹲在松树梢上打盹，云朵溜进松树林，纠缠着婀娜的松枝，<u>丝丝缕缕缠缠绵绵的</u>，让四姐的心里有一种黏糊糊的感觉。"读者会惊讶地看到，天，会像东北老乡一样蹲着；云朵，像人一样溜进树林。周围的景致，在作者的笔下都灵动起来。作者写道："四姐二十二岁了，身体像一朵儿深秋的皮棉，熟了，裂了，绽开了，要溢出来了！四姐手热脚热，眼珠子也热，总想把身上的衣服脱下来，让雪焐一下，让凉风吹一下……" 如此夸张的手法，让读者在不可思议之中领略了四姐火爆的性格。

当四姐赤身裸体站在雪地里，迎着冷风觉得眼睛通气了，憋闷顺畅的时候，一只狼悄悄地从身后向四姐靠近。这样的开头，世上能有多少男人包括女人抵挡得住眼前的诱惑？刘三儿同样不能。刘三儿是松树林里的护林员，当他亲眼看见四姐一身雪白嫩肉的时候，他被惊呆了。

正当四姐拼命奔跑，狼疯狂追逐，近在咫尺，就在狼纵身一跃的刹那，四姐也飞身而起，抓住了头上一根粗大的树枝……护林员刘三儿赶到了……

欲知后事如何，且要读者亲自阅读令人称道的小说。

作者王龙用一支神来之笔，写开篇、道结尾，塑造一个个鲜活的人物，其描述的情节生动离奇，跌宕起伏，写得风生水起，妙趣横生。

作为读者，你无法预料下一步剧情的发展。等到了刘三儿、四姐等护林人先后被人打死被火烧死的时刻，剧情发展到达了巅峰。小说在写最后一场松林保卫战时描写道："太阳向西山落去。西山像一道水线，在黛色的阴影下摇摆起伏。水线折射着艳丽的霞光，把大嫂的周身涂抹得一片金黄。脑后涌起的一阵冷风，让大嫂哆嗦了几下，她感到一股阴气直逼肺腑。大嫂扭过头，向四姐的坟头张望。大嫂知道四姐醒了，四姐和刘三站在她身边，再后边，站着我大伯。现在，大嫂不再心虚了，我们家的人死了也像活着，关键时刻还可以出来为亲人撑腰。"

作为读者，小说几次触动我的内心，我已悲痛万分，按常理眼泪瞬间就该流淌出来，随后，我很快就会在抹掉泪水的同时，悲哀的心情得到平复。可《旧事缠绵》偏偏不是这样一个写法，本来该哭的时候，却让你欲哭无泪，只是倍感悲壮与凄凉，悲伤的情绪在你心中纠结徘徊，你无法排遣，堵得难受。到了该笑的时候，我却笑不出来，因为那笑是凄美的、苍凉的。从来没有见过这种小说，欲笑不能，欲哭不能。

《旧事缠绵》的结构紧凑，环环相扣，容不得一点松懈。种种神秘莫测的诸多因素，就像守卫松树林里的精灵一样，紧紧吸引着你的目光。

小说情节的发展总是出人意料，可又在情理之中。小说写道："我大娘拄着一根木棍，不要任何陪同，默默地站在四姐的坟前。奇怪的是，每逢我大娘站在那里，整片林子就像一群听话的孩子，风不吹草不动，鸟儿衔着阳光落下来都没有任何声响儿。我大娘的眼前出现了数十年来的岁月变迁，出现了好多活着的或死去的熟人面孔。我大娘是个明白事理的老人，她知道，眼前这些松树已经在我们家人的心里扎下了根，就算是鲁智深在世，也休想把它们拔出来。"

一望无际的松树林，受到了四姐、刘三儿、大伯等人的保护，他们与砍伐破坏松树林的远征及李不点儿、林业站长等进行不屈不挠的斗争，他们不惜用生命做代价，最后成为保卫松树林不屈的精灵。

他们三位前赴后继不惜牺牲的精神被大嫂及孩子们传承，继续与林业站的张站长等人进行殊死的抗争，大嫂对前来调查的女领导说："我家为了这片松树林，已经搭上了三个死人一个活人。"女领导一怔，大嫂详细讲了刘三儿、四姐、大伯以及远征大哥的故事，讲到后来，两个女人抱在一起痛哭。

谁料想，事情有了转机，新建的高速公路避开松树林，松树林被划进原始森林公园，永无滥砍盗伐之虞。

小说看起来似乎亦正亦邪，其实充满了满满的正能量，保护资源，保护地球，从敬畏松树林，敬畏大自然，敬畏人类自身开始。小说歌颂了四姐、刘三儿之间纯洁的爱情，用不少笔墨描写了他们之间和谐的性生活，却又恰到好处地收住。

小说在人物塑造上，获得了极大的成功。四姐、刘三儿、大伯、大嫂、大娘等人物栩栩如生，过目不忘，是小说一大看点。

小说诉说的区域，是一片松树林。《旧事缠绵》中的人与松树之间产生了微妙的依存关系，每个人似乎都是挺拔的松树，而每棵松树似乎又都是鲜活的人。由此，小说给读者带来强大的视觉冲击力。

小说运用诸多与众不同的表现手法，包括运用散文任意而谈，无所顾忌的写作手法，使环境、心理等方面的描写更加出彩，有助于境界的提升。

　　王龙的小说《旧事缠绵》，是近年来不可多得的一篇优秀小说，说句心里话，与我二十世纪九十年代初次看到陈忠实《白鹿原》时的感觉，有异曲同工之妙。

巷子幽幽

有人曾告诉我，写书评不是闹着玩的，因为这是一个灵魂与另一个灵魂的对话。的确，若评得恰如其分，作者会心生"若有知音见采，不辞遍唱阳春"之感；而若评不到点上，则只会让人发出"钟期久已没，世上无知音"的哀叹……当我静静阅读王龙的散文《巷子》时，一种从字里行间溢出的沉重感，突然向我挤压过来，几乎令人窒息。

而窒息中，想写一篇评论的冲动却又不可抑止地涌上心间。

言归正传。

如今的中国文坛百家争鸣、百花齐放，王龙跻身一流作家之中，凭长篇小说《血色辛亥》获华侨华人文学奖。他发表的《狼》《旧事缠绵》等文学作品深入人心，深受读者好评。究其原因，落了一句老话：铁杵磨成针，全凭功夫深。

王龙痴迷阅读，用心体悟，勤于练笔。仅 2012 年一年间，他就阅读了 200 本书。而从 2009 年开始，连续六年，他每天写 5000—8000 字。他的阅读秘籍是：先文学，再哲学，再历史，再文学。听起来不复杂，可又有多少人能坚持下来呢？一个朝气蓬勃的年轻人在自己最好的年华里，不去追求风花雪月、追逐名利，而是一心一意地将自己沉下去、沉下去，令人钦佩……王龙长期深入底层社会，不为外界的浮躁喧哗所动，凭着一颗沉静之心，手握一支敏锐之笔，把自己修炼成笔下生花、谈吐自如、文峰刚健而灵动的作家。

《巷子》是王龙的散文代表作。他在这个巷子里隐居十二年，巷子里的人不知他是谁，只称呼他为"眼镜"。十二年里，他与所有的亲朋好友断绝来往，逢年过节也是"独在异乡为异客"。他一头扎进巷子里，再没有出来，亲朋好友中没有人理解他内心对文化深深的渴求，唯有骂名而已。

亲爱的朋友们，让我们走进王龙笔下的巷子，一起感受巷子的阴暗、潮湿，还有那尚存的古老与厚度、安静与善良……

巷子叫南天九巷，是棠溪南天十几条巷子中的一条。1998年4月，王龙第一次走进南天九巷。淅沥的雨声像一个个残存的文字，让他倍感凄清。他看到地面由磨得发亮的条石铺就，从条石上依稀可辨道光或咸丰的字样，让巷子显得幽深，显出陈年的力度。

王龙笔下的巷子，是沉闷的，巷子里的砖石、光线、楼上防不胜防的滴水以及暗暗流动的略有些腐臭的气息都让人陷入沉闷之中。巷子是缺少光线的。巷子很窄，村民盖房时，把占地的能力发挥到了极致。楼有八层，一栋靠着一栋，几乎没有间隔。租户们住的房间整日没有阳光，白天也要开灯。巷子，是肮脏的。无论白天黑夜，巷子里都有无尽无休的垃圾，散发着强烈的腐臭味儿。

巷子除了黑暗，还有什么？王龙告诉我们，巷子还有宽容，还有比岁月更长的故事。从巷子中常常飘出四川菜的香味。巷子里还有骨瘦如柴的阿婆。在阿婆那张皱纹交错的脸上，刻满了时间的痕迹。阿婆每天带着防盗门的钥匙，为没带钥匙的房客开门。巷子里有不失善良、对人友好真诚的女人。过年的时候，不能回家的人会凑到一起吃顿团圆饭，每人端来一二个菜，或者某人做东，把酒言欢。

在《巷子》中，王龙自言自语：在这里一住十二年，就像我天生就是巷子的一部分。但我知道我不是。我是一把没开刃的剑，巷子是磨石，我进巷子是自我琢磨的，我渐渐有了锋芒，用不了多久，我会变成一把寒光闪闪的剑，剑锋所指，神鬼难欺。

　　在对巷子的深情描述中，王龙自始至终都将自己的心灵完全袒露出来，与巷子一起悲喜、一起紧张、一起恐惧。在他的笔下，巷子简陋中有复杂，肮脏中有洁净……

　　我们仿佛看到，巷子总在围着作者转，作者也在围着巷子转，在彼此的几番交手中，作者变了，变得驾轻就熟，甚至告诉读者，他就是在这个肮脏的巷子里，迎来了自己冰雪聪明的恋人——雪儿。此时，读者将原先呈现的悲哀紧张的情绪一扫而光，兴奋的心情溢于言表。

　　《巷子》，是发挥散文这种独特文学艺术的标本，看似洋洋洒洒、无拘无束，其实作者一直在瞄准靶心，一刀下去，见血封喉。

　　《巷子》，在我们面前呈现的是一幅立体画面，所有的人物都在巷子里鲜活灵动。

　　《巷子》，讲究笔笔中锋，神完气足。王龙对语言艺术的运用所向披靡，娴熟自如，可以说达到了炉火纯青的程度。

　　王龙是一个真正的写者，他用自己的青春和热血，去体验巷子的深度及广度。最终，他变成了"海绵"，尽可能多地吮吸巷子的养料，巷子里的三教九流都在他心里走动，待写作《巷子》时，需要什么都可以信手拈来。由此，一部优秀的作品《巷子》横空出世。

　　如今，我们进入了飞速发展的新时代，国家日益强大，国力日益增强，我们的祖国昂首阔步走在世界前列。这都是值得我们骄傲与自豪的。而王龙则深入巷子，一住就是十二年，与巷子共生共存。这该是怎样的沉寂与隐忍？他用锋利的笔触描绘出了巷子中的各色人物，通过《巷子》告诉我们，这里还生活着一群缺少文化滋养、缺少生产技能、缺少呵护与温暖的人，他们的生存状况亟须改变。《巷子》最可贵的是它始终关注众生百态，关注弱势群体，关注普普通通的老百姓。这样的写作者，内心拥有的是深沉而厚重的大爱情怀。我相信，看完《巷子》后，我们每个人的心灵都会在此得到救赎。

　　话说到这里，一睹《巷子》与众不同的风采，恐怕已成为您此时此

刻最迫切的愿望……

卷五

寰宇记快

桂林山水感怀

山头

桂林当地人有一句顺口溜：北京看墙头，西安看坟头；上海看人头，桂林看山头。

在北起兴安，南到阳朔近 100 公里间，石灰岩地形遍布，使得桂林诸山奇峰林立，叠彩山、象鼻山、伏波山犹如巨象、玉笋，形态各异。从远处望去，桂林的山处处是景，处处是画，那画中的山锋利的少，秀美圆润的多，个个都像揉尖了的馒头。

在桂林市内阳江和漓江汇合处，有一座山因酷似巨象伸鼻吸水而得名为象鼻山。其山顶平展，北端有明代的普贤塔，山下是水月洞，是由象身及象鼻自然形成的圆洞，清清的江水贯流，轻轻的小船荡过。站在象鼻山脚，看青山耸翠，秀竹翩跹，望江面小船儿悠悠，岸边烟雾缭绕。心里痒痒的，颤颤的，被一种激动的情绪感染着。据说，这头大象是玉皇大帝身边的一位大将，一天，它悄悄来到人间，看到了美丽的桂林，乐不思蜀，玩得忘掉了吃饭、睡觉。后来，它病倒了，当地人们细心照顾，喂饭喂药。大象病好后知恩图报，它帮助桂林人疏通水利，灌溉良田，并想留在人间。玉皇大帝得知后勃然大怒，立即派托塔李天王前去捉拿。当大象正在漓江喝水时，不幸被李天王用箭射死，化为象鼻山。

如果象鼻山为我们讲述了一个悲壮的故事，而叠彩山却为我们展示了五彩的诗篇。

叠彩山海拔不过 73 米，但全部用彩石组成，色彩斑斓，挺立在四周山峰的中央。一进山门，一副醒目的对联，"到清凉境，生欢喜心"，令人耳目一新，颇有同感。主峰明月峰有许多古今名人留下的脍炙人口的诗篇和名言。印象最深的是陈毅将军的笔迹：愿做桂林人，不愿做神仙。这是 1963 年，陈毅陪同西哈努克亲王来桂林时留下的名言，成为对"桂林山水甲天下"的最好诠释。

奇岩

桂林山峰之多，山峰之美，形成了一道独特的风景。而在这些山峰之中，隐藏着无数的岩洞。以七星岩、芦笛岩、冠岩最为著名。

当我们来到了神秘的冠岩时，导游小姐悄悄告诉我们，这里的电梯号称中国亚洲溶洞第一梯。随之，我们被装进了高度有 36 米的电梯，里面的人装得满满的不知将被送往何处。电梯迅速下降，外面的景观飞快地变化着，让人感到扑朔迷离，深不可测。出了电梯顺着狭窄的通道向前摸索着，走了不到 10 米，导游小姐告诉我们在此等待，甬道只够两个人侧身而过，外面已是乍暖还寒时，里面却闷热难耐。不大一会儿，人们纷纷解开衣扣，不时擦擦头上的汗水。人终于等齐了，我们跟着导游小姐一路前行，走着走着，我们听到了隆隆的波涛声，好像万马奔腾，又像是大海的波涛，从远处滚滚而来，令人心惊胆战。导游小姐说："我们来到了冠岩第一景，名叫曲桥听涛。这儿是九曲十八湾，每走过一座小桥，就会听到迅猛的波涛声，这是地下水流淌发出的声响。"原来，冠岩是一个巨型的地下河洞穴，全长 12 公里，流域面积 80 平方公里。这平添了冠岩神奇的色彩。那地下河水哗哗的响声，早已把我们的魂勾走了，此时此刻，我们多么想看看它，多么想在它的上面坐坐船，一切都是顺心如意，我们真的坐在了只能容纳十人的小船上，心情既紧张又兴奋。小船出发了，周围一片漆黑，只有我们手上的那盏灯，发出萤火虫一样的光。借着微弱的萤光，我们看见了奇异的景象：水道只够两只小船通过，船的两边都是奇特的怪石，有时稍不留神，凸起的石头会从你的耳边蹭过，吓得你冒出一身冷汗。我想摸摸水是凉还是热，可又怕发生什么意外，好不容易下决心摸了一把，至今回想起来也不知究竟是冷还是热。我去过不少地方，可从来没见过这样的景象，更没有这样胆小过。我们的小船在水深有7米的地方穿行，前不见人，后不见船，只有我们十个人相依为伴。紧张的心情笼罩着我们。船上有人带头唱起歌来："妹妹你坐船头，哥哥我岸上走……"其他人也跟着唱了起来，气氛越来越活跃。当大家发现对面划来一只小船时，终于兴奋起来，喊道："喂！你们是哪部分的？"对方显然被我们吓了一跳，没敢回答。"四十八军的。"我们自问自答，然后开心地笑了起来，那笑声弥漫开去，又通过四周的石壁传了回来。

漓江

　　来到桂林，尤其是到了漓江，我真的被这一方圣水迷住了。我深深感到无论用什么样的语言，都无法描绘其美景神韵。

　　我们坐在船上，一览漓江的风光。漓江如诗如画，如绢如绸，飘飘洒洒地向南流去。碧绿的江水清澈见底，起伏不断的江面开阔平坦。沿江两岸无处不诗，无处不画。难怪大诗人贺敬之会写出那么脍炙人口的《桂林山水歌》。"心是醉啊，还是醒？水迎山接入画屏！画中画——漓江照我身千影，歌中歌——山山应我响回声……"难怪唐朝诗人韩愈写下歌颂桂林的千古名句"山如碧玉簪，江如青罗带"，如果不是身临其境，绝不可能想象出这无比美妙的意境。

　　漓江是桂林的主要河流。桂林至阳朔沿江一带，绿水迂回，青山倒影，景色清幽，构成长达百里的动人画卷。我们每到一处，导游小姐都告诉我们这是哪一景。什么黄布倒影、杨堤翠竹，什么浪石烟雨、九马画山，什么冠岩幽洞、高田风光……我一边听着，一边又不以为然。因为在我的眼里，她的讲述过于单一直白。其实领略特别美的东西，就是一种自自而然的欣赏，一种发自心底的愉悦。

在长达四五个小时的行程中，我一直站在船头，任凭风儿把我的头发吹乱，任凭雨点落在我的身上。望着清纯淡雅，淡而有味，淡而有致的漓江，心里一阵阵激动，一阵阵感叹，好像变成了神仙，来到了仙境。只有来到了漓江，我才觉得这辈子没有白活。

快到阳朔了，即将告别漓江，我的心有点发紧，鼻子有点酸。刚刚看上一眼就要分别，不知何年何月才能相见。我轻轻地向它挥手，告别这充满灵性的地方。漓江水里的群峰倒影，会在我的心头永久荡漾。

土木堡随想

因明朝景泰皇帝的陵墓——景泰陵，坐落在海淀区的缘故。我怀着极大的兴趣，阅读清朝张廷玉等撰写的《明史》，明朝佘继登的《典故纪闻》，李贽的《藏书》与《续藏书》，当代北京大学教授王天有主编的《明朝十六帝》等历史书籍，开始了对景泰皇帝一生的探索。

要想研究景泰皇帝，土木堡这个地方，是无论如何也绕不过去的。

于是，我和文忠、吴洁、二跃等从西直门火车站乘 7173 次火车直奔土木堡。

土木堡，位于河北省怀来县城东南 8 公里的土木乡土木村。东接狼山村，北跨白龙潭原始森林，南临官厅水库，西靠沙城镇，海拔 578 米。土木堡原名"统幕"，相传是辽王游幸时支张统帅大幕的地方，后讹传为土木。从元朝开始在这里建成大都通往中都、上都的中心驿站。却因水患，多次筑堡都被大水冲毁。明朝永乐年间经高人指点，按船形建堡，始平安无事。城池高 11.6 米，厚 3.3 米，周长 1190 米，设东、西、南三座城门。

我坐在火车上，1449 年腥风血雨的土木之变不可避免地出现在脑海里……

明初，蒙古地区分鞑靼、瓦剌、兀良哈三大部，明朝正统年间，瓦剌统一蒙古各部。正统四年，瓦剌部首领也先大举进攻明朝。此时，英宗皇帝昏庸腐朽，不顾大臣们的激烈反对，决定御驾亲征。

真可谓：位高者，德常不符实；名远者，才常不符实。

宦官王振独掌军政大权，极力怂恿英宗亲征。1449 年 7 月，英宗皇帝亲率 50 万大军出征，浩浩荡荡。8 月至山西大同，听到前线战败的消息后，王振决定回师。当退至河北省怀来县土木堡时，被也先率军包围，敌人利用明军严重缺水、军心不稳的情况，以允许讲和、移军就水为诱饵，使明军弃城南移，瓦剌军队得以合围成功，进攻明军。明军军心涣散，人不思战，自相践踏，虽有 66 位将领浴血奋战，战死疆场，也无法挽救惨败的局面。浩浩荡荡的 50 万军队全军覆没，土木堡血流成河，惨不忍睹，英宗皇帝被俘。

土木车站到了，我们沿着乡间小路朝土木堡走去，五六公里远，极目远望，前方矗立着一座座风化了的山，光秃秃的，上面什么都没有，我的心一沉，说不尽的哀婉情绪紧紧地包裹了我，我觉得那是 50 万将士的躯体化成的泥土，堆起的山包。周围是无边无际的农田，大部分种植的是玉米，那棵棵玉米秧挂着沉重的棒子摇来晃去，像是在炫耀自己，引起别人的注意。

土木堡到了。

我怀着不可名状的心情向土木堡扑去，把同伴远远甩在后面，是啊！好久了，土木堡是隐藏在我心中一块柔软的地方，我太想见到它了。今天，终于如愿以偿！它敦实、壮观、历经沧桑，虽已残墙断壁，仍伟岸地矗立着。它和我心中想象的一样。城墙上生长着星星落落的荒草随风摇晃，像在埋怨我，这么多年了也不过来看看！我的眼睛湿润了……

黄色的城墙上，很多处被黑色浸染，落着历史的尘埃，上面坑坑洼洼、遍布印痕。

站在古城墙上，我不由得想起了那次惨绝人寰的战场，活生生的 50 万军队遭到也先的 3 万骑兵杀戮，那是 50 万的生灵啊！在这个小小的村庄，无论是农田里、房屋下，还是荒草间、河岸旁，到处都有死难将士的白骨。

望着眼前的一切，我坚定了试图揭开笼罩历史的腥风血雨，探寻被灰尘淹没的历史秘密。为死难的将士呼屈喊冤；谴责英宗皇帝的昏庸无能；鞭挞王振涂炭生灵的罪恶；为土木之变后力挽狂澜、勇保社稷的景泰皇帝正名；歌颂领导北京保卫战的民族英雄于谦。让时间的流水，冲走泥沙，将真金留下。

站在土木堡这块土地上，我真真切切地感受到，斑驳的历史毕竟不可能再现它的血肉，今天来到这里的人们，与559年前的50万将士达成了空间上的融合，然而，谁能感受到历史的诡谲？不少人都能做到领略自然风光，却与此地承载的历史分开，忘情于农家小院，忘情于田园生活。而我则不能，总是将厚重的历史与自然风光结合起来，站在毫无遮挡、空旷的地方与历史人物的灵魂默默对话，寻找自己在辽阔的时间和空间中的生命坐标。由此，不得不感叹：世事沧桑，自不可测。生命何短，悠忽如白驹过隙。

就拿景泰皇帝来说，他一共当了八年皇帝。在这短暂的历史中，他既有著名的民族英雄于谦为他辅佐，打败以也先为首的入侵者，叱咤风云、力挽狂澜，建功立业；又有当断不断反受其乱、痛失皇位、皇陵被毁的皇室悲剧。他的一生曲折离奇，正统皇帝朱祁镇在"土木之变"被擒获时，做监国。在国家危亡之际，被推为皇帝，任命于谦为兵部尚书，君臣共同组织了著名的北京保卫战，由于军民联防、分城负责，背水一战，加之后勤供应充足，北京保卫战取得了前所未有的胜利。可以说，景泰皇帝在千钧一发、风雨飘摇之际拯救了明王朝。即使如此，他也没有逃脱厄运。

当我们沿着城墙往回走的时候，一位清瘦的老人出现在我的视线里，他靠着城墙静静地坐着，那张苍老的脸上堆满了皱纹，脸上落着一层薄薄的灰尘，眼睛几乎睁不开了，从那眼缝中看见的是日渐浑浊的眼球，头发、胡子全白了，那双布满老茧的手规矩地放在膝盖上，透着那么安详、古朴、凝重、大气，仿佛就是土木堡的形象化身。

是啊！人的生命是有限的。无论来到世上是几天、几年、还是长长的一生，喜怒哀乐，享福的、受穷的，做百姓的还是当官的，都会有生命结束的一天。人的一生究竟怎样度过？却是古往今来人们一直探索的主题。

泰戈尔说过这样的诗句：因为我热爱此生，我知道我将同样热爱死亡。

您赞同这种说法吗？

凤凰古城的夜晚

　　凤凰，是古代传说中的百鸟之王，羽毛美丽。雄的叫凤，雌的叫凰。常用来象征着一种祥瑞。当凤凰降临在一个小城的时候，人们便毫不吝啬地赋予了这个小城最美的名称，即凤凰古城。凤凰古城，位于凤凰县沱江镇（凤凰县城）。对凤凰古城，我心仪了许久，也许是因为那里有依山靠河就势而建的传统民居——吊脚楼，也许因为那里是著名作家沈从文、画家黄永玉等名人的故乡，也许是因为我内心一直珍藏着一张陈旧的地图……

　　总而言之，我上路了，朝着凤凰古城的方向。

　　谁也没有料到，到达凤凰古城已经是晚上掌灯的时候了，而且伴随着一刻都不肯停歇的雨。凤凰，本身的高贵及美轮美奂就会让人产生无数的遐想，而凤凰古城延续着千百年不变的风貌，峡谷幽深曲折，峰林千姿百态，峭壁阴森险陡，溶洞藏奥纳奇，瀑布壮丽迷人，森林茂密古朴。谁也说不清这儿究竟藏着多少不为人知的秘密。或许，凤凰古城适于夜里到来，她像少女一样还有少许羞涩、腼腆，不肯将朴实、美丽的容颜示人。

　　我打着雨伞在凤凰古城的石板路上行走，密密麻麻的石板路在脚下延伸。雨点啪嗒、啪嗒地落在地面上，然后逐渐向凹处流去，小水坑越来越多，我听着雨点啪嗒落地的声音，不知怎么搞的，心中竟有几许惆怅。街道两旁做生意的小贩越来越少，仅有的几个连招揽生意的声音都懒得喊了，只是用茫然的眼神盯着来往的过客。我的眼睛不时地扫过街道两侧的老屋，过街楼，包括那些充满灵光异彩的老虎窗、石雕的柱础、镂空的花窗。街上，静悄悄的，只有那摇曳不定的灯影，像鬼魂附体一样在湿漉漉的地上跳跃。穿着皮鞋的我，边躲避着湿淋淋的水坑，边向前行走着，偶一回头发现有人影紧跟，我索性站住定睛一看，原来是灯光折射出来我的身影。我的身体，我的身影在凤凰古城安静的夜晚随我前行，令人欣慰。原来，在这个世界上除了有亲人惦记外，最可靠的是自己的身体随着你的意志前行，它还带动着自己的身影。顺着这条思路想下去，那么沈从文《边城》中的翠翠呢，是不是她的影子，也在追随着她的身体？

在不知不觉中，我漫步来到了江边。沿着沱江行走，心底悠忽升起了一股沧桑的感触，湍流的江水，耸立的万名塔，老旧的木船，还有两岸在江水中矗立着的吊脚楼，里面闪烁着或明或暗的灯光。那吊脚楼一个紧挨一个，中间似乎没有空隙，好像都是一家人似的。吊脚楼是凤凰古城居民的一大发明。它建筑在陡峭的岸边，一面濒水，一面着陆。着陆的一面踏着坚实的土地，朝水的一面被根根木柱高高地撑起，好似空中楼阁。吊脚楼下的江水不管不顾哗哗地流淌着……

沈从文在《边城》中写道："翠翠在风日里长养着，故把皮肤变得黑黑的，触目为青山绿水，故眸子清明如水晶。"翠翠是凤凰古城的精灵，她的每一寸肌肤都是这儿的山雨和秋露凝聚成的，她是在江边长大、出落的清明秀丽的一朵野花，她是我们所有读过《边城》这本书的大众情人。她敢于拿自己的青春做代价去与漫长的河流抗衡，她敢于拿自己的生命做赌注与没有终点的时间抗衡，无论岁月如何流逝，却毫不后悔地站在江边眺望着，期待着爱人——傩送的归来。翠翠用自己的痴情换来凤凰古城独特的风景，而这一片独特的风景又让天地格外地生动。有人说，越是美丽，就越是接近朴素与宁静，的确有几分道理。

　　我看着眼前似乎要冲走一切、急匆匆流淌的江水，我吃惊地仰望着当地人创造的生活艺术品——在急流或者山岩的边缘耸立起来的挤挤挨挨、鳞次栉比的吊脚楼。真的，令人很难相信，那细脚伶仃的吊脚楼不仅在湍急的江水中牢牢站立，而且还能抵挡住历史的血雨腥风……

　　雨还在啪嗒啪嗒地下着，我的皮鞋已经被灌进了雨水，一丝凉意钻进我的脊梁，浑身不由自主地颤抖了一下，我的思绪活跃且飘浮不定。是啊，在远离家乡的地方，夜凉如水。我好像是一个漂泊者，来到了可以触摸我灵魂的地方。只有我自己知道，在别人面前，我表现得很刚强；其实我像大多数女人一样也有非常软弱的地方，害怕黑夜与孤独。凤凰古城幽灵般的夜晚，让尘封已久的记忆隽然而来，当初离开故乡、失去好友的酸楚感觉，伴随了我二十多年，此时此刻想起来，所有悲怆的感怀，都令我感到格外的孤独与凄凉。夜雨使游子分外想家，想得很深很深。是的，我突然感悟到自己的确有点儿顾影自怜。人到了一定的年龄，有了一定的阅历，才会真正感叹岁月的无情和苍凉。其实，死亡与生长呈正比例，世间谁不为自己的一生付出代价？我想，既然我来到这个世界，就要领略这个世界的奇光异彩，就没有打算活着离开……

　　民国总理熊希龄、著名作家沈从文、"鬼才"画家黄永玉等，年轻时他们纷纷从家乡——凤凰这个美丽的地方走出来。我认同祝勇的说法，他们带着凤凰的气息在世界上游走，又带着对世界的认识回到凤凰。出走与归来，似乎涵盖了他们人生的主要内容。

　　是啊，他们在广袤大地的漂泊过程中，在与国内与国外的不同文化的碰撞中，超越了自我，走进了中国乃至世界艺术的高雅殿堂，走向了人生的深邃……

　　我在想，为什么游子都那么在乎故乡的一草一木，为什么游子都会发出叶落归根的感叹……

　　因为故乡是为他们的生命注入血液的地方，有着他家世世代代的祖

197

坟，有着他呱呱落地时剥落的胞衣，有着他自幼的喜怒哀乐，有着连着他身上的筋骨，有着连着他心血的气脉。故乡无论多么遥远，也会出现在他的梦里，故乡无论多么老迈，也会感受到莘莘游子的思念，故乡是他们生命的起点和归宿。

此时，我的耳边响起了沈从文的声音："二十多年来生者多已成尘成土，死者在生人记忆中亦淡如烟雾。"

生命如电如露，一切瞬间皆空。

第二天上午，我再次来到昨晚神游的凤凰古城。雨后的古城天青如洗，白云绕身，山色似黛，绿树葱茏。古城街道，像是被昨夜的雨水把所有的痕迹冲刷得干干净净，人们的心情随天气的变化也改变了许多，让人似乎把昨夜忘却，红彤彤的太阳冉冉升起，好像暖和了许多，而我却依然感到一丝丝凉意⋯⋯

偶遇甜妹

7月份的湛江之行，令人始料不及。

本来是与远在香港的大姐、大姐夫在湛江相会团聚，省去到港签证等麻烦事，可多住些时日。却因大姐夫突然呕吐不止，急送湛江医学院附属医院治疗。路上，我想起前些年急飞香港，陪着大姐等候大姐夫从手术室出来的情景，脊梁骨不断地冒出凉气。如今吉凶未卜，难免提心吊胆。

汽车飞驰到医院，原本精神矍铄的大姐夫静静地平躺在简易病床上，面无血色，嘴唇因缺氧发紫，身体一动不动，那样子谁看了都会紧张。经过各种化验检查，医生很快确诊脑梗，立即做了舌下含药以及输液等治疗，一直折腾到深夜一点。根据突发情况，做事一向果断的大姐决定，立即改签机票返回香港治疗。

当我和四姐去飞机场送走大姐一行人后，心情沮丧地坐上 K158 湛江—北京的火车。

四姐因前一段工作劳累，加之这两天的奔忙，很快躺在 5 号下铺上，不大会儿就睡着了。我心绪不宁地坐在四姐对面的下铺呆呆地望着窗外，火车轰隆隆地向前飞奔，匆匆闪过的幢幢房屋、块块梯田、高低不同的山峦、大小不一的湖泊不时映入我的眼帘。

此时，一个人从上铺梯子下来，一双不算小的脚丫伸进高跟鞋，随之，人稳稳地落地。我由下往上一看，一个犹如绿色水波中莲花似的小甜妹站在我的面前。她冲我莞尔一笑说："我能在您的床上坐会儿吗？"

"没问题，坐吧。"我连忙回答。

她紧挨着我坐下了，笑眯眯地开始玩手机。

"小妹妹，你有点与众不同。我们买火车票时，一些人都笑我们老土，劝我们改换机票，因为要在火车上度过他们无法忍受的30多个小时路程。你看看火车上的年轻人特别少，你顶多有二十岁，怎么也会选择坐火车呢？"我寻了个话题好奇地问她。

"喔，我在武汉的大学上大三，刚好二十岁，这次去湛江是给我哥哥过生日。从大二起，我就不再要父母的钱，自己兼职挣钱供自己上大学，每月差不多能挣3000多块钱。如果从武汉去湛江坐飞机来回需要二三千元，而坐火车只需六七百元。我不能超支啊，自己的日子自己过。"她朝我甜甜地一笑，一对酒窝顿时盛开在那圆圆的脸上，诠释着她内心掩饰不住的快乐。

"小妹妹，你长得好甜啊！个子也蛮高。好像有一米七？"

"不到一米七，只有一米六六。"

"你从上到下，从内到外都让人觉得你很幸福，很快乐。"

"您是当老师的吗？说话真好听！不过，您说对了，我的确觉得自己非常幸福，因为爱我的人特别多。"

我疑惑不解地望着她，一脸迷茫。

她抬起那双迷人的眼睛看了我一眼说："我有两个家，有两个爸爸、妈妈。其实，我是个养女，爸爸、妈妈在我很小的时候，就把我送给了养父、养母。"

"哦！"我的心咯噔了一下。

"不过，我的养父、养母对我特别好，疼我胜过疼他们的亲生儿子，尤其是养父。记得有一天放学，突然下起了瓢泼大雨，养父骑着摩托车来接我，我钻进养父宽大的雨衣，贴在他温暖的后背，搂着他的后腰。而哥哥被雨水淋着，父亲只看了哥哥一眼，骑上摩托车就走了，哥哥气得哭着冲进大雨中……"

"还有这种事？亲生父亲不管儿子？"

"是啊，养父特别宠我。养母对我也特别好，照顾我的饮食起居细心周到，可总怀疑我是养父的小三在外面悄悄生的。养母常常骂养父，可养父总是笑笑从不还嘴。为我，他们还接受了政府计划外二胎的罚款，那可不是一笔小数啊！"

"那你的亲生父母呢？"

"起初，我并不知道自己是抱养的，一直以为这个家就是我的唯一。只是，有一次我为一点小事与哥哥打得不依不饶的，哥哥急了张嘴冲我嚷：'你不是我们家的孩子，是抱来的！'"

甜妹瞟了我一眼接着说："当时，我人都傻了，劈头盖脸地叫，'你胡说，你才是抱养的！'接着，我哭着去找养父。没想到哥哥知道闯了祸，先我一步告诉了养父，养父狠狠地抽了他一耳光。那年，我读高二。养父拉着我找到了一个僻静处，将我的身世和盘托出。听完，我整个人都像被抽了筋、扒了皮，没有一点力气，只是哭成一团。养父将我紧紧地搂在怀中，不断地拍着我的肩膀与后背……后来，童年的记忆慢慢浮现出来。我记得，那时候有一个邻居阿姨对我特别特别好，见面就和我打招呼，还老往我手上塞好吃的。我觉得挺奇怪，她为什么对我那么好呢？养父告诉我，她是我的亲妈妈。还有一个叔叔见面就想抱我，我都有八九岁了，打心眼里讨厌他，没想到，他就是我的亲生爸爸。您可能要问亲生爸妈为什么要把你送人呢？"

我朝甜妹点点头。

"养父对我说，因为我亲生父亲年轻不懂法，在一次意外事件中，将人打成重伤致残，由于害怕承担法律责任，就带着已经怀孕的妈妈逃亡到新疆。从此噩梦开始，我父亲也上了公安部的追捕名单。我是在新疆出生的，尚在襁褓中的我，跟着他们过了两年颠沛流离的逃亡日子。随后，他们悄悄把我送回老家，对外讲我三岁，比实际年龄虚报一岁。警察也来看过我，觉得很像他们的孩子，可年龄又对不上就不了了之了。他们也四处求人为我寻找收养的家庭。此时，我的养父挺身而出，毅然领养了我，谁也没有想到，一个逃犯的女儿，竟在养父家过着公主般的生活。"

这时，我看到她的左手腕上带着一个翡翠贵妃镯便问："这是谁给你买的？"

"我亲生母亲一定要送给我这个镯子，她想把我牢牢拴住啊。"她笑着答道。

"现在，我的身世只有养母不知道实情，我和养父商定了，暂且不告诉她了，免得增加她的思想负担。养父、养母、亲生母亲还有哥哥、嫂嫂对我都特别好，您说，我能不快乐吗？我哥哥从小护着我，上幼儿园、小学、中学没人敢欺负我！我与哥哥的感情非常深，我的嫂子就是我的发小，是我促成了他们的婚事。为了给哥哥过生日，我专门从武汉跑到湛江，给了他一个500元的红包，哥哥可高兴了。"

看到她喜上眉梢的样子，我问："对了，你的亲生父亲怎么样了？"

"他整日东躲西藏、浪迹天涯，吃了上顿没下顿的，听见警车鸣笛就吓得哆嗦，看见警察就跑。躲来躲去，终究没有逃脱被捕的结局，现在踏实了，被关押在监狱很久了。养父告诉我，我在大学毕业之前绝对不要看望他，免得再生事端。其实，他纯粹是我生物学上的父亲，我与他没有一点情感。养父才是我真正意义上的父亲，他给了我父爱，让我懂得什么叫父爱如山。小时候，家中生活困难，养父力排众议，不顾他人反对，支持我学画画，从幼儿园开始，为我请专业老师、购买笔墨纸砚以及各种颜料，直到我考上理想的大学理想的专业。您说，这世界上还有比他更好的父亲吗？"此时，她的眼睛闪烁着泪花。

这时，四姐睡醒了说："你们聊得挺热闹啊？"我们相视一笑。

甜妹说："你们手机充电吗？别客气，就用我的充电宝吧。"

我们姐俩高兴地应答："好！谢谢你！"

甜妹拿出一个硕大的充电宝，将我们两个的手机同时充上电。我们也将书包里好吃的东西取出来，与她分享。

甜妹吃完一个香蕉擦过嘴后对我们说："具体将来怎样对待我的亲生父亲，我还没想好。我只是担心爷爷百年后，作为长孙女，他们要让我披麻戴孝参加丧礼怎么办？我心里有点不大情愿。"

我说："车到山前必有路，别想那么多，走哪儿说哪儿。"

甜妹望着我说："您瞧，我们初次见面，我就把自己一肚子的话都说出来了，见到您，就像见到亲人似的。"

"是啊，我们的确有缘！"我顺口答道。

此时，我被她的故事震撼着，内心深藏着的感情，说不出是一种什么滋味。

"说不准，我大学毕业后，会去北京发展！"她说。

"太好了，北京欢迎你！说不定哪一天我们会在北京街头相见。"

"谢谢您！武汉就要到了，我要下车了。"她朝我望了一眼，似乎想把我记住。

"小心点！注意安全！祝福你永远健康快乐！"

"谢谢您，再见！"

"再见！"

当甜妹淡出我们的视线，四姐轻声对我说："这个小姑娘真不简单，在别人看起来，她是一个多么不幸的孩子，生在一个不幸的家庭，给人的感觉该是一个牢骚满腹、愤世嫉俗的青年。而她呢，一脸的阳光灿烂！"

我点点头。心想，生活本来应该就是这样和平、美丽、光明。

我们姐俩闭上眼睛，兴许彼此心照不宣，默默地祈祷：

希望大姐夫早日康复！

希望小甜妹一切如愿！

走进南郭寺

我有幸于 8 月 19 日到达甘肃省天水市南郭寺。

抬头仰望，高高的台阶直通寺门，且直插山腰，令人顿生敬畏，心中多了一份沉甸甸的历史厚重感。

徒步登上南郭寺，令人气喘吁吁，但一踏上寺前宽敞的廊亭，顿觉得清风洗面，满身的汗水和疲乏一吹而尽，只觉得透骨的爽快。

走到南郭寺的山门前，两棵挺拔的千年古槐，俗称唐槐，虬枝揽云，茂叶蔽日，它们对称地屹立在山门两侧，犹如两位威严的将军，故又有"将军槐"之称。民间相传唐槐曾托梦给修整寺院的民工，使民工避免了一场天灾，所以又有"神槐"之誉，当地有燃香敬槐之俗。唐槐，树围 9.7 米，树高 25 米，就像稀世珍宝矗立在你的面前，让你的心变软……

南郭寺，又名妙胜院。位于天水市秦州区城南 2 公里处的龙王沟东侧慧音山坳。天水是我国著名的历史文化名城，南北夹峙，藉河横穿。南郭寺因地处城郭之南而得名，始建于佛教盛行的南北朝时期，建寺已有 1000 多年的历史。它依山傍水，气势恢宏。它前临藉水，背负幽林，古柏苍翠，巨槐参天，泉水北流，风景秀美，是闻名遐迩的古"秦州八景"之一的"南山古柏"所在地，被誉为天水第一名刹。南郭寺坐南朝北，由三座山门自西向东组成西院、中院、东院三个院落。西院是主院，它包括山门、钟鼓楼、天王殿、大雄宝殿、东西二配殿、东西二禅林院，以及卧佛院。

走进了南郭寺，你就像一脚踏进了南北朝……

南郭寺呈中、东、西三院排列，构成典雅的古典园林格局，殿宇禅院交相辉映，苍松翠槐葱茏成荫。南郭寺的大雄宝殿院内，南北横逸斜出的古柏，已有 2500 年树龄，这棵古柏与一株寄生朴树（树围 108 厘米）交织在一起，相依相存。这两棵千年的古树刚健挺拔，虽然树身一棵向东躺着，一棵倾向西边，树干需各用砖石支撑，但它们依然昂首仰望，苍劲有力，形如一条盘龙、一只卧虎，两棵古树树冠相合，像一把巨伞，遮得满院清凉。

据说这两棵树原来是合抱在一起的。唐朝有一位将军叫秦琼，路过南郭寺，在寺里游玩，把他骑的黄骠马拴在柏树上。不料树上飞来一只大鸟，长鸣一声，惊得马儿一跳，竟将两棵树踢开，变成现在的模样了。现在，这两棵树根的中间生长着一棵翠绿的小树，亭亭玉立，走近一看，原来是一棵茶树，看起来让人略有所思，别有一番滋味在心头。

这两棵古树历经千年的风雨，不管寺庙香火的兴旺与衰败、游人如织与稀少，它们依旧不离不弃，紧紧缠绕在一起，不是夫妻胜似夫妻，不是兄弟胜似兄弟。它们相互依托在中院傲然屹立，铁干铜枝，奇伟瑰怪，被列为"秦州八景之一"，所谓"一株余老树，千古壮秦城"。

南郭寺弥勒佛殿上挂着一块为宋代米芾书体的匾额"第一山"。米芾"第一山"中"山"字的书法运笔的形象联想出奇制胜。"山"字的每一划都写进了祖国名山的具体形象，比如：左边一短竖，酷似黄山的"猴子观海"；中间的一长竖极像华山的西峰；右边的一竖正像苏轼题诗"横看成岭侧成峰"的庐山，特别是这一划右上角的飞白笔，就恰似庐山"神仙望都"的再现。那么"山"字下面的一横就写出了气势磅礴的祖国西南的横断山脉……可谓"观古今于须臾，抚四海于一瞬"，令人拍案叫绝。

南郭寺东院观音殿前，有八角攒尖顶小亭，那儿有一眼清泉，清泉的直径二尺有余，拿一柄勺子就可舀到水，泉水香甜清凉，直沁肺腑。据说这清泉有一妙处：每当天旱时，泉水就很旺，几乎就要冒出来；而当雨水多、地气潮湿的时候，泉水却要下降，非用很长的井绳才打得到水。如此神奇的泉水，旱盈潦缩，四时不竭，因此，它一直享有"灵湫"之誉。喝一口清泉水，使人不得不想起唐朝诗人杜甫的著名诗句："山头南郭寺，水号北流泉。老树空庭的，清渠一邑传……"

　　来到"二妙轩"，方知唐乾元二年（759 年），杜甫来过南郭寺登临览胜，写下千古诗篇。"二妙轩"，是指清初著名诗人宋琬任陇右道金事时，把杜甫客居秦州时所作的 60 首诗作，集兰州淳化阁帖和西安碑林二王（王羲之、王献之）等的书字亲自临摹勾勒，聘请能工巧匠镌刻而成。由于字迹飘逸潇洒，矫若惊龙，力出字外，和杜甫诗作相配，如双璧辉映，被人们誉为"二绝"，雅称"二妙轩"。二妙轩原有碑石 34 块，长 15.16 米，高 0.24 米，后来不幸全部遗失。现存的"二妙轩"诗碑，是天水市政府根据从民间收集的原碑拓本，组织人力和物力镌刻而成，刻工精湛，碑体造型壮观，风姿更胜当年，使宋刻杜诗的风采又重现于人世。诗妙字妙，"二妙"合一，不愧为天水文物中的稀世瑰宝。

　　此外，诗碑长廊前方一侧的草地上有一尊杜甫雕像，石料来自北京房山。老诗圣仰头坐卧，目视前方，左手执酒杯，右手轻扶在左膝上，祥和而沉静。也许他正思念家乡、忧国忧民，也许正在酝酿着千古佳句！

　　南郭寺还保存有米芾、任士言、于右任、冯国瑞、赵朴初、霍松林、沙孟海、王铎、何绍基等名家的题匾、楹联、诗作等。

　　南郭寺始建年月，已无从稽考，现在南郭寺的周围，垂柳成林，相传，诗圣杜甫当初住在南郭寺的时候，曾亲手种植过不少垂柳。眼下，微风中徐徐飘动的垂柳，婀娜多姿，似乎也在思念植树的人。

　　南郭寺西院建有隋塔，民国时期倾倒，所幸塔基地宫尚存。

　　每到晚上，南郭寺天高月明，清风徐徐，使人深感幽静神秘。站在寺前廊台上，俯瞰天水市区全景，稽河宛如闪闪发光的金色长带伸向东方。满城红红绿绿，灯光辉煌，色彩斑斓，与满天闪烁着的繁星相连。偶尔，夜风送来一曲美妙的民间竹笛声，宛转悠扬，忽高忽低，忽近忽远，有时似从脚下飘飘而上，轻而高昂，使人感到如坐云端，遨游仙界，心旷神怡，无限快活。

南郭寺，虽然没有昆仑山的峻险、峨眉山的玄妙，但它的千年古柏、脍炙人口的杜诗以及清澈甘甜的北流泉，为天下人所共赏。

古柏，是南郭寺文化的根；杜甫及其创作的秦州杂诗，是南郭寺文化的魂；古泉，是南郭寺文化的血脉。

> 山头南郭寺，水号北流泉。
>
> 老树空庭得，清渠一邑传。
>
> 秋花危石底，晚景卧钟边。
>
> 俯仰悲身世，溪风为飒然。

由于大诗人杜甫的赞美，古往今来，更加引起了人们对南郭寺的游兴和向往。

骨肉兄弟

　　2000 年的 11 月 7 日上午，我们一行人从北京出发，中午十二点四十分抵达成田国际机场（当地时间下午一点四十分），台湾导游文煜先生热情接待了我们，中巴旅行车沿高速路向东京急驰。文煜先生一边开车，一边滔滔不绝向我们介绍日本的风土人情，一下子拉近了彼此间的距离……

　　第二天上午，文煜先生准时到银梦饭店接我们，游览皇居（皇城），他告诉我们：这是江户时代的著名古城，是天皇的起居之地。公元 1590 年由德川家康修建，占地 23000 平方米，是日本的传统建筑。来到皇居外苑，我们放眼望去，看到了古朴且庄严的城墙，城墙不高，坡度较大，城墙以结实的石块垒砌，处处呈现青黑色，苔痕斑驳。墙外是护城河，绕城一周 5000 米。正门前的广场极为开阔，靠近古城的地方铺上了很多碎石子，踩上去沙沙作响，别有一番风味。整个广场周围绿树婆娑，修整得好如少男般的松林以草坪覆地，柔软、葱绿、挺拔。

　　当我们参观明治神宫时，文煜先生说：明治天皇在日本地位极为尊崇，而神宫就是明治天皇安息的地方。每年都有 1000 万人次前来参拜。尤其是 1 月 1 日这一天，人流潮涌，参拜者达 100 万人之多。神宫前，我们看到了鸟居，类似我国传统建筑中的牌坊，用柏木建成，朴实简洁，不施油彩，只用清漆保护木质本色。神宫建筑古朴典雅，褐色木柱，屋面覆以铜瓦，因风雨侵袭呈现暗绿色的青铜光泽，站在神宫前，好似看到了我国唐朝时期逼真的画面。文煜先生笑着说：就连日本的神宫也深受盛唐之风的影响啊！

随后，参观了东京国立博物馆、江户东京博物馆。东京国立博物馆有很多珍贵的文物收藏，尤其是看到了来自我国的一些精美文物，更令人浮想联翩。展柜多用顶灯，透过磨砂玻璃，光线柔和雅致……江户东京博物馆以超出人们想象的巨形模型和丰富的民俗文物，再现了江户时代东京的古老街道以及民族民俗风情，是一座颇具现代风格又充满古代气息的博物馆。

9日走在去箱根的路上，我们来到了横滨的中华街。当文煜先生用他那柔和的乡音给我们读出一家餐厅的名字"四五六"时，我们开心地笑起来，各个顽皮地叫着"四五六！四五六！"，声音脆亮，透着顽皮，煞是好听。中华街上店铺林立，全是我国各地的风味饮食店，很多中华老字号漂洋过海，各种小吃、糕点琳琅满目，可价钱不菲。如果不是走在这条街上，看到映入眼帘的一切，我怎么也不会相信，这里竟是日本？

10日从滨名湖出发，我们来到了奇葩的田县神社，这里供奉大量男性生殖器的模型，是善男信女求子的地方，显得十分神圣。日本的夫妻们纷纷携带着自己的孩子来这里求神灵保佑，无论是男孩还是女孩个个打扮得漂漂亮亮，给这个规模不大的神社平添了一道亮丽的风景。文煜先生对我们说：这里的图腾崇拜有点类似中国对送子观音娘娘的崇拜。

返回入住酒店的路上，文煜先生从塑料袋里拿出几个大大的硬硬的黄中带青的柿子，发给我们说："吃吧！吃吧！甜着呢。"

我们看着手中的柿子再互相望望，那眼神分明透露着共同的语言——"您这柿子也能吃，非涩死谁不可。"

"喂！你们都不吃，瞧我的。"文煜先生照着手中留下的一个小点儿的柿子，上去就是一口……我们正替他龇牙咧嘴的时候，他咯吱咯吱地嚼起来，蛮香。咦！闹半天，这柿子和咱中国的柿子不一样。看罢，我们也吃起来，这柿子那叫一个脆，那叫一个甜。原来，这日本柿子的树种与我们的不一样啦，吃脆柿子，不用渫了。

11 日我们来到了金阁寺，即世界文化遗产，也叫鹿苑寺。

鹿苑寺位于京都府京都市上京区，全寺面积 71078 平方米。西依群山，寺内遍布高大林木，郁郁葱葱，中央靠南有一汪碧波粼粼的镜湖池，池的北岸就是著名的金阁寺，阁影倒映在碧波上，秀丽宜人。金阁寺是一座颇具特色的三层楼阁，四周有开放回廊，建于 1397 年（为我国明洪武三十年），据说用了 500 公斤黄金，在阳光的映照下，金阁寺金碧辉煌，雍容华贵，堪为日本的国宝。在晚秋的季节，金阁寺体现了寺院与园林造景艺术的巧妙结合，火红的枫树与那金色的银杏点缀于青山绿水之间，寺中的一树、一草、一石、一瓦，皆有性情。

我们徜徉在金阁寺中，用我们的眼睛看，用我们的耳朵听，文煜先生不再说什么，只是匆忙地举起一架又一架照相机，帮助我们拍下了终生难忘的画面。

当银阁寺出现在我们面前时，我的内心又一次受到了深深的震撼。寺依山取势，银阁全部为木结构，不施雕饰，朴实典雅，木结构的五重塔相偎相依，静谧安详。银阁寺同金阁寺一样，也是世界文化遗产。

傍晚的时候，到了清水寺。寺依高坡，居高临下，为江户时代的著名建筑，寺内有 11 面观音，为信仰观音的寺院，主堂由 139 根巨大的立柱支撑，寺内建筑群敦实雄伟。文煜先生快活地问："你们知道一休和尚吗？"

"当然。"

"这里就是一休和尚念经的地方。"

"哇！"

12 日上午，我们游岚山公园，当经过渡月桥时，文煜先生连忙招呼大家："下车！下车！我们每个人都要步行过桥。"

"为什么？"我们问。

"步行通过渡月桥，会使你们延年益寿，长生不老。"

岚山到了，山上枫叶火红，我们怀着对总理的一片深情手捧鲜花，来到了周总理纪念诗碑处，碑石上刻有周总理 1919 年旅日游岚山时的诗作《雨中岚山》，我们把鲜花送给总理，表达崇高的敬意与怀念。文煜先生被我们的真情感染，拍下了此情此景。

下午，我们又看了两处世界文化遗产。一是二条城，是江户时代日本将军幕府的枢纽机构所在地，分内城和外城，内城主体建筑恢宏，皆木质结构，梁柱粗大壮硕，沿回廊曲折环绕，犹如迷宫。外城有护城河，石砌城墙，内城外城间松柏、银杏、枫树遍布，交错相生，情趣盎然。二是三十三间堂，相当于我国宋元时代的寺院，供奉观音菩萨。这是一座颇具规模的木结构建筑，内奉 1001 尊千手观音，中间一尊巨大的千手观音坐像，两侧分置各 500 尊木胎千手观音立像，精美绝伦。最令我兴奋的是最前面的立佛教护法神二十八部众，恰巧与海淀区内的国保单位大慧寺中的二十八诸天吻合。为了研究明代大慧寺中的二十八诸天，我不知读了多少本书，走进了多少座寺庙，从来没有发现有二十八诸天的依据，没有想到的是，我在异国他乡，在日本的三十三间堂却意外地发现了相同的称谓，使此项研究向前推进了一步，高兴的心情溢于言表。我也把这个发现告诉了文煜先生，让他和我共同分享这突如其来的快乐。

在返回饭店的路途中，文煜先生又像哄小孩一样，分给我们每人两块芥末饼干："吃吧！不会怕我害你们吧？"

我们会心地笑了。

13 日，我们奔赴唐招提寺，这里是世界文化遗产，圣武天皇时为鉴真和尚兴建，山门宏伟，庄严肃穆，主殿金堂，后院御影堂内供鉴真大师像。来到这个寺院，我的心怦怦跳着，无论走在哪一个角落，都感受到鉴真和尚的存在……

离开日本的最后一顿午餐是在大阪北京饭店就餐的，我抑制不住激动的心情从座位上站了起来，对一行六位同仁及文煜先生说："就要离开日本了，就要和文煜先生说再见了，我想把自己清晨写的一段心里话读一读。"

大家齐声叫："好！"

《骨肉兄弟》

在东京第一眼看见你，就认定你是我们的兄弟。

在七天的旅途中，你热情似火，生气勃勃；你边开车，边介绍，口若悬河，把丰富的知识，富有地方特色的风土人情，如炒豆般噼里啪啦蹦给大家。

你关心照顾每一个人，那一个个脆生生的柿子，一块块辣中带着甜咸的芥末饼干，一句句细心的叮嘱，流淌着两岸血浓于水的亲情。

你将中国人的聪明智慧、吃苦耐劳的品质，与日本人的精明强干、开拓务实的作风融为一体。你一天工作十几个小时，不知劳累。你为了当好导游，拼命地学习，你在日本留学、工作、生活二十四年，可仍然心系祖国，反对台独，渴望台湾与大陆的统一。

在即将告别之际，一股离别的愁绪涌上心头，我们要对你——文煜先生说再见了！

"再见！"这两个字分明带着几许沉重。

然而，我们依然带着北京人的洒脱、豪情，痛痛快快说声再见，等待着你去北京。喝一口二锅头，足以让你分不出北，平添几分豪情；瞅一眼北京的风光，足可以让你感受到中华儿女的骄傲。

我们——北京的一行人，永远祝福你，我们的好兄弟，事业蓬蓬勃勃，红红火火，家庭和谐美满，幸福永远，无论你走到哪里……

语毕。

掌声四起，让人惊诧的是不仅我们餐桌的掌声响起来了，在这里进餐的中国人都不约而同地鼓起掌来，大家拍啊拍！经久不息，一股热流从心底涌了出来，所有人的眼中都噙满了泪水……

普陀山道生长老

人活一世，从小到大，从生到死，我们要接触多少众生啊！有些人尽管相处很久，却犹如路人。普陀山道生长老，与我仅一面之交，可对我的教诲及影响却深深地印在心底，无论时间如何流逝，也无法将其抹去。

2005年6月，秀珍、秀玲加上我，三位好姐妹决定走出北京，去舟山玩一趟，散散心，换换心情。

我们像孩子一样穿着花花绿绿的休闲服登上了飞机，望着各自的打扮，全都笑开了花，个个都是半百的人了，可心还是一颗童心啊！

6月22日清晨七点半我们到达沈家门渔港码头，准备乘坐快艇去普陀山。

去普陀山的念头在我的心里装了好多年了，峨眉山、五台山、九华山和普陀山是我国著名的四大佛教名山，早已名扬四海。真没想到今天不仅要到普陀山，而且能拜访道生长老，真是喜不自禁！

快艇刚到码头，我们看见了道生长老派来的弟子圣文和尚，连忙打招呼，圣文和尚向我们点头示意后请我们上车，那辆面包车左拐右拐穿行在被绿荫覆盖的盘山道上，转眼工夫就到了普济寺。我们与道生长老见面，只见他身披黄色的袈裟，慈眉善目，高挑个儿，一派仙风道骨的样子，浑身上下都透着宽容、和善、智慧、大度……他微笑地说："你们和普陀山有缘啊！你们先去参观，晚上我们再谈谈。"圣文和尚兴致勃勃地带着我们参观了法雨寺、慧济寺、南海观音、紫竹林、九龙殿（扬枝观音碑）、百步沙、千步沙、杨枝禅院、西方庵、梅福庵、不肯去观音院等，由于圣文和尚路熟，带着我们走捷径，不仅参观的名胜古迹多，而且少走了不知多少冤枉路。

当我们从神圣的殿堂走到千步沙的时候，我看到了浩瀚的东海，海水翻腾着滚滚而来……岸边，金沙遍野，起初走的是软软的沙地，后来脚底踏的是硬硬的平坦如川的沙地。这里，四周都是环绕的小岛，座座岛屿绿荫遮掩，在辽阔的天空、浩瀚的海水、金色的沙滩的强烈对比下，顿觉神清气爽，心旷神怡，我觉得此时此刻，此情此景，悟得人与天地、大海相比，竟是如此的渺小，我们身上存在的多少名利之念，将在海水的洗涤下荡然无存。

按规定的晚饭时间，我们回来得有些迟了。吃的是素斋，共六盘菜，有清炒豆腐、茭白、茄子、扁豆、洋白菜、莴笋，反正全是清炒，每盘的分量都不大，我们这桌一共是五个人，不大工夫吃得是爪干毛净，每个人吃得都是半饱，想吃也没有了，正好有利减肥（其实是恰到好处，这正是养生专家们提倡的七八成饱）。

晚上，我们坐在道生长老的对面，听他娓娓道来："我是沈家门人，自幼家境贫寒，九岁出家，一直在普济寺。至今，已有七十五年了。其中1966年至1979年，被强迫送到金华农场监督劳动，吃了不少苦，后来又回到普济寺。到今天，我已经出访美国、法国、日本等国家，去香港的次数就更多了。"他语重心长地对我们说，"其实，我们每个人的心中都有佛，一个人'心中有佛'，眼里看到的就是佛的世界，耳朵里听到的就是佛的声音……但凡佛教界要求菩萨做到的，我们也要力争做到。即难忍能忍，难舍能舍，难行能行。"他耐心地给我们讲解佛教的三世因果说，还结合当今建设和谐社会的话题，讲修身养性的重要。道生长老对我们说："人活一辈子，放下功名富贵不容易，放下生死性命更非易事。佛家把人的死亡叫作'往生'，细想想，很有道理。作为僧人，生则利人利己，死则求生净土，这就是平常心。"听后，我们几个人似懂非懂。

面对道生长老，我们深知千载难逢，便提出很多问题求解。他对我们提出的各种各样问题，饶有兴致地细心解答。最后我们虔诚地求字，他立即应允，转眼间一幅幅书法作品一蹴而就。我求的字是：知足常乐。道生大师的书法作品久负盛名，听说很多高考学生家长不顾路途遥远，都会前来求字，非常灵验。阎崇年先生曾经说过："佛经常常与书法相结合，既能以佛法净水来涤荡俗尘，又能以书法艺术来怡情养性，同时还产生了许多艺术珍品。"纵观中国的历史，不胜枚举。道生长老坐在我们的对面，近在咫尺，他眼不花，耳不聋，心平气和，写蝇楷小字不用戴花镜，除额头上有几道细细的皱纹外，脸上竟找不到一点皱纹，更找不到岁月烙下的痕迹——眼袋。而我们这些小他三十多岁的人看书都需要戴老花镜，眼角都布满了细细的皱纹，眼袋在明显的位置上张扬着，似乎让人们快看已经松弛的皮肤，我们的双手不知何时钻出了一个又一个老年斑，而他的双手细长，皮肤细腻，未见一个老年斑，我们和他形成强烈的反差。他微笑地说："我一生没有生过病，吃过药，我搞不清楚医院里为什么有那么多的病人？医院越建越多，越建越大，依然人满为患。如果都像我，医生就会失业，医院就会关门。"我们望着这位令人尊敬的老者会心地笑了。

今天，我从网上得知，道生长老于2018年2月2日晚上十一时十分圆寂，世寿九十六载，内心五味杂陈。

道生长老，生前曾当选为普陀山佛协历届副会长，浙江省佛协常务理事，舟山市人大代表，普陀山佛协咨议委员会主席、普陀山全山首座，为普陀山佛教事业的兴旺和繁荣做出了巨大的贡献。道生长老被赞为僧格不俗，气质高雅，梵呗造诣深厚，书法功底扎实，佛门仪轨通达、经教论典熟知，可谓佛门活字典，僧中良师范！道生长老一生将善信供养的财物全部用于建寺培养僧人，施贫济苦，兴教助学、修桥补路、救灾解疾。道生长老德育众生，有"普陀山之宝"的美誉。

普陀山与北京相距甚远，十三年前，因好友的牵线搭桥，我与道生长老难得有一面之缘，在享有盛名的普陀山，有幸与长老同桌进餐，餐后与长老一起聊天，还有幸获得他的珍贵墨宝。忆往昔，点点滴滴，犹如昨日一样历历在目。

如今，定格在我心中的道生长老，和蔼可亲，慈悲善良，讲经论典，挥毫泼墨，走路如风，一身仙风道骨飘然而行。

塞纳河掠影

　　很多人都说，法国巴黎是个梦幻般的浪漫城市，是高雅艺术的殿堂，是作家、画家、服装设计师的摇篮与天堂。

　　我早在少年时期就阅读了法国作家的大量作品。比如维克多·雨果的《悲惨世界》《巴黎圣母院》，福楼拜的《包法利夫人》，小仲马的《茶花女》，莫泊桑的《羊脂球》，罗曼·罗兰的《约翰·克利斯朵夫》。其中一些作品的主人公深深触动了我的心灵，我向往巴黎很多年了，可她始终离我那么遥远，时光流逝，机会阴错阳差，我总是无法走近她。因为心里怀揣着去巴黎的念想，刚刚具备了经济实力和空闲时间，我便自豪地为自己的巴黎之旅放行。

　　当我们经过十多个小时的漫长旅行，飞机稳稳地落在机场，然后乘着朦胧的夜色，转坐大巴驶向巴黎的时候，周围静悄悄的，只有圆圆的月亮高高地悬挂在空中，望着我们这群不速之客。这时候的老外们兴许正在酣睡，做着黄粱美梦。同车的旅客也困得闭上了双眼，有的甚至还打起了呼噜。而我的内心却泛起阵阵涟漪，是啊，人生的梦想与对世界的渴望和了解，使自己忘记了一路的困乏与劳顿，满怀着一个异国人的惊奇与激情，不也是因为生命的一种梦想与追求吗？人生有梦，生命充满了迁徙。

　　此时，我睁大双眼，伸着脖子朝窗外望去，映入我眼帘的建筑全变了，瞅惯的北京四合院和近些年拔地而起的北京现代化高楼不见了，取而代之的全部是带着历史密码、带着文化差异的欧洲风格建筑。我不懂建筑，不会欣赏建筑的风格。可我从一幢幢飞快掠过的建筑身上，读懂了两个字：结实。

在巴黎游览的日子过得飞快，我真想让时间停止，那种快速旋转般的旅游参观特别不适合我，不适合对巴黎历史文化的了解与探究，不适合长久以来我对巴黎的企盼。

在巴黎居住的最后一天，我们早早集中在塞纳河畔，跟在长蛇般舞动的各国游客队伍的后边，焦急地排队等候着乘船。天公作美，巴黎的太阳升起来了，照耀在美丽的塞纳河上，我看见的是真正的流光溢彩，塞纳河里似乎流动着七彩颜料一般。万里碧空如洗，巴黎的天，显得那样干净、亲切、蕴蓄，像明白事理的人一样，能读懂我此时此刻的心情。在塞纳河上乘游船游览，是我在巴黎最后的旅游项目，我多么渴望能不虚此行啊……

塞纳河是法国北部大河，塞纳河的源头，可追溯到法国东北部朗格勒高原。

一颗颗晶莹剔透的泉水珠，悄然从朗格勒高原滑落，汇集成无数条弯弯曲曲的小溪，像小姑娘一样一路欢畅前行，吸引了不少玩伴同行，逐渐变成了一条美丽的塞纳河。塞纳河全长 780 公里，包括支流在内的流域面积为 78700 平方公里。自中世纪初以来，巴黎一直在塞纳河的"城岛"及其两岸发展起来，塞纳河因为穿越巴黎而闻名世界，巴黎也因有塞纳河流过而更加美丽。塞纳河与巴黎就像母女俩相互依存。如果说黄河是中国的母亲河，那么可以毫不夸张地说塞纳河就是巴黎的母亲河。所以，有人称巴黎是"塞纳河的女儿"。

城市里有了河，而且是这样穿城的大河，就与那些没有河流的城市不一样了。这个城市的春天，从此气息旷远，野草、树木、泥土的味道破空而来。河流是一座城市的幸运，它使得城市难得闭锁。塞纳河不就是给巴黎带来了幸运与福音吗？

　　经过近一个小时的等待，我们终于登上游船了。那是载满世界游客的大游船，游客的肤色各样，黄色、黑色、白色、棕色。我们刚刚找好座位，游船上便传出了动听的音乐，在音乐的伴奏下，英语、法语的解说开始了，由于自己的外语水平有限，也听不出什么子丑寅卯。正当我把眼睛转向塞纳河水的时候，抑扬顿挫的中国话传来了，那是多么悦耳的中文讲解啊。远在万里之遥的我，听到了自己的母语，听懂了全部关于塞纳河的讲解，不禁怦然心动。

　　我在宽阔的游船上，放眼望去，只见两岸繁茂的梧桐树蓊蓊郁郁，树林后面掩映着一座座奇妙的建筑群。

　　我看到了左岸的埃菲尔铁塔，我想起了画家黄永玉曾经说过的一句"老子就是巴黎铁塔"的戏言。埃菲尔铁塔建于1889年，是为纪念法国大革命一百周年和迎接巴黎国家博览会而建的。该塔塔身为钢架镂空结构，塔高320米，分三层，是巴黎的最高建筑。可是遥想当年，埃菲尔铁塔建成后，遭到非议，说它是一堆烂铁，破坏了巴黎的美。如今，这座曾经保持世界最高建筑纪录四十年的铁塔，已成为巴黎最重要的标志。

　　我看到了巴黎圣母院，占地面积5500平方米，这是巴黎最古老、最宏伟的天主教堂，也是富丽堂皇的哥特式建筑。此时此刻，我仿佛重温了维克多·雨果的长篇小说《巴黎圣母院》，看见了巴黎圣母院里那美丽多情的吉卜赛女郎爱斯美拉达、相貌奇丑而淳朴善良的敲钟人卡西莫多，还有那残忍虚伪的副主教弗罗洛。

　　我看到了凯旋门，它建于1806年，高高耸立在戴高乐广场中央的环岛上，高50米，宽45米，凯旋门的每一面上都有巨幅浮雕，其中最著名的一幅描绘了1792年义勇军出征的情景，这一名作取名《马赛曲》。凯旋门，既是香榭丽舍大道的起点，也是巴黎主要庆典活动的起点，以凯旋门为中心，放射出 12 条街道，犹如 12 道彩虹，衬托着巴黎这座魅力四射的城市。

我看到了巴黎荣军院，这是路易十四在 1676 年建成的，原为法兰西军事学院一部分，现为军事博物馆。

我看到了爱丽舍宫，这是法国总统的官邸，始建于 18 世纪初，距今有两百多年的历史。

我看到了巴黎大法院，森严、肃穆。

我看到了国家图书馆新馆，四幢对称的几十层高的藏书楼，就像海淀文化节我们曾经创造的可以打开的四部巨型图书似的。

我看到了罗浮宫，昨天我曾经走进了这个神秘的殿堂。美籍华人设计师贝聿铭设计的位于中央广场上的透明金字塔，已成为罗浮宫的入口处。罗浮宫原是法国的王宫，现在是博物馆。它占地面积 45 公顷，艺术品 40 万件，包括雕塑、绘画、美术工艺、古代东方、古代埃及和古希腊罗马等七个门类。里面的藏品，有被誉为"世界三宝"的《维纳斯》雕像、《蒙娜丽莎》油画和《胜利女神》石雕等。来到这儿的人们几乎没有人能抗拒它的魅力，它是所有艺术爱好者朝觐的圣殿，它以博大的胸怀、海纳百川的气魄成为世界大美。因为这里陈列了太多我们耳熟能详的艺术杰作，只要你置身于这 40 万件艺术珍品之中，就像徜徉在艺术精品的海洋里，维纳斯、胜利女神、蒙娜丽莎以及大卫等等就会出现在你的面前。你甚至可以和它们每一个人留影，以往在书籍、画册中见过的难以企及的杰作，如今触手可及，活生生地就在你的眼前。谁能不按下照相机快门？谁能掩饰住内心的激动？这一切怎能不激发你艺术创作的激情和灵感呢？

细腻、妩媚的塞纳河，见证了巴黎的昨天，它也装饰着巴黎的今天。它不仅像母亲一样，把巴黎拥在怀里，而且还像一条缠在颈上的项链，把晶莹剔透的珍珠穿在一起，穿出巴黎独特的景致。

游船从码头出发，沿着塞纳河的一岸行驶，到西岱岛打回头，沿着另一岸驶回到码头。塞纳河流经巴黎市区，长约 13 公里，途经的一些颇具盛名的建筑群，不时激起游人的欢呼声。巴黎值得留恋的地方多如牛毛，而巴黎塞纳河的旖旎风光、塞纳河畔的宏伟建筑，还有塞纳河上的奇特桥梁，更让人陶醉不已。

我们的游船启程后，每隔 300 米或 400 米就建有一座桥，在塞纳河中行驶的船，每穿过一座桥，就会给你带来一阵心跳，一次惊叹。塞纳河上建有三十六座桥，每座桥建造年代不同，样式相异。每座桥都给你带来不同的感官刺激，让你欢欣，让你愉悦，让你思考，让你回味。它们或古朴，或时尚；或壮观，或精致；或豪华，或简约；或宏伟，或小巧。它们向人们诉说巴黎悠久的历史、值得炫耀的辉煌。塞纳河流经巴黎市区仅仅 13 公里，在短短的 13 公里的河面上架设这么多桥，且座座精美绝伦，全世界都算上，恐怕只有巴黎了。

巴黎真的是没有败笔的，随便你走到哪儿，抬起头来，都有入眼的风景。巴黎是个温馨可爱的城市，是创造浪漫色彩的城市，而浪漫常常与奇迹并存。

塞纳河上的三十六座桥，虽然它们都藏进了我的心底，可在短时间之内，我无法将它们一一细说。我记住了其中最古老的桥有三座，它们是玛力桥、王桥和新桥。

玛力桥的名字来自建桥者——建筑师玛力，建于路易十三时期。

王桥建于路易十四时期，是路易十四自己掏钱建起了这座桥，成为巴黎举办庆典的地方。历史上法国伊丽莎白公主与西班牙菲利普王子的结婚庆典，就是以王桥为中心，当时吸引了 50 万人观赏。

新桥，非新桥，实际最古老，长 238 米，宽 20 米，是塞纳河上最长的桥，距今已有四百年历史了。它如实记载着塞纳河上的风云变幻、历史沧桑。

　　塞纳河上的三十六座桥，最壮观的莫过于亚历山大三世桥了。这座桥是为庆祝俄国与法国的结盟专门建造的。俄国沙皇要来巴黎做客，法国皇帝便造了一座辉煌华丽的桥来欢迎他，造桥成为一种炫耀的方式。当时正值1900年前后，俄法两国百年前还是仇敌，拿破仑曾挥师进攻俄国，使莫斯科陷入火海中。百年后，两国一笑泯恩仇，而且意味深长地将桥通向拿破仑墓。这座桥长107米，是独一无二的钢结构拱桥。桥两端竖有4座桥头柱，柱顶上铸有镀金雕像，由长着一对美丽翅膀的小爱神托着……

　　塞纳河上的每一座桥都是一件艺术精品，每一座桥都横卧在碧波荡漾的塞纳河上，真乃"长桥卧波"，景致怡人。

　　坐在塞纳河的游船上，愉悦的情绪一直环绕着我的全身，生命里有着多少自己无法预料的时刻啊！天空、河流、建筑似乎都融为一体，就像一支蘸满浓墨的毛笔，书写着巴黎的历史、文化、艺术，在塞纳河两岸洋洋洒洒，如诗如画。

西出阳关无故人

　　不管乐意不乐意，我都得老老实实地承认，自己已经加入了中老年人的行列。不过，也好。到了这会儿，以往的记忆，未来的征程，依然矫健的身体，匆匆长出的白发，相互交融，年轻时体会不到，或来不及体会的种种情感一起涌来。眼看着自己的长辈先后离去，自己的同龄人，有的抢先一步走进了火化场，心底生出百般人生感慨。

　　恰在此时，我要去阳关了，那是我做梦都想去的地方。尤其是唐朝诗人王维的诗句："渭城朝雨浥轻尘，客舍青青柳色新。劝君更进一杯酒，西出阳关无故人。"更勾起我阳关之行的渴望。

　　我们参观静卧在河西古道的敦煌，出入于神奇的千佛洞，观彩塑，看壁画，犹如领略了一部气势恢宏的历史长卷，走出这个佛教艺术地，竟不知如何抒发情感。当我们即将动身奔赴阳关的时候，当地人笑着说："阳关有什么好看的？就一座残破的烽火台而已。"然而，我的心飞向了阳关。恰巧有几位作家与我们同行，更令阳关之行妙趣横生。在面包车上，他们不断调侃，从古至今，从江南到塞北，一直侃到唐代诗人王维的《送元二使安西》。元二，是王维的好友，元二奉命出使安西，王维为他送别时写下了这首脍炙人口的诗篇，后经配曲吟唱，广为流传，成为千古绝句。

　　一路上，一望无边的戈壁滩不断地在我们的眼前延伸、扩展，车一开出县城，除了茫茫戈壁滩，可以说什么也没有。我初次见到这浩瀚无垠的戈壁滩，它豪迈粗犷、雄浑壮阔的神韵令人不得不欣赏。在我看来，这荒无人烟的戈壁滩根本找不到别的对手，竟敢赤裸裸地与蓝蓝的天空对峙。

从车窗向外望去，偶尔会发现有一簇簇骆驼刺、红柳等沙生植物孤零零地点缀在空旷的沙滩上，这样一来，就把广袤的戈壁滩映衬得更加悲壮苍凉。这儿的天是那样遥远，这儿的地是那样辽阔。有这样的地做伴，天才叫天；有这样的天撑腰，地才叫地。在这样的地方行走，才是真正的行走。只有来到这里，才能真正体会到王维的"劝君更进一杯酒，西出阳关无故人"的意境，它道出古人多少离愁别绪和万般无奈。

阳关因居玉门关之南而得名，是"丝绸之路"必经的关隘，在敦煌市城西 70 公里的古董滩上。多少年来，人们在古董滩上拾到了数以万计的铜钱、首饰、玉佩以及宝剑等。传说，中原王朝为了西域的稳定，经常下嫁公主。有一次，中原的皇帝给公主陪送了很多嫁妆，金银财宝、绫罗绸缎、四季衣衫、胭脂香料等，足足装了几十车，由数十名将士押送。他们来到古董滩时，突然狂风大作，天昏地暗，日月无光，一个个沙包飞上了天空，又降落下来，把送行公主的人马及所有的嫁妆全部埋进沙滩。风吹沙移，人们常在这片沙滩上拾到破沙而出的古钱……

有人说，阳关之所以闻名遐迩，起始于王维的诗。其实不然，因为它自汉魏以来就是通往西域诸国边防上的重要关隘。阳关与玉门关——丝绸之路北道的必经关口相距 80 公里，就像一对雄狮，扼据要地，虎视眈眈。

车到阳关，我们欢呼雀跃着跳下车来，只见北面荒丘起伏的墩墩山上有古代烽燧一座，残高 4.7 米，长宽均 8 米左右。这是一个俯瞰四野的制高点，登上这座有"阳关耳目"之誉的烽燧，方圆数十里尽收眼底。西北风浩浩荡荡直扑而来，没有任何遮掩，你只有挺直身子去迎接这种特殊的挑战，这大概就是阳关特有的欢迎方式，但凡来者都应该有点英雄气概。阳关西边有一条南北走向的深沟，有20多米长，沟中泉水涓涓，两岸有汉墓多座。看着眼前的一切，我仿佛听到了将士们如雷的呐喊，战马的嘶鸣；我仿佛看到了猎猎于朔风中的军旗，如注的鲜血；我想到了将士妻子手中精心缝制的衣衫，将士慈母盼儿生出的满头白发，还有"十五从军征，八十始得归"的苍凉。一种似乎悲壮的情感猛然袭来，使人悲怆不已。

我想，人在这个世界上只是匆匆的过客，一千多年前，阳关这里聚集着多少中华民族的优秀儿女，而今天他们都已长眠在这里。很可能地上的凹凸不平的沙丘，就是掩埋将士们尸骨的坟冢，坟冢早已不成为坟冢，已成为和戈壁滩相融的沙丘。生命的沙丘正在十分缓慢，但不可抗拒地逐渐消失，岁月的长河终将抹去过去存在的一切痕迹。从这个意义上讲，人的灵魂离去的时候，人的躯体原本不就是一抔黄土吗？人到了中年，不管你承认与否，生命之舟在一天天驶向彼岸的天国。因此，我们要更加珍惜生命，热爱生活，至于身边的不快，至于人生的失意，与宝贵的生命相比又算得了什么？

我们一行分外有幸，在著名的阳关进餐。只见一口大铁锅支在外面，面条扔进沸腾的锅里，随之扔进切成小丁的土豆、胡萝卜、洋葱，最后加上调料，包括辣椒，面条煮好出锅时，又撒进香葱段。我们每人端着一碗热气腾腾特别地道的臊子面，坐在软软的沙堆上，大口地吃起这人间美味。

在浩瀚无际的戈壁滩，在闻名遐迩的阳关，我感觉自己的心被冲刷得渐渐露出了本色，宁静、平和……

丽江古城

我是在黄昏时分来到丽江古城的，夕阳西下，云层中飘忽弥漫的暮霭由红而黄而紫，瑞气紫绕，古朴、飘逸的四方街全部融化在紫褐色的天幕里。此时此刻的环境无法与自然与时空分解，我完全沉浸在这仙境一般的景观里！

过去，常听老人说：哪个地方有风水，哪个地方就能风调雨顺。但凡中国古城的设计，也蕴含了许多"神秘莫测、博大精深"的风水学问。紫禁城坐北朝南，金水河护城环绕，向人们暗示着其中的"天机"与"玄妙"。丽江古城就其周围的山水而言，应该说是一块"风水宝地"。走进古城，流水潺潺，无论你走向哪里，那纵横交错的水流就跟随你到哪里，清澈的水不分年代、不分日月、不分昼夜地流淌着，它不管时代的变迁，不管人世间的沧桑。那汩汩的流水哗哗哗地敲击着人们的心房，似乎要把内心深处的东西冲刷出来……

听当地居民讲，水来自龙潭。

1963年，郭沫若应邀赠龙潭一副对联，上联为"龙潭倒映十三峰，潜龙在天，飞龙在地"，下联为"玉水纵横半里许，墨玉为体，苍玉为神"。

丽江古城原来叫"大研"。当地人传说，整个丽江就像是一块大砚，是书写人间苍黄描绘山河壮丽的一块无价之宝。人们就称古城为大砚。那"研"和"砚"从字义、字音就有相通之处，久而久之，"研""砚"不分了。可文字记载的大多沿用"大研"，明代称"大研厢"，清代称

"大研里"，民国后至今用"大研镇"。中国古都的城墙都非常有特色，南京、西安、洛阳、北京的城墙宏伟壮观，当然，最大的城墙当属万里长城，气势恢宏，绵延万里，那是我国古代劳动人民的杰作。

丽江古城与众不同。

清朝光绪《丽江府志》记载："丽江旧为土府，无城。"

二十世纪四十年代在丽江住过的俄国人顾彼得说："丽江不像中国的绝大多数城镇，它没有城墙。在人口稀少的云南省的城镇中，它可算是个大地方。"古城海拔2400米，面积3.8平方千米，是一座没有城墙如蛛丝般放射的古城。据说，这样做是为了回避土司的姓氏，因为古代丽江世袭统治者姓木，如果筑城墙，就犹如"木"字加框而成"困"字，很不吉利。是的，丽江古城有别于中国任何一座王城，丽江古城未受"方九里，旁三门，国中九经九纬，经途九轨"的中原建城礼制的影响。城中无规矩的道路网，无森严的城墙，古城布局中的三山为屏、一川相连，水系利用中的三河穿城、家家流水，街道布局中"经络"设置和"曲、幽、窄、达"的风格，建筑物的依山就水、错落有致的设计艺术在中国现存古城中是极为罕见的。

从最早建城的时候开始，丽江古城就全身裸露坦坦诚诚，俨然一个路不拾遗夜不闭户的世外桃源。丽江古城的自然，丽江古城的胸怀，丽江古城的融合可以说由来已久。

中国的风水学很讲龙脉。龙脉，即山脉。山脉绵延盘亘，如龙舞、龙伏，所以被称为"龙脉"。

丽江古城西北便是玉龙雪山。那是一座举世瞩目的雪山，当地人谈起它，或多或少带着几许神秘和崇拜。玉龙雪山为丽江万山之母，她用银色的乳汁，灌溉着万亩粮田，养育着丽江的人民。玉龙雪山有很多很多支脉，子女众多，可有三座秀山紧紧环绕古城，充当古城高大英武的卫兵。它们是象山、金虹山和狮子山，在古城东北处，狮子山在西北处，古城就稳稳地坐落在三座山的接合部。

古城里的桥真多，您猜猜有多少？告诉您，354座。这354座桥横陈在古城的三条河道上——中河、东河、西河，当地人说得好，一头连太阳，一头连月亮。阳光投过来，闪烁的是赤橙黄绿青蓝紫；月亮送过去，铺洒的是晶莹剔透的银光。这354座桥连接起古城的千家万户，河水流淌，岁月流淌；这354座桥让水绕古城，桥连玉水，让这儿的人以及来这儿的人全感到来来往往，很方便。别看桥年代久远，都有一个好听的名字，什么万子桥、御带桥等。桥，给古城人带来便利，给古城人带来繁华，给古城人带来风光。

晚上十点半，与我一个房间居住的马兰问："我说，要是不累，咱们逛街去？"

"去。"我连个磕巴都没打。

我们又约上那力一块来到了著名的四方街，极目远望。在古城中心，成排连接的铺面围成了一块近6亩的长方形街面，称"四方街"。全城以四方街为中心，辐射出四条大道，每条主道都有巷弄相随，四通八达。主道两边是紧连的铺面，每个铺面布置得都与众不同，黄色、红色以及银白色的灯光随风摇曳着，替主人殷勤地招揽着顾客，这里，卖什么的都有，买什么的也都有。我们踩在用鹅卵石铺成的街道上，沐浴着习习的晚风，领略着异族的风情，心中十分惬意。我们走进一家小小的酒吧，看到这家的老板竟是一个漂亮的光头小姐，一双笑眼把所有的忧愁遮掩，高挺秀丽的鼻子显得气质不凡，尽管涂抹上搞不清什么颜色的唇膏，也没有掩饰住那只有佳人才会有的近乎完美的嘴唇，笑起来那么动人，具有迷人的魅力。酒吧里面既有中国客人，又有外国客人，人不多，却显得轻松、休闲、适意。酒吧分上下两层，布置得简简单单，可那看似随意的布置显得很有品位。我们选择靠窗户的一张小桌坐了下来，要了一瓶红葡萄酒，均分在四个高脚杯中，我们随意地聊天，从南侃到北，从东侃到西，光头小姐也不时插进聊天中，增加了绚丽的颜色。在丽江古城小小的酒吧里，品着甜甜的红酒，听着从酒吧门前流过的淙淙泉水声，我们的心似乎都醉了。

第二天我又兴致勃勃地来到古城四方街，采购自己中意的货物。长6米、宽2.5米的毛线织成的各色披巾首先俘房了我，5条具有不同图案的不同颜色的披巾装进了我的背包。接下来我走进了古货街，那一个个不起眼的小巧的铺面，要知道，那里藏着多少宝藏。当你走进去的时候，真是目不暇接。摸着那一个个青瓷瓶，一件件精心雕琢的玉器，好像触摸到八百年丽江古城的历史。我端起一个玉枕反反复复地看，爱不释手。那是用两块玉石雕琢而成的，上面布满了只有东巴人才能看懂的图画，那是怎样的画面呢？一群造型生动，既像动物又像人，既像人又像神的特殊群体充斥在玉枕除枕底外的上、前、后、左、右的所有地方，令人心中莫名其妙地颤动。这个玉枕最终也被放进了我的背包。

我像胜利者一样，背着越来越沉的背包，兴致勃勃地走在古街上，继续领略着街道两旁的景致。此时，脚底下的鹅卵石引起了我的注意。"哇！这石头，这街道怎么像水冲过一样？干净得你都不忍心落脚踩它！"

"你还说对了，这古街每7天都要用水冲洗一次。"马兰介绍道。

原来，泉水洗街并不是今天才有的事，自从古城建好后，就一直坚持用清清泉水冲洗街道，已经有八百年的历史，成为古城一大特色。试想，这儿的奇山丽水，如果不用清洌的泉水荡涤出一方净土洁街，保持古城的生机和灵气，怎么会吸引成千上万的人来这里旅游呢？据说，用泉水冲街的时候，还要载歌载舞。

　　雪山琼浆水，顺着玉河来。

　　不去喂牛犊，不去喂羊群，

　　不去浇花草，不去浇麦田。

流到四方街，四方街欢腾。

远方客人哪，泉水洗大街，

大街好干净。一段白如玉，

一段亮如银，牵着太阳手，

跳起阿丽丽。

我徜徉在丽江古城的街道上，说不出地惆怅，不知是这里的什么留住了我的心，绊住了我的腿，面对着即将的别离……

丽江古城，对于我来说，只有留恋。

茅岩河漂流

张家界因相传汉代留侯张良墓位于此而得名。

张家界是我国第一个国家森林公园。它与一脉相连的索溪峪、天子山两大自然保护区组成武陵源。唐代诗人王维曾有诗云："居人共住武陵源，还从物外起田园。"张家界拥有壮丽而参差不齐的石峰，郁郁葱葱的植被，清澈见底的湖泊、溪流。在张家界的四天时间里，我虽然陶醉于大自然的美景之中流连忘返，然而真正击中我心房、摄我魂魄的却是激荡人心的茅岩河漂流。

茅岩河上起永定区田家岗，下至花岩，因流经茅岩而得名。全长数十公里，流经三段大峡谷，滩潭相接，穿峡而出，水流湍急，常年清澈见底。两岸峭壁对峙成高峡，沟谷幽深，林木繁茂，洞穴密布，流泉飞瀑 30 多处悬挂于绝壁之上，土家山寨散布于两岸山顶、河畔。

我们一行十二人于 9 月 16 日早上来到茅岩河码头，大家都很兴奋，不知何为漂流。我们很快被黄色的雨衣、雨裤包裹，成为一个个肥硕的"蝗虫"。这时，土家族的大叔大婶们纷纷向我们推销大瓢和水枪（用竹筒做成的简易枪），我毫不犹豫就买了两把水枪，一提上枪，顿觉平添了几分豪气，也多少有了点儿匪气。我们倚里歪斜地连滚带爬地上了红不红、黄不黄的橡皮艇。开艇的船老大三十多岁，别看瘦骨嶙峋的，可一双小眼挺有精神的。他熟练地驾艇朝前方驶去，我们分坐两列像骑马一样骑在凸起的地方，感觉有点儿意思，像回到了儿童时代……

河水起初平缓，我们像鱼儿掠过水面，我把手伸进水里，清清的河水溅起了细碎的水花，一份清爽送进我的心房。后来河水产生了漩涡，顿时变得湍急起来，波涛汹涌，浪头扑面而来，我们哇哇地乱叫着，就像一帮淘气的孩子起哄。当我们的小艇穿过一个山谷的时候，我们惊喜地发现了不远处有一个橡皮艇，上面坐满了穿蓝色雨衣雨裤的游客，向后看，也有一个橡皮艇拉满像我们一样的游客。我们友善地向前后两个橡皮艇的朋友们打招呼。"你们好！你们是哪里的？我们是北京的。"奇怪的是这两个橡皮艇上的人就像哑巴一样，谁也不说话，只是向我们靠近，在相隔只有两米的地方突然向我们发动进攻，他们手中的10多个水瓢一起向我们头上泼来，凉飕飕的河水顺着我们的脖子向下流淌，他们手中的水枪照着我们的脸射来，眼睛被水花封住什么也看不见。我们受到前后夹击，且手中武器少得可怜，只有两把水枪、两个大瓢，根本无法抵挡对方的进攻，勉强抵挡几下后就都东躲西藏，最后索性趴成两排，后一个人趴在前一个人的后背上，露出一副实实在在等着挨揍的模样，真是溃不成军。

船老大见我们失去了战斗力，就奋力躲避对方的袭击，情急之下竟把艇开到岸边。见此惨状，这两艇的游客笑成一团，纷纷带着满足驶离我们。我们咬牙切齿嚷出了"此仇必报！"的口号。在总结失败的原因时，我们意识到武器数量太少，照此下去，我们将一路挨打，苦不堪言。此时恰巧一只小船向我们划来，一脸花白胡子的船老大问我们要不要水瓢。我们异口同声地说："要！"不一会儿的工夫，我们全部被武装起来，手中不是握着水瓢就是拎着水枪，神气十足，心想这回我们还怕谁！

我们急切地盼望"打仗"，打一场痛快仗，解解气，宽宽心。望着渐渐远去的一艘艘橡皮艇，我们诚恳地对船老大说："快点儿，快点儿，追上去！我们非把他们打个落花流水不可。"话虽这样说，心虽这样急，路还得一点儿一点儿赶。趁着闲暇，我朝前望去，只见河水欢快地翻卷着浪花，河床里的浪花就像参加选美大赛一样，争先恐后地炫耀着自己的青春和美丽，茅岩河就像是漂亮的浪花世界。我想：人的青春是短暂的，而动态浪花的青春是永恒的；人的一生就像一朵浪花一样是有限的，而一代又一代繁衍的人，就像动态的浪花一样是无限的。我们要让短暂的一生充满绚丽的色彩，就要像一朵朵浪花那么晶莹、闪亮，诠释着美的内涵。

清爽的绿色覆盖着两侧山崖、山涧，青山起伏连绵。坐在飞驶的橡皮艇上，抬头远远地望去，天湛蓝湛蓝的，洁白如玉的云在青山上面飘荡。这儿怪峰林立，怪在山峰高低胖瘦、凸凹不平全没有规则，怪中见奇见美。我大声疾呼：美哉！

时间在不知不觉中过去了一个多小时，我们惊喜地发现目标，那两艘攻击过我们的橡皮艇出现在离我们仅有 50 米的前方。我们说："船老大，你真行呀！悄悄追上来啦！"船老大咧咧嘴笑了笑。我们做好战斗准备，船老大加快了速度，不知哪个指挥官发出命令："请注意，不要暴露目标，要迷惑敌人，靠近后再打！"我们的小艇离对方越来越近，对方见是我们，嘿嘿笑着，一脸不屑一顾的模样。我们表面不动声色，实际上全部做好了开战的准备。30 米、20 米、10 米、5 米，我们仍然忍着，4 米，还剩 2 米的距离，随着一声"打"的命令发出，我们的炮火集中发射到被蓝色包裹的橡皮艇，艇上十人被我们打得东倒西歪，水顺着他们的身体往下流淌。另外那艘和我们一样的橡皮艇见势不好，仓皇逃跑。追！我们乘胜追击。当我们抡起大瓢、端起水枪扑向对方的时候，他们草草还击了几下，便吓得嗷嗷乱叫。我们不仅报了一箭之仇，而且大获全胜。我们欢呼雀跃，其中一位小伙子再也掩饰不住高兴的心情，他一手举着大瓢，一手摆出胜利的手势，肥硕的身体左右摇摆，丰满的臀部颤抖着……见状，我们笑得前仰后合。

我们的橡皮艇穿过了一道又一道山谷，船老大指着前方对我们说：

"前面就是鬼门关。"这里漩涡丛生，水流湍急，橡皮艇冲向翻卷的浪头。我们哇哇地吼叫着，浪头掠过了我们的头顶，清凉的水又一次从脖子灌进来湿遍全身，我们的脊背冒着凉气，禁不住打起哆嗦。不知谁嚷了一句："爽！"

路上的景色美不胜收，光瀑布就叫你折服。在我的记忆中，瀑布通常是让人看的、欣赏的。谁知，船老大眯缝着那双小眼坏笑着说："钻瀑布吗？""钻！"我们齐声回答着。小艇向左边的山崖疾驶，贴近岸边后向瀑布冲去，我们抱着头分别趴在前一个人的后背上。哗哗哗！哗哗哗！瀑布像有千钧之力倾泻下来，重重地敲打在我们的头上、身上，一顿捶打过后，我们终于钻出了瀑布。从此，我对瀑布的认识不再是平面的，而变成立体的，瀑布不仅具有阴柔之美，还有不可一世的阳刚之气。

茅岩河漂流，冲浪撞滩，无所畏惧，所向披靡，无论男女老幼，皆持水枪、水瓢，见橡皮艇就打，见人就泼水，嘻嘻哈哈，东躲西藏……

好一幅顽童嬉水的画面，一个字："爽"！

德胜门

　　我居住的小区离德胜门不远，二十多年来，无论风风雨雨，我总是从它的面前经过，每次路过时，我都会抬头仰望，每一次对它的仰望，都会给我带来不同的感受。久而久之形成条件反射，每当看见雄伟壮观的德胜门箭楼，我的心里自然流淌着一股热流，或许这就是人们常说的日久生情。

　　八月的一天中午，我登上德胜门箭楼极目远眺，发现天是高的，地是厚的。所有的高楼大厦都在有序地排队，所有的环路都在乖巧地转圈圈，所有的树木都在高兴地晃来晃去，跳着时髦的街舞……我内心由生活挤压的一个潮湿的角落，冲着广阔的天空，冲着摩天的大厦，冲着条条新路敞开来，产生莫名其妙的颤动，深藏在我心中的少许不快与无奈，一刹那烟消云散。站在德胜门箭楼的平台上，沐浴着似火的骄阳。此时的太阳就像个恶作剧的孩子，把那毒辣的阳光一股脑儿投洒在我的头上，晒得我皮肤发痛，晒得我兴奋无比。箭楼东面书写的"德胜门"三个大字，激发了我身上的英雄豪气。此刻，我渴望见到德胜门前摆起的古战场，我渴望见到浑身铠甲英姿勃发的将士与进犯的敌人厮杀的场面，我渴望见到凯旋的将士从德胜门鱼贯而入。

　　我抚摸着德胜门的块块古砖，就像触摸到了历史的脉络，嗅到了当时的战火狼烟……

　　德胜门，建于明代初年。当时，放弃了元大都北部的健德门、安贞门、

235

肃清门、光熙门，在新的北城上仍开两个城门，西边是德胜门，东边是安定门。即明正统四年（公元 1439 年），南缩元大都北部城垣，正式将其西侧城门命名为"德胜门"，修建了门楼、箭楼、瓮城等一组城门建筑。门楼于 1921 年被拆除，瓮城亦前后损毁，唯箭楼保存至今。箭楼，是保卫城门的军事堡垒。德胜门，呈长方形，两头略呈尖状，宽度 35.1 米，进深 19.9 米。德胜门箭楼雄踞于高大的城台之上，通高 31.9 米，面阔七间，重檐歇山顶，前楼后厦，上下四层，开箭窗八十二个，作为射击的窗孔，内铺楼板三层，供将士作战时用。

德胜门，是明清北京内城九门之一。德胜门箭楼，昂然屹立于北京城西北部已有六百多年了。德胜门在历史上素有"军门"之称，是京师通往塞北的重要门户。站在德胜门极目远眺，四面八方全部收入视野，无论哪方敌人进犯都能观察得清清楚楚，不得胜才怪。

明正统十四年（公元 1449 年）八月，明军在土木堡被瓦剌军打得大败，英宗被俘，史称"土木堡之变"。当年十月，瓦剌也先以送驾还朝为名，挟英宗一路破关而入，重兵直压北京。于谦深受景泰皇帝的信任，临危受命，接过保卫北京城的重任。于谦尽心竭虑，整顿内政，惩治宦官王振余党，整饬军备，识拔文武官员，加强关隘防守。于谦命令各路将领率师 22 万，列阵于九门外。总兵官、武清伯石亨阵于德胜门，都督陶瑾阵于安定门，广宁伯刘安阵于东直门，武进伯朱瑛阵于朝阳门，都督刘聚阵于西直门，副总兵顾兴祖阵于阜成门，都指挥李端阵于正阳门，都督刘得新阵于崇文门，都指挥汤节阵于宣武门。于谦把部事托付给侍郎吴宁，然后将城门全部关闭，以表达背水一战的决心，并下令：临阵，将不顾军先退者，斩其将；军不顾将先退者，后队斩前队。全军将士精神振奋，勇气百倍，准备迎击瓦剌军。十三日，明军与瓦剌在德胜门外展开激战。于谦布伏兵于德胜门外的两旁空房，先派少量骑兵诱敌深入，数万瓦剌骑兵呼啸而来，神机营的火炮、火铳齐发，同时伏兵骤起，前后夹击，瓦剌兵死伤惨重，明军大获全胜，瓦剌军于十五日夜晚拔营北遁，于谦指挥的北京保卫战取得决定性的胜利。德胜门一仗至关重要，是北京保卫战中的关键，这次战斗一举成功，为北京保卫战的最后胜利奠定了基础。

德胜门永载史册。

德胜门从建立到今天，已经经历了六百多年的血雨腥风，巍然屹立，傲视群雄。当时一块建起来的城门，所剩无几。虽然从现代战争的角度看，它抵御敌人的入侵意义大不如从前，然而，无论是从交通要道，还是从文物不可再生来看，它都是至关重要的。当然，还有一个重要的原因，谁也不拆它，不去触碰人们心中的底线，那就是德胜门具有深刻的文化内涵，代表着所有的中国人对胜利、对幸福的美好期盼……

德胜门，真乃获胜之门。

德胜门，与中华民族的发展紧密相连。

德胜门，用极其广阔的胸怀，欢迎来京城发展、旅游的民众，无论是中国人还是外国人。

德胜门于 2008 年迎来世界体育强队，在奥运赛场上目睹着他们取得骄人的成绩，中国健儿在奥运会上取得的每一个胜利消息，也从这里走向四面八方……

中国名片

11月下旬，当我们乘车向浙江省丽水地区龙泉驶去的时候，随即被这里迤逦的景象所吸引。蜿蜒盘旋的山路两侧，是座座青山，青山被多变的彩云缠绕，平添了许多妖娆。那些时白时灰时黄的云，一会儿从湛蓝的峡谷里流出来，一会儿从碧绿的崖层中钻出来，一会儿从金黄的山坡上冒出来，有的像八仙过海，有的像天女散花，有的像嫦娥奔月……

这流动的高山峡谷中的奇妙幻景，使人感到已进入神仙境界，美不胜收。李白的"云为衣兮风为马，云之君兮纷纷而来下"指的就是这种奇景吧。

宽阔的瓯江在青山间静静地流淌。瓯江是浙江省第二大江，全长376公里，源头在龙泉。听当地的老百姓说："龙泉是龙王嘴里喷出的水，龙王离开这里回东海时所经过的地方，就出现了一条江。它千秋万代地滋润着两岸的禾苗，哺育着两岸的黎民百姓，这条江就是瓯江。至今，这一带还流传这样两句民谣，即'龙泉喷丽水，瓯江润青田'。"

历遍了青山绿水，看不尽野草闲花。尤其是生长在悬崖上、山坡上的杜鹃，漫山遍谷，红花簇拥，真是一番杜鹃啼血映山红的美景。

山上的浮云，悬崖上的杜鹃，山石间的瀑布，在流动的汽车的窗户上，镶嵌着一幅幅别致的风景画……

龙泉到了，我们沐浴着黄色的秋阳，吹着令人惬意的秋风，怀着探秘的心情，去看龙泉市青瓷博物馆，游千年古刹清修寺，领略明代永和桥的无尽风采。我经意或不经意间一瞥或沉思，现实像磁铁一样强烈地吸引着我。在龙泉市博物馆我看到了北宋的盘口瓶、五代的执壶、南宋的舟形砚滴，还有高级工艺师徐朝兴设计的梅瓶、挂盘等。

我看到了镇馆之宝——五管瓶，这既是北宋早期的代表作，也是龙泉窑的开山之作。它是1976年在龙泉查田镇墩头村出土的，高39.5厘米，口径8.5厘米，足径9.5厘米，系国家一级文物。它造型奇特，瓶直口、圆肩、深腹，肩缘安装荷基状的五管，管下贴一圈形若水波的堆纹，腹部刻覆莲。其盖饰相当复杂，分三层。上层似出水的芙蓉，荷叶中央为花蕾形盖顶，含苞欲放。中层为半浮雕状覆莲瓣纹，莲角外翘，并托扶着池塘。池塘内有四只可爱的水鸭，有的嘴叼小鱼，有的做觅食之态。鸭的翅膀有张有合，形态各异，生意盎然。下层是圆形的盖口，与瓶子衔接，浑然一体，使其形成以荷花为中心的主体画面，喻出淤泥而不染。龙泉因剑而得名，凭瓷而生辉，是龙泉青瓷的发源地和生产中心，在世界陶瓷史上占有重要地位。龙泉青瓷敦厚玉立的造型、简朴秀美的纹饰、柔和淡雅的釉色、高雅清纯的艺术风格闻名天下。

遥想当年：瓯江两岸，瓷窑林立，烟火相望，江上运瓷船舶往来如织。

龙泉窑烧制青瓷最早出现在南朝，到了五代和北宋年间，龙泉青瓷的烧制技术已经相当高了，但其鼎盛时期是在南宋和元代。当时的南宋王朝为解决财政困难，竭力鼓励出口，大量的青瓷通过温州、泉州、广州等港口被运往亚洲、非洲、欧洲等许多国家和地区。1975年在韩国西南部的新安海底发现一艘元代沉船，打捞出10000多件瓷器，其中龙泉青瓷就占9000件，由此可见一斑。

在参观的过程中，我们听到了龙泉市文化局领导讲述《飞天窑女》委婉悲壮的故事。飞天娘娘在危难之中结识了窑工章生一，与他真心相爱，结为夫妻，共同烧制出斑纹瓷马，创造出名扬中外的哥窑。他在讲述中动情地唱起了那首脍炙人口的民歌：

　　谁说龙泉太古太老？

　　祖先留下了古剑古窑。

　　谁说龙泉太苦太累？

　　山山水水也分外妖娆。

　　啊，龙泉，富饶之乡，

　　你那泥土的奥秘，

　　给了我们生存的希望，

　　瓷山剑水我为你骄傲。

　　人说龙泉太美太好，

　　生长爱情也生长国宝。

　　人说龙泉太绿太翠，

　　繁衍青春也繁衍欢笑。

　　我被这美丽的故事打动，我被同行们热爱家乡的激情感染，我对这里的青山绿水开始迷恋，我对这里神圣的青瓷充满了崇拜。如果说，龙泉是瓯江之魂，那么，龙泉的魂中之魂又在何处？"九秋风露越窑开，夺得千峰翠色来。"瓯江的源头之水浇灌着龙泉大地，也滋润着青瓷艺人的心田，而艺人们又用自己的聪明智慧创造了千里翠色。所以，从一定意义上讲，龙泉，是瓯江之魂！青瓷，是龙泉之魂！在我们即将离开龙泉的时候，龙泉市江局长讲了最后一句话：作为中国人，无论你走到哪里，都不要忘记：龙泉大窑的每一块瓷片都是我们中国的名片！随后他满怀激情地朗诵道：

　　捡起一只瓷片，

　　你沉睡了千年，

　　梦醒时，

　　有双鱼站在碗底，

从宋代游过来，

六代朝歌的洗泳，

你们的双眼，

还是那么神气。

捡起一只瓷片，

你尘封了千年，

抖落世袭的尘土，

"河滨遗范"，

在八百里瓯江源，

站起来一片历史的风景。

当天晚上，在联欢会上，我再也抑制不住内心的激情，歌颂这块神圣的地方：

龙泉，历史悠久；

龙泉，物产丰富；

龙泉，山清水秀

龙泉，人杰地灵。

当我一踏上这块热土，

心中再也无法平静。

我的心不仅被龙泉青瓷温暖，

还被万字号宝剑击穿，

更被这儿的领导干部、父老乡亲，

热爱故土的真情感染！

一片赤诚，被月光点燃！

凤凰岭之行

有人说凤凰岭自然风景区是——"远郊的景，近郊的路，北京的自然氧气库"。

是啊！此话不假，我曾多次往返那里。凤凰岭风景区内野趣天成：青山绿水、蓝天白云，层峦叠翠、密林曲径，奇花异草遍及山野，具有良好的生态环境，是大自然赋予人类的一块净土。

奇山、怪石、林海、神泉携手成为奇妙的天然景观。值得称道的还有佛、道、儒等宗教文化以及古东方养生文化的遗址、遗迹众多，文化积淀丰厚，它们与自然景观相互映衬、相得益彰。

4月3日，正值杏花盛开之际，海淀作协组织我们一行，来到凤凰岭自然风景区杏花园采风。

中巴汽车飞快地朝着凤凰岭方向驶去，映入我们眼帘的是扑面的春色，满目的亮丽。

湛蓝的天空、妖娆的白云，富有诗情画意的青山、清泉，紧紧拥抱着杏花村。从浩瀚飘缈的天空到耸然矗立的高山，从柔软起伏的白云到潺潺流水的清泉，还有那凤凰岭杏花村蔓延千亩的杏花婀娜娇艳。

我刚下车，立即就被这儿漫山遍野盛开的杏花迷住了……

迎着和煦的春风，我们结伴朝千亩杏花园走去，这儿的杏花竞相绽放，浓香四溢，如霞似锦，人在花中，花在人身，整个一片花的海洋。

我和同行的作家们在观花、品花、咏花、感花之中，产生无数奇妙的遐想。

在这无尽的幽香之中，我们争先恐后地与杏花合影，摆出各种得意的姿势，那感觉就像与杏花仙子在一起，让人如醉如痴。

当同伴前行的时候，我一个人悄悄钻进了杏树林，静静地站在一棵杏树下，极目远眺，任凭春风从耳边掠过，静闻天籁之声，颐养心神，所有的劳累、烦恼瞬间化为乌有，所得到的是一身的透亮与轻松，一种超凡的飘逸与洒脱之感溢于心中。

杏花，因春而发，春尽而逝，既有绚丽灿烂的无限风光，也有凋零空寂的凄楚悲怆，就像人的一生，既有青春勃发的豪迈，也有耄耋之年的苍凉，既有叱咤风云的过去，又有解甲归田的今天。人的一生经历了儿童、少年、青年、中年、老年，在这些不同的年龄阶段，领略着无数的苦辣酸甜与喜怒哀乐。可以说，能将人区别开来的不是生命的长短，而是生命的质量。

当然，令我十分感慨的还是杏花的风采，即因春而发，春尽而逝……

是啊，人生风风雨雨、沟沟坎坎的经验教训告诉我们，世界上一切美好的东西仿佛都非常脆弱，特别需要细心呵护。可杏花，虽然娇艳，虽然短暂，却经历了乍暖还寒的考验，用缤纷绚丽的花朵装点了灿烂的山河。

众所周知，历史上的诗人也因不同的人生际遇，对杏花的联想感慨千姿百态。有人在羁旅漂泊中感受到杏花盛开的热烈温馨，有人在莫名惆怅中发现杏花绽放的朦胧灰暗，有人在历尽坎坷后感叹杏花飘飞的落寞凄凉，也有人在相思离别时哀怨杏花凋谢的苍凉无情……

描写杏花脍炙人口的诗篇，莫属杜牧的《清明》了：

清明时节雨纷纷，

路上行人欲断魂。

借问酒家何处有，

牧童遥指杏花村。

清明节本该是家人团聚，或踏青、或扫墓的节日，可行人却孤身赶路，难免触景伤怀。偏偏又赶上细雨纷纷，顿时平添了一层愁绪。行人多么希望找个酒家，遮风避雨，饮酒浇愁，于是问路，牧童随手一指，行人看见了那隐隐约约的杏花村，令人产生意外的惊喜。此时此刻，从心底涌起一股暖流。

我置身在一望无边的杏花园中，默默地注视着眼前的一切，蓝蓝的天空下，好似静止的青山却在春风的抚摸下微微摇动，各种形状的白云在半空中缓缓游动，此情此景，犹如一幅美丽的风景画，令人怦然心动。我顿时觉得飘飘然，双脚不知不觉离开了地面……

俯瞰底下的世界，才发现，所有的游人，包括此行的作家和诗人们，都像小蚂蚁似的在杏花园中快乐地"爬行"，手舞足蹈，忘乎所以。我在想，娇艳的杏花肯定在滋养着作家们灵异的思想、灵怪的感觉和灵动飞扬的四肢吧。

凤凰岭之行令人愉悦，我将自己融入凤凰岭的杏花园中，那份纯真，那份自由，那份遐想，那份浪漫……

从中领略的是杏花"因春而发，春尽而逝"的风采，感悟的是生活赋予的真谛。

翻越鸣沙山

多年前的一个傍晚，我鬼使神差般地来到了敦煌，并急着要去鸣沙山。

听说，横亘40公里的鸣沙山是因为"人马践之，声震数十里"而得名的。从敦煌市区到鸣沙山只有6公里，汽车好像刚刚跑起来就开到了。当我来到它的脚下仰望时，不禁被它的壮美、阴柔和金贵的样子惊住了。说它壮美，那座座奇异的沙山错落地挺立在我们的眼前，就像西北的汉子一样个子不算太高，可身上的肌肉发达、浑身充满了力量；说它金贵，在夕阳的妩媚照射下，整个沙山到处都像金子般闪亮登场；说它阴柔，放眼望去，攀山的人们在它的身上踩出一个个脚印，而它却乐呵呵地笑纳，不信，你回头看看自己的脚印全都乐开了花。我望着那并不算高的鸣沙山，搓搓手中捧起来的细细的沙子，心中有一种莫名的颤抖……

起初，我并没有把翻越鸣沙山当回事，因为我早已翻过险峻的峨眉山，攀登过巍峨的泰山，面对鸣沙山，我觉得战胜它将不费吹灰之力。眼看着同行的男子汉们都迅速地踏上了沙山，我只是笑笑。我感到攀登这样的沙山，女人会占有优势，因为它有太多适合女人的东西，究竟是什么我也说不清，只是一种潜意识而已。我像攀登其他山一样大步向前，可刚刚踩下一脚，只要稍稍用力，脚底就松松地下滑，结果用力越大，下滑得越深，面积越大，越想跑，就越跑不起来。可恨的是松软的沙子像喜欢我一样，不断地向鞋缝里涌去，你不理它，它理你，它像调皮的孩子一样往你的鞋里跑，一会儿，你就感到脚底已铺满了一层沙子。无奈，我只好坐在沙山上，脱了鞋，把那些沙子全部倒出来。坐在软软的沙山上，我觉得好舒服，趁着没人注意，我就势躺在了它的身上，软软的，柔柔的，浑身泛起了一丝丝甜意，真想就在这儿躺着，躺在这儿多么舒服，多么惬意！还爬什么山？还较什么劲？一种惰性上来了。"快点爬呀！加把劲呀！"爬在前边的男子汉们发现我落在了后边，开始呼喊起来。我像听到了冲锋号，立即站起来向前继续走去。这时，又听到了他们发出的指示：脱下鞋，光脚走。我光着脚走在奇妙的山上，此山无路。滑滑的、细小的沙子不断地向我的趾缝、脚心钻去，痒痒的……此时，一下想起了儿时光脚在沙堆上玩沙子的感觉，时光虽然不会倒流，而岁月似乎可以穿越。

我怀着欣喜的心情，一步步地向山顶爬去。说实话，你别小看这沙山，使不得一点蛮劲。碎碎的、软软的、细细的沙子，一点儿也不硌你，只是慢慢地抹去你的全部气力。走着，走着，我的心逐渐平静下来，稳稳地走在沙山的路上，走累了，我就坐下来歇会儿，借机看一下周围的风景。我看见那对面斜弯成弓的山脊，如刀如刃，风过留形的沙丘脉络如凝固的波涛。我望见自己走过的脚印错落地排列着、往外撒趔着、蜿蜒着，不由得联想到自己的半生时光，既有获得成功的喜悦，也有困难重重，终日望不见前景的苦闷。如此说来，人生之路，无论你遇到什么坎坷，都不要气馁，不轻言放弃，坚持走下去，人的一辈子不就是这样走过来的吗？而你的付出，你的劳作，绝非徒劳。就像飞鸟，虽不留痕迹，却已从天空飞过。

越快到山顶，风刮得越猛，有时刮得我几乎站不住了，我顽强地与疾风搏斗，继续向上攀登。此时的风虽然温暖却异常凛冽，我站在高高的山坡上，被风吹得东倒西歪，一头秀发被吹得全部立了起来，一会儿往前跑，一会儿向后倒……大自然的力量无法阻挡。既然不让我直立行走，那我就像动物一样爬，爬！人到了没有退路的时候，只有一条道走到黑。爬，向前，只管爬，不知不觉终于爬到了山顶，眼前豁然开朗。

这时，我朝下望去，只见沙粒如波涛翻腾而下时，会发出阵阵轰鸣，如初春的雷鸣，如大海的涛声，正是"雷送余音声袅袅，风声细响语喁喁"。放眼望去，在夕阳奇幻的光线变化下，天底下无与伦比的黄昏美景呈现。整个连绵起伏的鸣沙山，就像被巨大的筛子筛过一样，晶莹透亮，充满光泽与圣洁。一个个沙丘由淡黄色过渡到金黄，瞬间又变成红色，其间穿插赤橙黄绿青蓝紫，色彩缤纷，分外妖娆。当云彩突然遮住夕阳，又调皮离开的时候，大大小小的沙丘突然出现明暗色彩的对比，那是一幅令人怦然心动的画面，它画出了西北地区特有的气韵。

极目远望，我发现在重重沙山的包围中，跳出一块绿色的盆地，那里树木成林，尽显妖娆，外边是一弯秀美的月牙。那月牙分明是一湾清泉，它静静地横卧山底。月牙泉南北宽50多米，东西长200多米，它婉约、柔媚、纤瘦，真不知道它是怎样度过了百年、千年？按理说，清泉与流沙应该无法相容，然而几千年来，鸣沙山与月牙泉相依而存，相安无事。

黄昏中远远望见了月牙泉，便迫不及待地想快点来到它的身边，于是，我勇敢地坐在沙山顶上用脚当桨，奋勇地向下哧溜，滑下去……

后 记

文字是鲜活的，它会在我的生命中延续

经过一段时间的忙碌，我的散文集《藏在笔下的爱》终于问世了，她是我十月怀胎的孩子，给予了我绮丽的文学梦想，让我的人生充满阳光，生动有趣。多年来，我酷爱散文，笔耕不辍，在散文创作的路上不忘初心，躬身前行。久而久之，逐渐形成了一种特殊的文体，被网友们戏称为"舒文体"，有人甚至认为与清朝沈复的《浮生六记》颇有相似之处，这也是对我的最大褒奖。回想过去的岁月，值得欣慰的是无论工作多么繁忙，无论生活多么艰难，我始终都没有放下手中的笔。几十年来，不管都市的喧嚣，事物的繁杂，或捧书阅读，或采访于京城的大街小巷，或静静地坐在电脑前敲击着从灵魂发出的感叹。写出自己对人生的所思、所悟。我笑称自己过去在职时，是业余作家；现在退休了，俨然成了专职作家。殊不知散文创作有苦有甜，当你的文字飞出你的心窝，飞向四面八方的时候，当你的文字发表在报刊网络上的时候，你的心中盛满了欢喜，它难道不是人生最美妙的瞬间吗？

其实，作家的责任和担当，已悄然深入我的骨髓，幻化成血液，流淌在身上，滋润我的每一寸肌肤，滋养每一根毛发，让我继续埋头创作。我想，只要生命不息，我会一直写下去，文字是鲜活的，它会在我的生命中延续……

感谢中国文化报副总编徐涟为散文集作序，徐涟妙笔生花，令散文集《藏在笔下的爱》生辉。